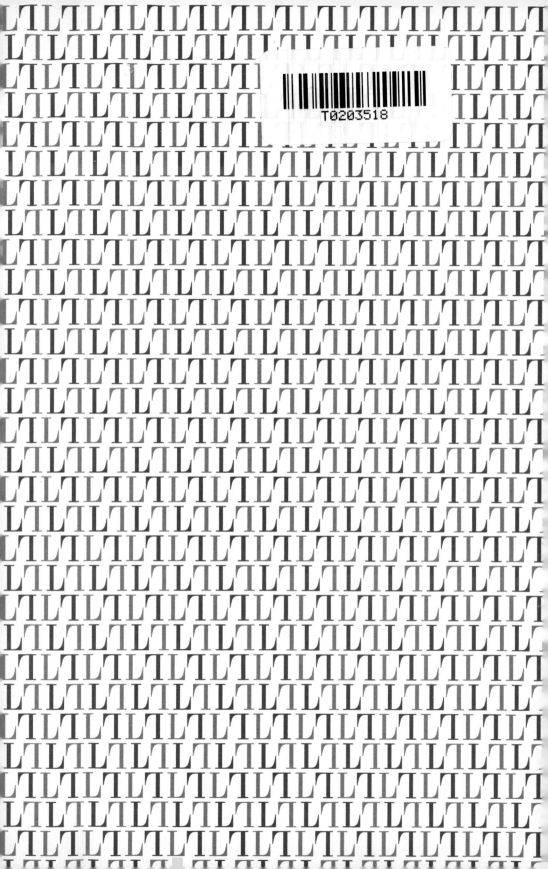

T0203518

Donde cantan las ballenas

Donde cantan las ballenas

Sara Jaramillo Klinkert

Lumen

narrativa

Papel certificado por el Forest Stewardship Council®

Primera edición: abril de 2021

© 2021, Sara Jaramillo Klinkert
© 2021, Penguin Random House Grupo Editorial, S. A. U.
Travessera de Gràcia, 47-49. 08021 Barcelona

Printed in Spain – Impreso en España

ISBN: 978-84-264-0923-2
Depósito legal: B-766-2021

Compuesto en M. I. Maquetación, S. L.
Impreso en Egedsa
(Sabadell, Barcelona)

H 4 0 9 2 3 2

A Robis, por haberme buscado

Asombrado quedé oyendo así hablar al avechucho,
si bien su árida respuesta no expresaba poco o mucho;
pues preciso es convengamos en que nunca hubo
[criatura
que lograse contemplar ave alguna
en la moldura de su puerta encaramada,
ave o bruto reposar
sobre efigie en la cornisa de su puerta cincelada,
con tal nombre: Nunca más.

Mas el cuervo fijo, inmóvil, en la grave efigie aquella,
solo dijo esas palabras, cual si su alma fuese en ella,
ni una pluma sacudía, ni un acento
se le oía pronunciar...
Dije entonces al momento: Ya otros antes se han
[marchado,
y la aurora al despuntar,
él también se irá volando cual mis sueños han volado.
Dijo el cuervo: ¡Nunca más!

El cuervo, EDGAR ALLAN POE

El polvo estaba quieto a lo largo del camino. Quietos los pies descalzos de Candelaria como renacuajos confinados en la estrechez de la pecera. Quietas las ballenas que custodiaban la casa y que nunca habrían de cantar. Quieta el agua del estanque en el que iban a pasar tantas cosas. No es que fuera verano y el viento no soplara, lo que pasaba era que hacía mucho tiempo que nadie recorría el camino hacia Parruca. Pero no era una quietud de las que indican calma, sino de las que anuncian que algo está a punto de ocurrir. Y lo estaba. Como la quietud que antecede a la borrasca que ha de desbordar el cauce de la quebrada o la de los conejos un instante antes de ser atacados por los zorros.

Candelaria vigilaba desde el techo con un libro entre las manos y la mirada en ese lugar impreciso en donde se pierden las miradas. Antes había oído el sonido de un carro, pero no pudo identificarlo porque venía envuelto en una nube de tierra reseca. O tal vez porque no se tomó el tiempo necesario para hacerlo. Tenía tendencia a sentarse a esperar cosas sin saber que, a veces, lo importante es lo que ocurre en el acto mismo de esperarlas.

Mucho había cambiado desde que su padre se marchó y ella se sintió tan sola y aburrida como para llenar con renacuajos su pecera y esperar a que la luna se llenara tres veces antes de que se convirtieran en sapos. Primero les salieron las patas, luego se les ensanchó la boca, y la piel se les puso rugosa. Al final, les asomaron los ojos. Cuando los abrieron, eran redondos y brillantes como bolas de cristal. Su mirada era una mezcla de frialdad e indiferencia.

Al final del tercer plenilunio los vio tan apretujados que decidió liberarlos en el estanque. Luego se subió al techo a divisar la carretera y fue entonces cuando vio la nube de polvo en movimiento que le indicó que alguien estaba a punto de llegar. No era la persona a quien ella esperaba, pero eso aún no lo sabía. Lanzó el libro al suelo, cruzó los corredores y bajó las escaleras gritando:

—¡Volvió, volvió!

Tobías salió de su cuarto y se unió a la carrera de su hermanastra. El piso de madera crujió bajo los pasos apurados. Sortearon con habilidad las raíces asomadas entre las grietas de los mosaicos y esquivaron las ramas cada vez más frondosas del árbol de mangos que crecía, orondo, en mitad de la sala. Ambos sintieron el portazo que dio la madre cuando tiró de un golpe la puerta de su habitación. No pudieron ver que se había escabullido debajo de sus cobijas, sin dejar al descubierto ni un solo orificio por el cual respirar. Estaba en esos días en que habría querido dejar de hacerlo para siempre. Las piedras redondas se amontonaban por su cuarto observándola sin parpadear, con esos ojos inmutables y fijos, esos ojos que miraban sin mirar. Si hubiera estado de humor se habría puesto de pie para voltearlas hacia la pared a manera de castigo, pero hacía días que el buen humor no estaba de su lado.

Al llegar a la portada Candelaria se detuvo. Tenía la respiración agitada, no tanto por la carrera sino por la emoción de ver a su padre. No tardó en darse cuenta de su equivocación. Giró la cabeza en busca de la mirada de Tobías y en sus ojos no encontró más que desencanto. En vez del padre, una mujer que no conocían forcejeaba intentando abrir la puerta del carro. Candelaria reparó en las latas de ese Jeep destartalado porque tenían más abollonaduras que los maracuyás olvidados en la plaza del mercado cuando los campesinos no lograban venderlos. Estaban oxidadas debido a la rila de las aves y al exceso de sol y de lluvia. Por el estado de la llanta de atrás, calculó que se había explotado hacía muchos kilómetros, no quedaba nada de la redondez original del rin. Al ver salpicaduras de pelos y sangre en el parachoques se imaginó un montón de animales arrollados en el camino y entonces pensó que esa mujer, al igual que sus padres, también era mala conductora.

Cuando logró abrir la puerta, Candelaria vio cómo se afincaba en el suelo un tacón rojo seguido de otro, y estos, a su vez, seguidos por unas piernas cubiertas por el polvo de la carretera, si es que puede llamarse así al torpe rasguño de la vegetación hecha por la gente de la montaña, en un intento por atravesarla. La mujer se sacudió vigorosamente el vestido blanco y ajustado que llevaba, el mismo que ya no estaba ni tan blanco ni tan ajustado. Se contuvo el pelo oscuro detrás de las orejas y removió el cascajo del suelo con la parte de delante del tacón. Candelaria se preguntó cómo podía mantener el equilibrio y la compostura sobre un terreno tan inestable, y eso que aún no la había visto caminar. Cuando la viera, se daría cuenta de que las cosas no siempre son lo que parecen.

Luego reparó en el Jeep destartalado y le pareció que era impropio de una mujer como ella.

—¿Aquí alquilan cuartos? —preguntó.

—No —dijo Tobías.

—Sí —dijo Candelaria casi al mismo tiempo.

—Necesito uno —dijo mirando a Candelaria, porque las mujeres como ella siempre saben hacia dónde les conviene más hacerlo—. Y tú —dijo dirigiéndose a Tobías— agarra una pala, abre un hueco bien, pero bien grande y entierra este pedazo de Jeep cuanto antes.

La mujer lanzó al aire las llaves del carro, pero Tobías no alcanzó a cogerlas y fueron a dar al suelo. Acto seguido, le mandó la mano al trasero y eso hizo que Candelaria abriera los ojos más de la cuenta, como si al hacerlo pudiera abarcar una mayor extensión con la mirada. Luego Tobías metió la mano en el bolsillo de su pantalón y advirtió que allí reposaba un fajo de billetes.

Se oyó un cascabeleo que inundó el aire. Un cascabeleo delicado, etéreo como la neblina mañanera. Candelaria notó que la mujer se quedó inmóvil, con esos ojos quietos que no se atreven a parpadear para no espantar la concentración. Alcanzó a alegrarse de que pudieran oír la misma melodía y, por eso, cuando la vio tomar impulso para hablar, esperó con ilusión algún comentario sobre ese sonido que a ella tanto le gustaba. La culpa fue su pelo rojo. No tardó en darse cuenta de que no fue el cascabeleo, sino el color del pelo, lo que había robado la atención de la recién llegada.

—Eres como yo, cariño.

—¿Y cómo es usted?

—Decidida. Las pelirrojas somos decididas. Aunque ahora lo llevo negro para pasar de agache. A veces, es mejor así.

Dicho esto, la mujer caminó hasta la parte de atrás del carro. Candelaria reparó en el pelo y le costó imaginar cómo un pelo tan negro pudo ser alguna vez rojo. Aún no se acostumbraba a los cambios drásticos ni de pelo ni de nada. Luego la vio sacar un guacal en cuyo interior reposaba una serpiente amarilla de anillos pardos. Se la enroscó en el cuello con delicadeza, casi con ternura, mientras le hablaba en un idioma incomprensible. Candelaria conocía lo suficiente de serpientes para saber que aquella no era venenosa.

Pero no siempre fue así. La vez que su padre, a manera de broma, le dejó una docena de sapos revolcándose dentro de la ducha de su cuarto estuvo una semana entera sin bañarse allí. O cuando fue a supervisar el nido de los mirlos recién nacidos y encontró una culebra dándose un banquete con los pichones intentó agarrarla a pedradas, con una pésima puntería, por cierto. Su padre, en ese entonces, le dijo que la vida era así. Que tenía que haber mirlos para que hubiera culebras y culebras para que controlaran los ratones. Eso la ponía en el dilema moral de proteger a unos y despreciar a otros basándose exclusivamente en sus gustos personales y en sus necesidades. Apenas empezaba a darse cuenta de que crecer no es otra cosa que tomar decisiones. Cuando creyó haberse decidido en contra de anfibios y reptiles, su padre la llevó al humedal con el fin de obligarla a interactuar con ellos. Se aplicó con tanto fervor a la enseñanza que, al final, Candelaria les perdió el miedo por completo y hasta terminó por interesarse en esos seres húmedos, rugosos y, para la mayoría de la gente, repulsivos. Fue entonces cuando concluyó que tomar decisiones es lo que nos hace adultos, pero arrepentirse de ellas es lo que nos hace humanos. De ahí le quedó la manía por recolectar renacuajos y esperar tres lunas llenas hasta que se convirtieran en sapos. De ahí también que no se asustara al ver la serpiente de la recién llegada. Le pareció inofensiva, tímida y puede que, incluso, hasta asustadiza. Sin duda, era una serpiente incapaz de cazar su propio alimento. Lo supo con solo mirarla.

—Llévame a mi cuarto —le pidió a Candelaria—. ¡Vamos, cariño, abre bien los ojos! ¿O vas a quedarte ahí pasmada como tu hermano?

—Es mi hermanastro —aclaró mientras abría los ojos al límite que sus párpados le permitían—. ¿No trae más equipaje?

—No tuve tiempo de empacarlo. Por cierto, digamos que me llamo Gabi de Rochester-Vergara y esta es Anastasia Godoy-Pinto —dijo acariciando la serpiente que ahora dormitaba alrededor de su cuello.

—¡Vamos! —le dijo Candelaria a Tobías que seguía inmóvil, observando la escena. Ni siquiera había recogido las llaves del suelo ni contado los billetes del fajo que Gabi había depositado en su pantalón.

—No te preocupes por el pasmarote de tu hermano, cariño. Los hombres a esa edad suelen ser tontos. Y la mayoría empeora con los años, lo cual es una suerte para mujeres como nosotras.

—Es mi hermanastro —aclaró por segunda vez con la intención de marcar distancia.

No era algo que hiciera a menudo, de hecho, nunca lo hacía, le gustaba referirse a Tobías como su hermano, pero la presencia de la mujer, de una u otra manera, la había obligado a tomar distancia. Intuyó que, si no quería ser tildada de tonta, tendría que diferenciarse de él.

El tintineo continuaba, no porque venteara más que de costumbre, pues en ese caso, además de los cascabeles, también habrían sonado los guaduales como flautas y es posible que hasta hubieran cantado las guacharacas anunciando una lluvia pasajera de esas que llegan cuando nadie las espera y se van de la misma forma. Lo que pasaba era que los conejos brincaban cerca de la casa porque la cosecha de guayabas estaba a reventar. Había tantas frutas que los pájaros se daban el lujo de picotearlas todas y luego tirarlas al suelo y justo esas eran las que mordisqueaban los conejos mientras batían los cascabeles que les rodeaban el cuello generando un sonido hipnótico, imposible de ignorar. Candelaria se alegró al darse cuenta de que la recién llegada, por fin, había oído la canción de los conejos. Lo advirtió al verla apretar los labios y barrer el entorno con la mirada llena de curiosidad. Una vez que detectó los conejos, Gabi se quedó mirándolos completamente inmersa en el sonido que producían mientras retozaban sobre las guayabas maduras cuyo aroma dulzón el viento transportaba hasta su nariz.

Candelaria reparó en el vestido blanco que tenía puesto, ignorando que la recién llegada siempre vestía de ese color con el fin de resaltar el bronceado y, además, porque combinaba bien con sus tacones rojos. No pudo contener la sonrisa cuando volvió a reparar en ellos con más detalle y hasta hizo cálculos sobre cuánto tiempo iba a aguantar sin despojarse de la incomodidad que, seguro, le generaban. Lo que ocurría era que Candelaria le había declarado la guerra a todo tipo de zapatos y aún no sabía que una mujer como Gabi de Rochester-Vergara se quitaría más fácil la ropa que los tacones. Aun así, cojeaba un poco al andar, tal vez debido a la inestabilidad del terreno, a fin de cuentas, parecía una mujer acostumbrada a pisar asfalto, no hierba, cascajo y tierra suelta.

Candelaria suponía muchas cosas, las evidentes, las obvias, pero sentía que se le escapaban aquellas verdaderamente importantes. Era fácil deducir que unos dientes tan perfectos habían sido alineados a punta de ortodoncia y blanqueados con alguno de esos tratamientos que los dejan en aquel tono impreciso donde termina el blanco y empieza el azul. Lo difícil, entonces, era saber por qué una mujer que pudo costearse esa sonrisa andaba en un Jeep cuyo parachoques estaba lleno de sangre y pelos; menos mal que si su hermano hacía bien el trabajo muy pronto el carro yacería bajo tierra y eso, junto con la dosis de silencio adecuada, era casi lo mismo que no haber existido. Tampoco era fácil saber por qué el equipaje no era más que un bolso de cuero lleno de fajos de billetes empacados a última hora y, la compañía, una serpiente perezosa que ahora mismo tenía enroscada alrededor del cuello. Se le ocurrió pensar que, tal vez, estuviera huyendo.

Su padre alguna vez le había dicho que las personas que huyen nunca tienen tiempo de hacer un equipaje decente. Tampoco usan sus nombres verdaderos ni carros propios para evitar que los rastreen. Y menos aún contratan conductores, a no ser que estén dispuestos a deshacerse de ellos para impedir que la información sobre el paradero final les quede brincando en la punta de la lengua. Pero su padre era un buen contador de historias, aunque la verdad es que a veces parecía un mentiroso profesional y había una gran diferencia entre lo uno y lo otro.

Pensó en los renacuajos. Era un buen día para llenar la pecera con nuevos ejemplares. Tener inquilinos representaba un acontecimiento cuya duración era importante registrar. Luego pensó en Tobías y deseó que sus brazos flacuchos estuvieran ya cavando un hoyo lo suficientemente grande para enterrar el Jeep. Confiaba en que la complicidad de la tierra pudiera disolverlo o, al menos, ocultarlo de la vista y hacerles pretender que nunca había existido, pero al volver la vista atrás se dio cuenta de que su hermano seguía inmóvil. Solo se le movían unas hebras de pelo y la razón era que, por fin, había un poco de viento. Tobías, como muchas cosas en Parruca, también tendía a la quietud: como el polvo a lo largo del camino, como los renacuajos de la pecera o como las ballenas que se apostaban como guardianes alrededor de la casa, aunque eso les impidiera cantar.

Acompañó a Gabi a la casa, un poco insegura, un poco curiosa por conocer la reacción de la mujer ante un lugar extraño como Parruca. Mientras caminaban la vio sacar del bolso un frasco de vidrio con dos ratones dentro. Se le ocurrió que entre extraños podrían llegar a entenderse y por lo tanto tenerla como huésped en Parruca no podía ser tan mala idea. Por un lado, necesitaban el dinero para sostener la propiedad y, por otro, tal vez podría convencerla de que la acompañara a buscar a su padre. Ya estaba cansada de seguir acumulando preguntas sobre su partida. Justo cuando ese pensamiento surcó su mente, oyó el chillido de uno de los ratones y entonces giró la cabeza y vio cómo Anastasia Godoy-Pinto le enterró los colmillos para reducirlo y lo engulló de un tirón sin siquiera masticarlo.

Cuando estuvieron frente a la casa, Gabi se detuvo un momento en el empedrado y se quedó observándola sin decir ni una sola palabra, seguro que en su mente intentaba encontrarle lógica a una propiedad que carecía de ella. En la boca aún se le dibujaba esa risita salpicada de inquietud con la que había llegado. Candelaria miró la casa y luego miró a la inquilina en un intento por descifrar sus pensamientos. Se dio cuenta de cómo cambió la percepción que tenía de las cosas ahora que las observaba a través de los ojos de otro. Debió haber podado un poco las enredaderas que se derramaban por la fachada como si fueran cascadas verdes. O retirado las melenas grisáceas que pendían de los laureles. También debió limpiar el musgo alrededor de las ballenas y raspar los líquenes de las columnas de madera. Después de que pasaron los conejos interpretando la que siempre fue su melodía favorita, pensó si acaso esos cascabeles tintineantes eran molestos para quien no estuviera acostumbrado a ellos.

Empezó a sentirse mal por haber permitido que la vegetación les arrebatara la casa y porque los árboles hubieran decidido por sí mismos dónde plantarse. Curiosamente sintió vergüenza por aquello por lo que su padre la había hecho sentir orgullosa: las plantas, los conejos, el caos de la naturaleza, los sonidos de todas las cosas. Miró a Gabi para tratar de explicarle que la casa estaba en mantenimiento, que mejoraría, que todo estaba bajo control, pero de pronto le pareció que esa risita indescifrable que estuvo intentando contener en el borde de la boca era casi de euforia. Le brillaban los ojos, las mejillas y los dientes blanquiazules.

—Espero que mi cuarto esté así de enmarañado, cariño. Adoro las plantas. En especial las que alejan las pesadillas y los problemas. Sobre todo, esas. Las que alejan los problemas..., espero encontrar algunas por acá.

—Aquí todo está tan enmarañado que uno no puede quedarse quieto mucho tiempo —dijo Candelaria—. Hace poco mi hermano se sentó a meditar y una mirla casi anidó en su pelo.

—Por eso no pueden cerrarse los ojos tanto tiempo, cariño. Se corre el riesgo de creerse los propios sueños.

Una vez dentro, se hizo evidente que el silencio era más propio de un lugar sagrado que de una vivienda. Candelaria advirtió la quietud del cuerpo de Gabi en contraste con los ojos que le brincaban curiosos de un lado a otro, tratando de asimilar si la casa estaba en medio de la vegetación o si la vegetación estaba en medio de la casa. Ninguna pronunció ni una sola palabra y por eso se oyó hasta el aleteo de las mariposas estrellándose contra las vidrieras y el eterno rasguñar de los armadillos haciendo túneles bajo tierra. Había más ventanales que paredes: inmensos, transparentes, testigos silenciosos del rumor de la maleza. Se suponía que su función era marcar la línea entre estar dentro o fuera de la vivienda, pero desde hacía rato parecía que tanto los humanos como las plantas habían dejado de distinguir lo uno de lo otro. Cuando se sintió en confianza, Gabi empezó a caminar con el sigilo de quien apenas está descubriendo el mundo. El golpeteo de sus tacones le recordó a Candelaria el constante martillear del suelo con el que su padre trataba de impedir que se asomaran las raíces entre las grietas. Pero esa guerra siempre estuvo perdida desde mucho antes de que él se fuera y por eso consideró apropiado alertarla de posibles tropiezos. Gabi miró al suelo y vio raíces asomadas por todas partes aprovechando cualquier descuido para seguir reclamando terreno. Se alargaban con una fertilidad descontrolada. Cada brote se ramificaba en otro y este, a su vez, en otro más. Daba la sensación de que si uno se sentaba a observarlos fijamente un buen rato, los vería crecer y retorcerse como lombrices en tierra fértil.

A Gabi se le escapó una mueca cuando vio un árbol de mangos creciendo en mitad de la sala. Estaba lleno de flores blancas. Pronto daría cosecha. Candelaria no supo si la mueca era por asombro o incredulidad o por ambas cosas. Un portazo en la planta alta la obligó a alzar la mirada, y al hacerlo notó que los biseles de la lámpara estaban llenos de insectos muertos y de telarañas balanceándose como serpentinas transparentes. Deseó que Gabi no lo hubiera notado. Su padre era obsesivo con las telarañas, jamás habría permitido que llegaran a acumularse de esa manera. Arriba en la cúpula del techo zumbaban algunas abejas. Se veían de todos los colores porque los vitrales teñían los rayos de sol que se filtraban por ellos.

Al portazo lo siguieron unos pasitos delicados en pleno descenso por las escaleras. Candelaria sintió un poco de vergüenza al percatarse de que su madre había decidido salir del cuarto y ahora bajaba hacia ellas. Tenía el cuerpo envuelto en una toalla que dejaba ver su extrema blancura, sus venas abultadas y los puntos rojos que le dejaban las picadas de las sanguijuelas en el cuerpo. Estaba descalza, como de costumbre. Candelaria vio los ojos de asombro que puso Gabi al verla y tuvo la certeza de que su madre seguía siendo un espectro. El mismo en el que se había convertido desde que el padre se marchara tres lunas llenas atrás, cuando los sapos grandes y brillantes que ahora nadaban en el estanque eran apenas unos renacuajos diminutos que cabían en la palma de la mano.

—¿Y quién es esta? —preguntó la madre.

—La primera huéspeda que llega a Parruca —respondió Candelaria.

—¿Y la serpiente?

—Es la mascota de la primera huéspeda que llega a Parruca.

—Apuesto a que no tiene dinero —dijo la madre.

—Lo que no tengo es en qué gastármelo —dijo Gabi.

—Entonces bienvenida. Me llamo Teresa. Acomódala en uno de los cuartos de abajo —ordenó—. ¿Dónde está tu hermano?

—Enterrando el Jeep en el que vino Gabi.

—Que tenga cuidado con las madrigueras de los armadillos. Donde derrumbe alguna, ahí sí se termina de caer esta casa —dijo antes de dirigirse al estanque.

La madre atravesó el salón principal esquivando las raíces y las baldosas levantadas, más por costumbre que por pericia. Candelaria reparó en los nudos del pelo y se preguntó si lo tenía demasiado largo para que el peine los desatara o si llevaba mucho tiempo sin peinarse. El blanco de las canas había superado al color original y eso la hizo fantasear sobre cómo se veía con un pelo oscuro como el de Gabi. Una vez abandonó la casa, escudriñó a la forastera para tratar de descifrar la impresión que la madre había dejado en ella. Pero, al parecer, las preocupaciones de Gabi eran de otra índole y no tenían nada que ver con canas ajenas, nudos en el pelo, raíces rebeldes, telarañas y árboles de mango creciendo en mitad de la sala.

—¡No estoy dispuesta a descalzarme! —comentó Gabi al cabo de un rato.

Candelaria la miró con extrañeza, tratando de entender adónde quería llegar con el anuncio.

—Ignoro si todos en esta casa andan descalzos porque es un hábito familiar, una estrategia para no tropezarse o una regla absurda propia de un lugar absurdo como este, pero sea lo que sea, no pienso descalzarme —dijo. Y luego, como para que quedara aún más claro añadió—: Ni muerta.

—Aquí, como se habrá dado cuenta, todo el mundo hace lo que le da la gana. Y eso incluye desplazarse con o sin zapatos —dijo Candelaria mirándose las plantas sucias de los pies.

Recordó cuando su padre la hacía parar sobre las baldosas calientes con el fin de que sacara callo y resistiera las inclemencias del terreno. A media tarde, cuando más calientes estaban, la hacía pararse y le contabilizaba el tiempo que resistía sin emitir ni una queja y sin meter los pies en la piscina para aliviar las quemaduras. La primera vez aguantó cinco segundos, luego veinte y treinta y así cada vez más. Para el final de ese verano había soportado dos minutos, hasta que llegó el día en que la planta del pie se engrosó y nunca más volvió a necesitar zapatos. Era algo de lo que solía sentirse orgullosa, pero ahora, ante la reticencia de la recién llegada a quitarse los tacones, no supo si andar descalza era motivo de orgullo o de vergüenza. Notó que Gabi se quedó más tranquila de saber que podía, si así lo hubiera querido, dormir o nadar con los tacones puestos. Lo supo por el desparpajo con el que la vio caminar alrededor del árbol de mangos y rozar la madera del tronco con los dedos como si necesitara cerciorarse de que era real. Luego se metió una hoja de albahaca en la boca y la masticó muy despacio mientras los pensamientos le deambulaban por quién sabe qué vericuetos de la mente. Pisó las sombras coloreadas por los vitrales, a veces rojas o azules o verdes según el reflejo que las filtrara.

Más tarde reparó en las inmensas vidrieras que iban del suelo al techo y, al ver su reflejo en ellas, no pudo evitar la tentación de mirarse de arriba abajo. Se arregló el peinado, se quitó los restos de polvo y se alisó las arrugas del vestido. Dedicó unos segundos a acomodarse el busto de manera que se viera más voluptuoso y luego se pasó la mano por el abdomen, como si quisiera comprobar que estaba plano. Por la amplitud de la sonrisa podría decirse que Gabi estaba satisfecha con su aspecto físico. Lo que Candelaria ignoraba era que esa sonrisa se debía a haber encontrado un lugar adecuado para camuflarse, como lo hacen los animales entre el follaje cuando no quieren que los encuentren. Aunque la verdad era que también se sentía a gusto con la forma en que lucía, y cada vez que miraba su reflejo en los cristales era más por placer que por necesidad de comprobación. Gabi era bonita. Y eso era algo que ciertas mujeres deben tener claro, en especial cuando su subsistencia depende enteramente de ello. Pero asuntos como esos aún estaban lejos de la comprensión de Candelaria, porque había logrado llegar hasta los doce años sin preguntarse si era bonita o no. Ni siquiera tenía un espejo ni tampoco, a excepción de su madre, un referente femenino con el cual compararse, por lo menos hasta ahora que veía a otra mujer regocijándose en el reflejo de su propia belleza.

Otra de las cosas que ignoraba eran las razones por las cuales Gabi tuvo que robar el Jeep y manejarlo sin cansancio a través de caminos olvidados. O aceptar las invitaciones del azar y detenerse solo cuando se le acabara el combustible o las llantas explotaran de tanto andar. No paró a socorrer los animales que golpeó con el parachoques ni se tomó el trabajo de poner al pie de la cuneta sus cuerpos sin vida. Cuando la oyó suspirar, adivinó que era un suspiro de alivio, de ilusión, puede incluso que hasta de enamoramiento, porque había oído infinidad de veces los suspiros de su madre y ninguno sonó nunca tan placentero como sonaban los de aquella mujer. Lo más posible es que durmiera bien en su nuevo cuarto, pues, tal y como lo había demandado, era toda una maraña de enredaderas y plantas. Candelaria deseó que fueran de las que alejan los malos sueños, pero es que otra cosa que ignoraba era el tipo de pesadillas que atormentaban a Gabi de Rochester-Vergara todas las noches desde tiempos inmemoriales.

Parruca es un buen lugar para esconderse. Viven pocas personas, es difícil llegar y las montañas no hablan. Nadie delata a nadie. Así se comportan quienes tienen asuntos que ocultar. A veces es mejor así: yo no hablo, tú no hablas, las montañas no hablan. Eso es lo que pasa con las personas que andan huyendo, nunca pueden estar seguros de adónde van a ir a parar, ni lo que les espera a donde sea que lleguen. Pero no siempre fue así. Antes de ser un buen lugar para esconderse, Parruca ni siquiera era un lugar sino una canción, porque el padre era un artista empeñado en crear ballenas que no cantaban y en oír canciones donde no las había. Y Candelaria, por su parte, era una niña que, de verdad, llegó a creer en las palabras de su padre. Si cerraba los ojos y ponía un poco de empeño aún era capaz de percibir los sonidos que él le había enseñado a escuchar.

Sonaban las campanas alrededor del cuello de los conejos y el canto de los currucutúes parapetados en las ramas de los laureles. Retumbaban las goteras al estrellarse en el techo en su imparable descenso hasta los charcos del suelo. Crujían los pasos de la madre a lo largo de los corredores y los martilleos del padre en su eterna lucha por mantener unidas las baldosas para que nadie se tropezara. Zumbaban las abejas y también se quejaban las columnas de madera y los travesaños del techo de tanto beberse la humedad del amanecer.

La madre también aportaba melodías pero sobre todo florescencia. Estaba convencida de que la música tenía más efecto sobre las plantas que el abono. Hizo experimentos con varios géneros musicales y, al final, llegó a la conclusión de que la ópera era lo que más les gustaba. Pero no todas las obras funcionaban de la misma manera. Según ella, las plantas también eran sensibles a las melodías tristes. Con ciertas piezas reaccionaban de inmediato a la melancolía y era entonces cuando las regañaba: «Debería darles pena ese follaje todo decaído y las flores mirando al suelo. Habiendo tanto cielo y a ustedes solo se les ocurre mirar para abajo», les decía, porque la madre, además de ponerles música a sus plantas, también hablaba con ellas. Un día durante el desayuno anunció: «*La gazza ladra*. Esa es la más efectiva. Háganse el favor de salir y ver lo que está a punto de pasar», dijo mientras le subía el volumen a la ópera de Rossini.

Pero nada pasó. O por lo menos eso le pareció a Candelaria. Los árboles ondeaban al vaivén del viento y susurraban entre el follaje, como siempre. Las aves cantaban al vuelo y las flores se abrían para atraer a las abejas, como siempre. No logró entender qué era aquello que su madre veía y la ponía tan contenta, pero el solo hecho de verla así la llenaba de optimismo, porque ver a su madre sonriendo era algo que no ocurría todos los días. Los conejos pasaron batiendo los cascabeles que les pendían del cuello, como siempre. Cantaron las guacharacas y los alcaravanes; chillaron los grillos y las cigarras, como siempre. Y el guacamayo se manifestó a punta de alaridos y empezó a batir sus alas, porque eso era lo que hacía cada vez que estaba contento. Lo llamaban Don Perpetuo, como si al asignarle ese nombre pudieran eternizar su existencia, lo cual parecía apropiado, pues era un *Ara ambiguus* que estaba a punto de extinguirse.

Tras un análisis posterior a los sucesos de esa mañana, Candelaria empezó a entender que todos esos sonidos hacían sonreír a su madre no de felicidad sino de nostalgia, y que había una gran diferencia entre lo uno y lo otro. Sonreía porque le recordaban una época feliz que ya nunca volvería. Sonreía porque al fin había comprendido que cada cual es responsable de componer la banda sonora de su vida y que había vivido con un hombre que le impidió iniciar su propia composición. Un hombre que jamás regresaría, pero que, a cambio, dejó una marca sonora lo suficientemente fuerte para que la familia pudiera oírla todo el día, todos los días. Sonreía porque, con la ópera, ella había sido capaz de añadirle su sello propio a esa marca sonora y eso la hacía sentir como si estuviera superando las cosas, pasando la página, componiendo, al fin, su propia melodía no necesariamente buena o mala, pero suya, a fin de cuentas.

Candelaria entendió por qué su padre siempre decía que Parruca no era un lugar sino una canción que se va componiendo por sí misma a cada instante. Una canción tan irrepetible que no podía oírse dos veces y pretender que sonara de la misma manera. Una canción única. Una canción infinita. Hizo memoria y le pareció que esa idea que él había expresado con tanta insistencia escondía una enorme verdad: Parruca era un lugar en el que todo sonaba.

Todo, excepto las ballenas.

El padre había esculpido decenas de ellas con granito y cemento, pero nunca pudo hacerlas cantar. Un día le dijo a Candelaria que era porque estaban muy lejos del mar y ella se empeñó en echarles baldados de agua con sal todos los días. Pero las ballenas permanecían en silencio alrededor de la propiedad: inmóviles, expectantes, como guardianes que no saben muy bien qué custodiar.

Antes de que llegara Gabi y la propiedad terminara convertida en una casa de huéspedes, antes, mucho antes, cuando todo sonaba en Parruca y el lugar no era un lugar sino una canción, la familia entera solía participar en el jolgorio que siempre empezaba de la misma manera: el padre sacaba el tamboril y lo golpeaba con la destreza de los chamanes durante sus ceremonias. Pum, pum, pum. Sonaba como el corazón de una casa cuando está llena de vida. Pum, pum, pum. Y sus silbidos, cómo olvidar sus silbidos, capaces de poner a danzar hasta las hojas de los árboles, de competir contra casi todos los pájaros. Siempre sostuvo que los nativos fueron quienes le enseñaron a silbar de esa manera porque ellos, a su vez, habían aprendido el secreto de los sinsontes, y ese tipo de secretos no se le otorgan a cualquiera.

Tobías era de pensamiento rápido e improvisaba las letras de las canciones sobre la marcha mientras Candelaria tocaba la marimba que su padre le había ayudado a construir con las botellas de aguardiente que él se había tomado. Y la madre solía unirse al jolgorio luciendo siempre ese vestido rojo que solo se ponía cuando estaba contenta, ese que a todos encantaba porque hacía juego con sus labios y con su dicha.

Todo sonaba cuando aún estaba el padre, pero tras su partida la casa quedó en silencio. Se fue sin decir adónde, sin decir por qué. Dejó algunas de sus pertenencias: las botas pantaneras, los abrigos, los impermeables, cosas de esas que no se necesitan cuando uno va hacia el mar, pensó Candelaria, que a los doce años ya era buena para sacar deducciones. Dejó a su madre, dejó a Tobías, la dejó a ella. Rossini no volvió a oírse y las flores perdieron la costumbre de florecer. Candelaria se demoraría en determinar si fueron las cosas las que se quedaron en silencio o si fue el silencio el que se quedó en las cosas. Tal vez todo se resumiera en que ella había dejado de oírlas. Parruca ya no era una canción, ni siquiera un lugar, tan solo un trozo de silencio. Nada más.

No se despidió cuando se fue, pero todos recuerdan que estaba lloviendo. Gruesos goterones caían sobre las láminas de aluminio que él había instalado en el techo para darle voz a la lluvia. Ocurrió que esa tarde hubo tempestad y estaba venteando, y por eso el techo sonaba como un piano desafinado. Candelaria lo oyó desde el final del pasillo e intuyó que esa era una canción de despedida. Antes había oído golpes en el cuarto de sus padres y, por un momento, pensó en ir por su marimba, porque creyó que el jolgorio estaba a punto de empezar. Pero los golpes no eran los del tamboril sino los de los puños contra las paredes. Su madre estaba gritando y no llevaba puesto el vestido rojo ni tenía los labios pintados de ese mismo color.

Cuando el padre atravesó los corredores, las tablillas del suelo chillaron a su paso y los vidrios retumbaron por la vibración de las puertas cerradas con más fuerza de la necesaria. Antes de salir lo vio terciarse a la espalda un equipaje minúsculo, más propio de un viajero de corto aliento que de un hombre a punto de abandonar a su familia. En un principio pensó que había salido tan apurado que no alcanzó a empacar ni siquiera lo necesario. Lo correcto habría sido pensar que un equipaje insuficiente corresponde a quien no va a volver nunca porque su deseo no es otro que el de empezar desde cero una nueva vida en un nuevo lugar. A su padre le gustaba andar liviano, porque ya estaba en esa edad en que las cosas imprescindibles de la vida no son cosas. Aun así, en su diminuta maleta le cupieron todas las canciones, y por eso, después de su partida, Parruca quedó sumida en un largo silencio. A veces era interrumpido por el sonido de arcadas secas, porque la madre era una experta en provocárselas metiéndose los dedos garganta abajo para inducir el vómito. Su madre era experta en cosas muy extrañas, pero Candelaria aún no tenía nociones muy claras de qué comportamientos debía ostentar una familia normal. De hecho, tampoco sabía lo que significaba tener una familia normal, por la sencilla razón de que la suya nunca lo había sido.

A menudo eran tildados de poco convencionales y excéntricos. Familia de raros y chiflados; de ermitaños y salvajes, pero desunidos, eso jamás, pensó, porque aún no sabía que a veces basta tan solo un instante para separar lo inseparable. Buscó a su hermano en un intento por oír una voz sensata que le dijera cómo actuar ante una situación tan poco cotidiana, pero cuando lo encontró, ya Tobías había ingerido el brebaje amargo que siempre usaba para escapar sin tener que dar ni un solo paso. Lo halló sentado al pie del laurel en esa rara quietud en la que se mantenía últimamente. Tenía los ojos cerrados y ninguna intención de moverse, aunque estaba empapado por la lluvia. A lo lejos se oían unos quejidos desgarradores y repetitivos que expresaban justo lo que Candelaria estaba pensando:

—¡Ay!, qué vida tan dura, ¡ay!, qué vida tan dura.

Candelaria trató de ubicar esa voz quejumbrosa que se parecía tanto a la de su madre. Sin embargo, sabía que no era ella la que se quejaba. No esta vez. Siguió buscando hasta que halló a Don Perpetuo balanceándose en la copa de la araucaria con las alas extendidas y las plumas erizadas, porque para un guacamayo no hay nada más emocionante que bañarse al son de la lluvia. Sintió una gran envidia del ave tan desentendida y ajena a los dramas humanos, tan capaz de pensar solo en sí mismo. Se le iba la vida en buscar frutas maduras, dormitar camuflado entre el follaje y esperar a que lloviera para darse un baño. Podía pasarse toda una tarde acicalándose las plumas, sin sentirse mal por ello.

Se echó en la hamaca y siguió observándolo. Seguía con las alas extendidas y emitía unos alaridos que resonaban selva adentro haciéndole coro a los sonidos propios de la casa: el llanto de la madre, el chillido de las bisagras y la canción desafinada de la lluvia sobre el techo de lata. Candelaria tenía la boca apretada y los ojos muy abiertos. No le gustaba llorar. Su padre le había dicho que cuando tuviera ganas de hacerlo, intentara contar hasta treinta. El problema era que llegar hasta ese número no era fácil. Nunca lo había conseguido, y menos ahora que las lágrimas ya estaban asomadas. Con llegar a diez se conformaría: uno, dos, tres, cuatro, cinco..., contó hasta cinco porque eso fue lo que aguantó sin parpadear. Cuando no tuvo más remedio que cerrar los ojos, sintió el caminito de lágrimas rodándole por las mejillas.

Los gemidos de Candelaria acompañaron la canción triste de ese día. Fue una canción larga, de verdad, esperaba no tener razones para volverla a interpretar, aunque eso le pareció imposible a ella, que era llorona por naturaleza. Cuando fue a buscar los renacuajos para ponerlos en su pecera, seguía llorando. Había deseado que su padre regresara antes de que se convirtieran en sapos. Pero en ese momento aún no sabía que a los doce años se desean muchas cosas y casi ninguna se vuelve realidad.

Entre la partida del padre y la llegada de Gabi de Rochester-Vergara solo hubo silencio. Acechó a lo largo de los corredores. Se coló por entre las rejas de hierro forjado y por las ventanas entreabiertas. Paciente, se posó sobre las ballenas de granito con la quietud de las aves carroñeras cuando se posan a esperar sus presas. Candelaria enfrentó sola todo ese silencio. Sus formas la asustaron porque no podía definirlas ni señalar sus fronteras. Intentó tocarlo y era gélido. Quería morderle los dedos. De color indescifrable. De una consistencia parecida a la que tienen las sombras alargadas. Olía a la humedad del musgo y del techo que siempre estaba lleno goteras impacientes por apretarse en las baldosas. Tal vez porque fue una de esas temporadas en las que no paró de llover. Tal vez porque nadie supo nunca reparar las tejas para que no filtraran agua. El silencio estaba en todas partes: en el aire, donde muere el vuelo de las aves; en las honduras de la tierra, al pie del nido de los armadillos, en la turbiedad que empezaba a apoderarse del agua de la piscina, en los biseles de las lámparas que andaban llenas de telarañas e insectos muertos porque ya nadie las limpiaba.

Sintió miedo con tanto silencio a cuestas como se siente miedo ante las cosas que se escapan de lo cotidiano. Estaba asustada de verdad. Por primera vez en su vida se dio cuenta de que no tenía a nadie hacia quien correr. Así aprendió que correr hacia alguien es un encuentro y que lo contrario es una huida. Percibió el miedo en los poros y en ese escalofrío que le corría a lo largo de la espalda, restándole firmeza a sus piernas. Sentir miedo era una experiencia muy diferente en aquella época en que tenía a su padre al lado. Antes era la forma más fácil de hacerse con un abrazo, de que la acunaran en el pecho, de que le dijeran que todo iba a estar bien. Ahora nadie le decía nada. Ahora no había brazos ni pecho ni formas fáciles.

Candelaria no lo sabía aún, pero no habría nunca más ni lo uno ni lo otro. Ya ni siquiera había padre. Eso tampoco lo sabía, pero no iba a volver por mucho que ella se empeñara en divisar las curvas de la carretera a la espera del carro que habría de traerlo de vuelta a casa. Bien fuera envuelto en una nube de polvo como las que anuncian los carros que transitan por caminos olvidados, o bien salpicando las cunetas de lodo, si es que había llovido.

A veces, también miraba las ballenas y las ballenas la miraban a ella, y entonces se preguntaba quién se cansaría primero de esperar.

La primera en reaccionar ante la partida del padre fue la vegetación. Comenzó a expandirse porque él ya no estaba para detenerla. Candelaria sabía que algo así podía pasar. Su padre le había contado la inundación que él ocasionó cuando trató de desviar el cauce de la quebrada y la furia de las ranas cuando se le ocurrió secar el humedal. También le habló de la resistencia de las raíces de los árboles cuando intentó cavar el hoyo para construir la piscina. Ella misma presenciaba la velocidad con la que crecía la hierba y la valentía de los animales tratando de defender un territorio que siempre les había pertenecido.

Las únicas que no se defendieron fueron las ballenas. Terminaron llenas de musgo y de hongos, a pesar de que Candelaria les arrojaba agua con sal todos los días. Ella misma la preparaba en un balde simulando la salinidad del océano. Otras ballenas fueron cubiertas por uña de gato, o por toda suerte de líquenes de los que se aferran a la rugosidad del granito y el cemento. El resto de los animales habían aprendido a defenderse debido a los instintos heredados por sus padres, quienes a su vez los habían heredado de los suyos, y así desde mucho antes de que los humanos llegaran a desplazarlos.

Candelaria alguna vez espió las conversaciones en las cuales los nativos le echaban en cara al padre la construcción de una casa que estaba en total disonancia con el terreno. «Es inútil pelear contra la naturaleza —le decían—. Siempre termina ganando la partida.» La diferencia es que ahora no existía un padre para dar la pelea y su madre no tenía alientos para darla. Lo supo desde el momento en que dejó de buscar piedras redondas para su colección. Tobías, por su parte, seguía inmóvil al pie del laurel, y para ese entonces Gabi de Rochester-Vergara aún no había llegado a Parruca, porque andaba deshaciéndose de su tercer marido y pensando en la mejor forma de esfumarse con el dinero sin dejar rastro. Eran esos tiempos en los que Candelaria insistía en encaramarse en el techo todos los días con el fin de divisar la carretera. Tiempos en los que aún guardaba la esperanza de que su padre regresara.

Pronto, Candelaria empezó a cansarse. Se cansó de poner cuatro puestos en la mesa y solo ocupar uno, y de sacudir a Tobías para sacarlo del letargo en el que se sumía cada vez que bebía sus brebajes. Se cansó de abrir las ventanas del cuarto de su madre porque apenas cruzaba la puerta de salida, ella volvía a cerrarlas de un golpe. A veces se quedaba espiándola, jugando a ser invisible en un rincón del cuarto, y entonces se ponía a mirar las piedras redondas con el fin de no sentirse tan sola; pero también se cansó de esos ojos fijos e indiferentes tan parecidos a los de los sapos confinados en su pecera. Estaba harta de comer nada más que frutas y cereales, pero tuvo que seguirlos comiendo porque no sabía prepararse nada más. Las semillas y granos que dejaba caer al suelo de la cocina terminaban germinando entre las grietas de las tablillas de madera y, cuando menos pensó, la casa por dentro parecía un invernadero.

A su madre le dejaba comida en el resquicio de la ventana y a su hermano entre las piernas siempre entrecruzadas en posición de loto. Estaban tan flacuchentas y retorcidas que tendían a confundirse con las raíces del laurel que le daba sombra. Candelaria siempre tuvo dudas de si eran ellos o los pájaros lo que terminaban dando cuenta del banquete. Un día vio a un mirlo patiamarillo tratando de anidar entre el pelo de su hermano, y desde entonces, estuvo más pendiente para impedirlo. Temía que Tobías despertara y desacomodara a unos posibles pichones, así que todos los días por la mañana se ponía a desenredarle el pelo con un peine y a sacudirle las hormigas. También le cortaba las uñas de las manos y de los pies y le frotaba las picaduras de insectos con menticol. Luego se sentaba a su lado a conversarle. Así aprendió a no esperar respuestas de nadie.

Al final terminó también cansándose de hablar sola y permitió que las palabras se desvanecieran en algún lugar de su garganta, antes de que pudiera pronunciarlas. Dejó de percibir sonidos en todas las cosas, porque ya no estaba su padre para hacerla consciente de ellos. Cuando llovía las goteras sonaban por todas partes, pero ella cada vez las oía menos. Y las columnas de madera crujían al amanecer como si las estuvieran torturando, pero ya sus quejas no se oían. Como los conejos se habían reproducido mucho, se pasó todo un día poniéndoles cascabeles alrededor del cuello, pero luego notó que ya no tintineaban igual que antes. Don Perpetuo gritaba menos y el caudal de la quebrada no sonaba tan fuerte como antes. En la casa solo había silencio y ella terminó por unirse a él, porque su padre alguna vez le dijo que si un enemigo era invencible la única opción era ponerse de su lado. Ya tendría tiempo de aprender que la verdadera derrota es rendirse sin siquiera hacer el intento.

Así que, en silencio, espantó a los zorros, sacudió las polillas, persiguió las interminables filas de hormigas. En silencio sacó los escorpiones del cuarto para no aplastarlos cuando se acostara. En silencio entraba donde su madre para asegurarse de que estuviera caliente. Le ponía un dedo debajo de los orificios de la nariz para tener la certeza de que seguía respirando. Continuó encaramándose en el techo. El carro en el que habría de llegar su padre no se veía nunca atravesar la carretera, nadie salpicaba las cunetas de lodo. Esos días en los que se sentía explotar de impaciencia, en los que las palabras ya no le cabían por dentro, tomaba todo el aire que pudiera contener en los pulmones, cerraba los ojos y pegaba unos gritos que tumbaban las frutas de los árboles. El eco, como siempre, era el único que contestaba y, al final, todo volvía a quedar en silencio. Siempre en silencio.

Recién finalizaba la segunda luna llena cuando Candelaria los vio. Aún delgados, ascendiendo con determinación. Enredándose con firmeza en todo lo que les permitiera trepar. Los vio verdes y turgentes declarando su vitalidad. Los vio amenazantes y familiares al mismo tiempo. Eran los brazos de las enredaderas que ya habían llegado hasta la parte más alta del techo, justo donde ella se sentaba a divisar la carretera. Ya habían rodeado la casa con su abrazo inquietante. Solo les faltaba coronar la cima. Se acordó de los nativos y supo que la naturaleza estaba ganando la batalla, porque el padre ya no estaba y ni ella ni su madre ni su hermano estaban dando la pelea.

Bajó del techo de un traspiés y se puso a inspeccionar la casa con ojos renovados. Observó cada rincón como si lo hiciera por primera vez. Y vio muchas cosas. Vio lo mucho que habían crecido las plantas en el interior de la casa. Vio la insistencia del moho en dibujar sobre las paredes y la de las raíces de los laureles en penetrar por las tuberías. Ya se asomaban sus puntas por los sanitarios. Puso a llenar la bañera y cuando al cabo de unos minutos volvió para cerrar la canilla se dio cuenta de que estaba llena de lodo. Entendió que una piscina se convierte en estanque cuando el agua está tan turbia que deja de verse el fondo. Comprendió la velocidad con la que la lluvia pudre la madera, desplaza las tejas del techo, se come las orillas de la quebrada y hace caminar hasta a las piedras. En abril llueve mucho, eso ella lo sabía, era la mejor época para ir a nadar a los charcos y para buscar sanguijuelas para los tratamientos de su madre o ranas venenosas para Tobías. Lo que no sabía eran todos los desafíos que la lluvia acarreaba. Pensó en su padre. Él habría podido enfrentarlos todos. Pero ocurría que ya no estaba.

Fue a la cocina y sacó todas las ollas. Las puso en fila sobre el suelo. Cogió los cucharones largos con los que su madre batía natilla y arequipe. Tomó aire, tomó impulso y empezó a golpear las ollas como si de eso dependiera su existencia. Lo hizo con todas las fuerzas que cabían en sus brazos y con toda la rabia que tenía fermentándose por dentro. La casa se puso a temblar, las grietas del suelo se ensancharon, las puertas se mecieron lentamente, chillaron las bisagras oxidadas. Las ventanas vibraron, generando la falsa sensación de que iban a quebrarse. El sonido inundó los rincones vacíos y el eco lo devolvió amplificado. Candelaria seguía batiendo los cucharones sobre las ollas cada vez más fuerte, cada vez más duro. Y su plan era seguir haciéndolo hasta que alguien la escuchara.

Al cabo de un rato se abrió la puerta del cuarto de su madre. La vio alta e inalcanzable, asomada por la baranda del segundo piso. Estaba tan pálida y translúcida como un espectro. Se le veían todas las venas del cuerpo, como gusanos oscuros latiendo en su interior. Las ojeras hacían pensar que tenía ahora un par de huecos donde antes hubo un par de ojos. Los mismos que ahora se entrecerraban porque se habían desacostumbrado a la luz o, tal vez, porque seguía con ganas de dormir o, a lo mejor, tan solo quería descifrar de dónde provenía tal alboroto. Candelaria notó su pelo enmarañado, su piel reseca, su boca contraída. Advirtió que hacía días que no la sentía vomitar y llegó a pensar que eso era un avance, pero luego cayó en la cuenta de que estaba comiendo tan poco que no habría tenido nada que expulsar de su estómago.

Por andar mirando a su madre no se dio cuenta cuando Tobías ingresó a la casa. La visión de su hermano era tan aterradora que paró de golpear las ollas para observarlo. Estaba tan flaco que parecía a punto de disolverse y desaparecer. Si le hubiera dado un pequeño empujón, lo habría mandado al suelo sin dificultad alguna. Los dientes se le veían inmensos y la piel transparente. Parecía una rana platanera. Por estar sentado tanto tiempo en la misma posición al pie del laurel le crujían los huesos cada vez que hacía algún movimiento. Candelaria oyó el chasquido de su mandíbula cuando bostezó. Luego lo vio frotarse los ojos en un intento por despertarse del todo. La primera en hablar fue la madre:

—¿Qué está pasando? —preguntó.

E inmediatamente después Tobías, con una voz débil a fuerza de no usarse, preguntó lo mismo:

—¿Qué está pasando?

—¡Despierten, despierten! —gritó Candelaria—. ¡La casa se está cayendo!

La guerra empezó a perderse desde el instante mismo en que dejaron de dar la pelea. La vegetación estaba acabando con la casa y hasta con ellos mismos. La propiedad se había camuflado tanto entre el verde que ya ni siquiera era posible divisarla desde la carretera. Nadie podía saberlo todavía, pero eso era precisamente lo que estaba convirtiendo a Parruca en buen lugar para esconderse.

Lo bueno de la guerra contra la vegetación era que a ratos lograba unirlos como familia en un mismo bando. Lo malo era que, a veces, acentuaba sus diferencias y los hacía sentir verdaderos extraños. Como los soldados que no se ponen de acuerdo sobre la identidad de sus enemigos y, al final, terminan disparando para todos lados. O para ninguno. Conforme pasaban los días, Candelaria empezó a darse cuenta de que estaba perdiendo a sus dos únicos compañeros de batalla. En especial a la madre. La intermitencia de sus estados de ánimo la alentaban un día y la desalentaban al siguiente. Nunca estaba ni bien ni mal del todo. Parecía caminar al borde de un abismo, decidiendo hacia cuál lado saltar, pero sin la valentía de decidirse a hacerlo. Candelaria la empujaba hacia su lado porque era su madre y aún la necesitaba, aunque a simple vista pareciera lo contrario. Era ella la que obligaba a su madre a salir de la cama cada mañana. La que la empujaba a la ducha, la que la obligaba a comer y luego a caminar para que el sol le devolviera su color original y ocultara sus venas oscuras y abultadas.

A menudo la alentaba a continuar buscando piedras redondas para su colección, tratando de ignorar el hecho de que ya no estaba el padre para que les tallara los ojos. Nunca supieron de dónde salían esas piedras con tan particular redondez. Estaban desperdigadas por todo Parruca sin obedecer a ningún patrón en particular. Las primeras las encontraron al pie del río y pensaron que el caudal las había arrastrado. Pero luego, cuando cavaron para hacer los cimientos de la casa, encontraron otras. Era tan probable hallarlas en la cima de la montaña como en el fondo de los charcos. No tenían un tamaño específico, pero sí una forma y un color. Eran redondas y negras.

A la madre le encantaban, y por eso todos solían cavar, alzar, arrastrar o empujar con el fin de obtenerlas. A punta de silbidos llamaban a los nativos cuando aparecía alguna excepcionalmente grande para que les ayudaran a llevarla hasta la casa y subirla al cuarto principal, en donde se iban acumulando, unas sobre otras, como municiones de cañón. A todas les inventaba ojos, porque Teresa era el tipo de mujer al que le gustaba sentir que la atención estaba sobre ella. «Debes comprender que en este mundo hay personas que nacen para mirar y otras para ser miradas», le dijo un día su padre. Pero Candelaria todavía era pequeña y le costaba entender esa forma particular con la que él le explicaba las cosas.

Las piedras no eran las únicas que observaban a la madre. Candelaria también lo hacía porque ya no se conformaba con quererla tal cual era, sino que necesitaba entenderla. Trataba de descifrar adónde se había ido su belleza, adónde su gracia, adónde el dinero que corría a manos llenas cuando el padre construyó la casa. Ponía un gran empeño en tratar de entender sus excentricidades: el dedo en la tráquea, los encierros sin tregua, los silencios sin final, los estados de ánimo cambiantes. Hacía cosas como ayunar una vez a la semana, engancharse sanguijuelas en todo el cuerpo para limpiar las toxinas de la sangre y bañarse en miel de abejas. Usaba bicarbonato de sodio como si se fuera a acabar, de hecho, aunque no lo admitía, profesaba más fe en el bicarbonato que en Dios, lo cual es mucho decir, pues era una mujer decididamente religiosa, aunque se peleara con Dios cada día. Hacía buches de bicarbonato para lavar las encías, emplastos para limpiarse la cara, lo ponía en el champú para eliminar la caspa y en el jabón de los platos para desodorizarlos. Se exfoliaba, se quitaba los callos y se cauterizaba las heridas a punta de bicarbonato. También lo ingería en ayunas con limón para alcalinizarse por dentro.

Le faltó poco para erigirle un altar al bicarbonato, pero nunca existió el riesgo de que las peleas con Dios terminaran en ruptura, pues se habría quedado sin alguien frente al cual hacerse la víctima y esa era su actividad favorita. Candelaria llegó a creer que el problema de su madre era que no le ocurrían tragedias al ritmo que hubiera deseado, y por eso hacía todo un mundo hasta de las cosas más insignificantes que le pasaban. Y si acaso no llegaba a ocurrírsele nada, siempre tenía a mano la opción de inventárselas.

La madre también insistía en purificar la casa. Cuando le daba por esas, no permitía que nadie encendiera ningún aparato eléctrico. Solo dejaba iluminar con velas y antorchas. Y entonces Parruca a lo lejos parecía una hoguera ardiendo en mitad de la selva. Era una declaración de fortaleza entre tanto verde. Se adivinaba potente, viva, incluso, amenazante. Ahora no. Ahora era una casa a punto de desplomarse. Una guarida oscura que la selva se estaba devorando. Un lugar condenado al silencio y a la espera.

El primer acto de guerra fue podar las enredaderas. Tobías quería arrancarlas de raíz, pero Candelaria no lo permitió porque le parecía esperanzador que algo estático como una planta pudiera sentirse tan libre para abrazar una casa entera. El punto medio fue podarlas para que tuvieran claro quién controlaba a quién. Luego limpiaron el tanque de almacenamiento de agua con toneladas de bicarbonato y resanaron los lugares por donde se estaba filtrando el lodo.

A la piscina optaron por dejarla de llamar piscina y, a partir de ese momento, fue declarada de manera oficial: el estanque. Lo que pasó fue que no supieron cómo recuperar la claridad del agua y tampoco la manera de traer de vuelta el brillo de los baldosines luego de que la lama los cubriera por completo. Las raíces que el padre cercenó para construir la piscina terminaron por recuperar el espacio que les había sido arrebatado años atrás. Las grietas en los azulejos dejaron entrar el lodo y con el lodo llegaron las ranas, el musgo y las sanguijuelas. Cuando la madre descubrió que el agua estaba llena de ellas, lo tomó como una victoria personal, como una señal divina y ordenó que las dejaran allí, a sus anchas, para que se reprodujeran.

En aquellos días en que la madre recuperaba la esperanza y las ganas de vivir, la veían meterse desnuda en el estanque para que las ventosas de las sanguijuelas se pegaran a su piel y eliminaran todas las toxinas que tenía en la sangre y en los tejidos. Nadie en la familia entendió nunca esa obsesión. El padre solía tildarla de loca cuando veía los puntos rojizos que le dejaban las picaduras, y el asunto siempre terminaba en pelea. Así aprendió Candelaria a no cuestionar nunca las manías de nadie y a entender que todas las obsesiones terminan siendo tóxicas, incluso si aquello que obsesiona es desintoxicarse.

A simple vista parecía que el principal problema eran las enredaderas. Pero no. Eran los laureles, y Candelaria lo sabía. Todos los sabían. La madre quería arrancarlos de raíz como si al hacerlo pudiera arrancar el recuerdo de su esposo. Tobías era partidario de que se quedaran tal y donde estaban. Intuía que eliminarlos era un trabajo inmenso que tendría que hacer él solo. Candelaria tampoco quería que los cortaran porque sabía que su padre se sentía orgulloso de ellos.

Su padre los había sembrado porque crecían muy rápido, daban buena sombra y tenían mucho follaje. Además, los currucutúes acostumbraban posarse sobre sus ramas para cantarle a la noche. Al padre le gustaban los laureles porque le gustaba el canto de los currucutúes y porque adoraba el sonido del viento al pasar entre sus hojas. O quizá porque el problema de las raíces asomadas por los sanitarios y el de las grietas en los mosaicos del patio y en los azulejos de la piscina fueron posteriores a su partida. Ante la incapacidad de ponerse de acuerdo, optaron por dejar los laureles, así ello implicaba convivir con los daños colaterales. Candelaria percibía una hermosa decadencia en ellos. Tenía una inclinación natural a admirar a los seres capaces de hacer respetar su espacio a toda costa.

Luego tuvieron que decidir qué iban a hacer con las plantas que Candelaria involuntariamente había sembrado dentro de la casa de tanto dejar caer al suelo granos y semillas. El padre le había enseñado que lo único digno de adorar en la vida eran las plantas y entonces ella las adoraba, porque todo lo que le hubiera dicho su padre aún era sagrado. Negociaron y optaron por dejar solo las que sirvieran para los asuntos culinarios. A partir de ese momento fue fácil tropezarse en el interior de la vivienda con albahacas, cilantros y árboles pequeños de limones y guayabas. Por supuesto dejaron el árbol de mangos que se alzaba, imponente, en el salón principal. Conservaron también las plantas de maíz y los girasoles porque Don Perpetuo era insaciable a la hora de comerse las pipas.

Mientras la familia llevaba a cabo ese tipo de negociaciones nadie podía intuir que Gabi de Rochester-Vergara estaba a punto de llegar a Parruca. Quizá manejara sin rumbo, quizá decidiera sobre la marcha si tomar o no una carretera que daba la sensación de no haber sido transitada en mucho tiempo. A lo mejor ya la llanta trasera se había explotado. Y un par de animales yacían muertos tras el inesperado golpe contra el parachoques. Seguro estaba cansada de inventar nombres falsos, de dormir en hoteles baratos en los cuales se despertaba sudando a medianoche por obra y gracia de sus pesadillas. O de evadir retenes de la policía y pagar sobornos a quien indagara más de lo que ella estaba dispuesta a responder. Quería llegar a alguna parte. Quería llegar cuanto antes y echar raíces, largas, profundas y molestas como las de los laureles.

Mientras ella aún conducía el Jeep buscando un lugar seguro donde esconderse, los hermanos seguían trabajando sin descanso en los arreglos de la casa. La madre los dirigía desde la comodidad de su silla mecedora chupando mangos maduros. Don Perpetuo sobrevolaba sus cabezas y a ratos bajaba a pedirle a la madre un pedazo de fruta. Estaba en esos días en que tenía un mejor ánimo. «Es porque le gusta sentir que la gente le hace caso», le dijo Candelaria a su hermano. Así que pactaron hacerle creer que seguían al pie de la letra sus instrucciones, aunque, al final, terminaran haciendo lo que ellos consideraban más conveniente. Por esos días tenía buen semblante y se notaba participativa y animada. Debió de ser la alta tasa de reproducción de sanguijuelas lo que la tenía soñando con lograr lo que ella llamaba «una desintoxicación definitiva». Pero a ratos decaía y su mirada parecía atravesar todas las cosas sobre las cuales la posaba. O formulaba preguntas sin sentido y aceptaba respuestas de esa misma categoría.

—¡Hey, muchachos!, ¿ustedes no deberían estar en el colegio?

—No, mamá, el colegio es para tontos —respondían al unísono.

Cuando llegó la hora de arreglar el techo se dieron cuenta de que estaba hecho un desastre. Las enredaderas habían desacomodado todas las tejas dejando entrever la lata de aluminio que había instalado el padre hacía unos meses.

—Hay que quitarla —dijo Tobías—. No solucionó nada el problema de las goteras.

—No, el papá la puso para que pudiéramos oír las canciones de la lluvia —dijo Candelaria.

—Qué canción ni qué nada —replicó Tobías—. Él la puso porque salía más barato que cambiar todas las tejas.

Candelaria se quedó callada pensando en lo que su hermano había dicho. Lo observó retirar las latas llenas de óxido mientras lanzaba improperios contra el padre por la forma como las había instalado. Vio cuando se cortó el dedo meñique con el borde filoso y se lo metió en la boca para evitar que le saliera sangre. La sangre: eso era algo que le crispaba los nervios. Le bastaba ver una gota para ponerse pálido como una hoja en blanco. Lo vio chupándose el dedo mientras contaba las tejas quebradas para ir luego al pueblo a comprar unas nuevas con las cuales reemplazarlas y también para no tener que pensar en la sangre que emanaba de la herida. La madre iba por su tercer mango cuando se percató del inusual silencio entre los hermanos.

—¿Qué pasa allá arriba? —preguntó.

—Que tu esposo es un chambón —contestó Tobías con esa risita que Candelaria tanto odiaba porque aún no sabía cómo descifrar.

—¿Querrás decir tu padre?

—El mismo —respondió Tobías.

—Dime algo que no sepa, cariño —dijo la madre lamiéndose los hilitos de jugo de mango que le chorreaban por el antebrazo.

Y los dos rieron a carcajadas mientras Candelaria trataba de grabarse la palabra *chambón* en la memoria para luego bajar a buscarla en el diccionario. También trató de contar hasta treinta, pero no lo consiguió.

Gabi de Rochester-Vergara llegó a la par con la tregua de la lluvia. Los charcos, por fin, habían sido evaporados por el calor y la grama se había vuelto fosforescente. Los rayos del sol proyectaban sobre el suelo las sombras de los calados de las chambranas. La luminosidad era tal que los vitrales parecían un incendio de colores.

Después de tanto silencio daba la sensación de que Parruca estaba recuperando sus sonidos. Ya se oía el canto desesperado de las chicharras anunciando que estaban listas para aparearse. Cantarían sin parar hasta que volvieran las lluvias. Desde tiempos inmemorables la naturaleza siempre había actuado de la misma manera. Cada planta y cada animal jugaba un papel preciso que permitía mantener el equilibrio natural de las cosas. Nunca fallaba. Por eso Candelaria se fiaba de los ciclos naturales para medir el tiempo. Con la llegada de Gabi capturó otros renacuajos nuevos que ahora nadaban entre la pecera de su cuarto. Tres plenilunios después ocurriría la metamorfosis y tendría que liberarlos otra vez en el estanque. Para ese entonces habría ajustado seis lunas llenas sin noticias de su padre.

Pese a las sospechas que levantó la llegada de Gabi, a Candelaria le pareció que no tenía pinta de ser una mala persona.

Pagó por adelantado sin cuestionar el precio. No exigió nada. No hizo preguntas incómodas, porque así es como actúan las personas cuando no quieren que se las hagan a ellas. Se habituó fácil a convivir con las enredaderas que habían entrado por la ventana de su cuarto y que ahora sujetaban las patas de la cama y los travesaños del techo. Dijo que le gustaban las paredes entapetadas con uña de gato. Mencionó que la leche blanquecina que emanaban sus hojas al ser desprendidas servía para desaparecer las verrugas y blanquear las manchas de la piel. Y al decir esto, se pasó la mano por la mancha sin forma que tenía a la altura del pecho. No quiso que Candelaria barriera la hojarasca del suelo porque a Anastasia Godoy-Pinto le encantaba reposar entre el frescor de las hojas secas. Gabi tenía el talento de una gata para cazar ratones de monte que después almacenaba en un frasco de vidrio para darle de comer a la serpiente. Candelaria admiraba la destreza con la que cazaba sin bajarse nunca de sus tacones, sin despeinarse y sin manchar de tierra ninguno de sus vestidos blancos.

Gabi no parecía albergar ningún tipo de preocupación; sin embargo, cuando supo que Tobías ya había enterrado el Jeep, se mostró aliviada y le dio las gracias poniéndole otro fajo de billetes en el bolsillo de atrás del pantalón. Comía tan poco y tan frugal como los pájaros. No probaba bocado en las noches porque, según ella, acostarse con el estómago repleto aseguraba pesadillas y acumulación de grasa en lugares no deseados. Candelaria la había visto varias veces contemplar su propio reflejo en las vidrieras. Se ponía de frente y luego se volteaba para revisarse el trasero; se ponía de un lado y del otro. Se recogía el pelo en una cola alta y luego se pasaba las manos por entre los cadejos para desordenárselo. Hundía la barriga y luego la aflojaba a la par que se alisaba el vestido con el fin de comprobar que no se viera gorda. Siempre sonreía indicando conformidad, pero luego frente a otra vidriera volvía a comenzar el mismo proceso. Y así varias veces, todo el día, todos los días. Parecía que nunca se cansaba de mirarse a sí misma.

A Candelaria nunca se le había ocurrido detallarse de esa manera, pero desde que vio a Gabi, comenzó a preocuparse por la forma que estaba tomando su cuerpo. El pecho no le estaba creciendo a la misma velocidad que el trasero y, como consecuencia de ello, las piernas se le veían cortas y delgadas como las de las ranas del estanque. Le faltaba estatura y le sobraban cachetes. Nunca había reparado en la dentadura, pero al detallarse la de Gabi supo que estaba lejos de tener los dientes así de alineados y blancos. Tal vez, incluso, los suyos fueran más pequeños de la cuenta. El vello rojizo que le cubría las piernas dejó de pasar inadvertido, de la misma manera que las costras, raspones, picaduras de insecto y mordeduras de animales en general y de Don Perpetuo en particular. Tenía un umbral del dolor alto y, por eso, a menudo no sabía explicar de dónde provenían todas sus heridas.

Empezó a mirarse con frecuencia, no solo en las vidrieras, sino también en el espejo del vestier de su madre. No encontraba ninguna gracia en las pecas que le salpicaban las mejillas ni en la trenza deshecha que le corría espalda abajo. Odiaba peinarse, y en vez de cortarse las uñas, se las arrancaba con los dientes. Tenía gordas las puntas de los dedos y, a menudo, llenas de sangre de tanto jalarse las cutículas. Solía estirarse la camisa con el fin de ver cuánto le había crecido el pecho. El ardor constante y el malestar que experimentaba al roce de la ropa la ilusionaban con la idea de que pronto le emergerían unos pechos grandes y redondos como los de Gabi, pero pasaban los días y no parecían crecer ni un centímetro. Pensó que necesitaba su propio espejo de cuerpo entero, de hecho, le pareció absurda la idea de haber vivido toda su vida sin tenerlo. Era como si nunca se hubiera mirado a sí misma. Lo curioso era que antes no sentía la necesidad de hacerlo y, de repente, se le antojaba imprescindible.

—¿Yo soy bonita? —le preguntó a Gabi.

—¿Tú qué crees?

—No sé, por eso le estoy preguntando.

—No se lo preguntes a nadie. Si uno permite que lo definan, después no puede sacar una conclusión propia. No es fácil ser mujer, cariño.

—¿Y hombre?

—Es tan fácil que terminan por atontarse, ¿ves? A veces, lo que uno tiene a favor es lo mismo que tiene en contra. No lo olvides nunca, información como esa es la que nos hace diferentes a mujeres como nosotras.

Siempre hablaba en plural cuando tenían ese tipo de conversaciones y Candelaria no entendía por qué. Y a menudo tampoco entendía las conversaciones. Aun así, sentía una gran fascinación por Gabi. Adoraba su silenciosa curiosidad. Parecía que no se cansaba de observar todo a su alrededor, que no dejaba escapar ni un detalle que pudiera considerar importante. Se mantenía recolectando plantas que luego clasificaba en un cuaderno que reposaba sobre el nochero. «Estoy buscando la planta ideal», dijo una vez, pero se las ingenió para no especificar ideal para qué, aunque Candelaria ya había notado la especial atención que dirigía hacia las plantas de alta toxicidad.

Además de su marcado interés botánico, Gabi se la pasaba mirando todo lo que la rodeaba, como si no tuviera nada más que hacer en la vida. Y la verdad era que no tenía ningún otro tipo de ocupación, más que mirar y luego ingeniárselas para expresar sus opiniones sobre lo observado sin que nadie sintiera que lo estaba juzgando. Tenía talento para hacer comentarios que ponían a la gente a pensar. Si miraba a Don Perpetuo meciéndose y divisando el paisaje desde la tranquilidad de la araucaria, comentaba que era un ave que verdaderamente sabía vivir la vida. Si veía a la madre nadando en el estanque con el cuerpo lleno de sanguijuelas, mencionaba que todo era posible de desintoxicar excepto los pensamientos. O si se encontraba a Tobías recogiendo hongos, comentaba que la verdad solo era posible encontrarla en un estado de máxima lucidez. Con solo mirarlo a los ojos parecía saber cuánto brebaje había consumido o cuánto pensaba consumir. A veces daba la sensación de que podía leer los pensamientos de la gente como si fueran libros.

Una mañana, Candelaria se dio cuenta de que Gabi tenía sus ojos puestos en ella mientras arrojaba a las ballenas un baldado de agua con sal. Y por alguna razón que no pudo explicar en ese momento, esa actividad que llevó a cabo sin falta todos los días desde que su padre plantó allí las esculturas empezó a parecerle ridícula. Y más aún cuando la oyó preguntándole a Tobías:

—¿Para qué le echa agua salada a las esculturas?

—¿Quiere oír la versión verdadera o la fantástica?

—Ambas.

—El papá le dijo a Candelaria que las ballenas no cantaban porque no estaban en el mar. Esa es la versión fantástica.

—¿Y cuál es la verdadera?

—Él, en realidad, pensó que el agua salada impediría el crecimiento de moho y musgo sobre sus esculturas.

—Tu padre es un aprovechado, cariño —dijo Gabi.

—Y también un inútil —añadió Tobías—. Y hombres que no sirven para nada dan soluciones que no sirven para nada.

Candelaria habría querido no oír esa conversación. Eso le pasaba por metida. Por lo menos tenía algo seguro: su madre no volvería a quejarse de que la sal se esfumaba de la cocina. Por la tarde agarró el balde y se fue corriendo al cuarto de herramientas a buscar la pala. Reblujó todo y no pudo encontrarla. Recordó que Tobías había sido el último en usarla después de enterrar el Jeep, así que fue a su cuarto a preguntarle. Como siempre, entró sin tocar la puerta y lo encontró tumbado en la cama con una manta encima.

—¿Dónde está la pala?

—No vuelvas a entrar sin tocar la puerta, Candela.

—¿Y eso desde cuándo?

—Desde ahora en adelante.

—Antes no era así...

—Antes era antes —la interrumpió levantando la voz al tiempo que se ponía de pie para sacar a su hermana del cuarto, pero no tuvo que hacerlo porque ella salió corriendo cuando la manta se fue al suelo y vio a su hermano desnudo.

Candelaria corrió sin parar hasta donde Tobías había enterrado el Jeep. Estaba nerviosa. El aire entraba con dificultad hasta sus pulmones. Deseó no haber visto el cuerpo de su hermano. Lo había hecho antes, muchas veces, casi sin reparar en él. Cuando eran niños solían nadar desnudos en la quebrada, pero no recordaba que la desnudez la hubiera incomodado y, sin embargo, ahora le pareció intolerable. Era como si el pacto de hermandad se hubiera roto y empezaran a revelarse aspectos que se escapaban de su entendimiento.

Antes era capaz de arrojarse a los brazos de Tobías con los ojos cerrados, de dormir con él en la misma cama y cobijarse con la misma manta. Antes él la cargaba, cuerpo contra cuerpo, cuando ella se cansaba durante sus excursiones por la montaña en busca de ranas, de orquídeas o de una pareja para Don Perpetuo. Antes se tumbaban juntos en la hierba con el fin de encontrarle forma a las nubes y el uno le quitaba al otro las pepitas de maracuyá que se les quedaban atrancadas entre los dientes. También se limpiaban mutuamente con la lengua los caminitos de jugo que rodaban brazo abajo cuando se sentaban a comer mangos maduros. En ese momento, sin embargo, no pudo imaginarse haciendo ni una sola de esas cosas que solía hacer con él. Prefirió salir corriendo al ver ese cuerpo que ya no era el mismo que ella conocía.

Corrió sin parar hasta el montículo de tierra debajo del cual había sido enterrado el Jeep en el que Gabi había llegado. Tenía urgencia en encontrar la pala. Al verla, la agarró y se adentró en la montaña a buscar tierra de capote. Quería la más negra, la más fértil, la que más nutrientes albergara. Quería la más fecunda, la que su hermano usaba para el cultivo de hongos, aquella en la que cualquier planta crecería en un santiamén. Cuando la encontró, llenó el balde mil veces con ella y se detuvo frente a cada una de las esculturas. Las cubrió todo lo que pudo hasta que las ballenas dejaron de ser ballenas.

Con el paso del tiempo llegaría a entender que las cosas no desaparecen por el simple hecho de arrojarles tierra, de mirar hacia el lado contrario o de cerrar los ojos apretándolos tanto que lleguen a distorsionar la realidad una vez se abran de nuevo. Habría de pasar algún tiempo antes de que Candelaria entendiera cómo manejar aquellas cosas que deseaba hacer desaparecer. Se puso a calcular y llegó a la conclusión de que, para la siguiente luna llena, el moho, los líquenes y la maleza se multiplicarían opacando las formas y el esplendor que alguna vez tuvieron las ballenas, porque lo tuvieron, aunque nunca hubieran cantado.

Eran los hongos. Candelaria no tenía ninguna duda al respecto. Eran los malditos hongos los que estaban acabando con su hermanastro. Rojizos, aterciopelados, de apariencia inofensiva, de sabor amargo, de efecto inmediato. Bastaba arrancarlos, deshidratarlos y luego ponerlos a hervir en agua. Con dos gramos Tobías se ponía contento; con tres olvidaba las cosas; con cuatro se ponía creativo; con cinco, violento; con seis, trascendental. Con diez gramos lo había visto sentarse a meditar al pie del laurel durante semanas y con veinte gramos, quién sabe cuánto tiempo. Sacudirlo no funcionaba ni peinarlo ni conversarle, solo quedaba el estruendo de las ollas para despertarlo.

Candelaria ignoraba por qué Tobías no había querido marcharse con su padre. Tampoco sabía por qué últimamente ellos dos estaban distantes. Intuía la existencia de razones tan potentes como para que la familia entera se empeñara en ocultarlas. Hay cosas así: pesadas, incomprensibles, difíciles de digerir. Y son justo esas cosas las que las familias deciden callar.

—¿No te parece que hay mucho silencio en esta casa desde que se fue el papá? —le preguntó a su hermano alguna vez.

—Silencio ha habido siempre —dijo Tobías.

—Antes no lo oíamos —dijo Candelaria.

—Es que el silencio de antes no gritaba tantas cosas.

Al principio a nadie en la familia pareció importarle que se pusiera a cultivar hongos alucinógenos, porque Tobías era más experto en empezar proyectos que en acabarlos. Típico de las personas que son demasiado inteligentes: se aburren muy rápido y rara vez terminan lo que empiezan. Eso era lo que creía Candelaria después de verlo aprendiendo cuatro idiomas por su cuenta. Aunque, la verdad, nunca pudo comprobar su suficiencia porque ella no sabía ninguno diferente al español. No supo si el hindi lo llevó a los hongos o si los hongos lo llevaron al hindi, el hecho es que de un momento a otro Tobías se empeñó no solo en el idioma de ese país, sino también en la meditación, el canto de mantras y los hábitos vegetarianos.

Antes de la India pasó por una fase obsesiva alrededor de Edgar Allan Poe que finalizó más pronto de lo esperado, porque según él ya se había aprendido toda la obra de memoria, aunque eso Candelaria tampoco pudo comprobarlo porque no tenía forma de saber cuán extensa era la obra de Poe. Y antes de Poe tuvo su etapa de científico aficionado, la cual lo llevó a descubrir tres orquídeas y dos ranas venenosas que, según dijo, ahora llevaban su nombre en el *Science Journal*, y, de haber seguido buscando, insistió, seguro habría encontrado muchas más, porque si algo producían esas montañas eran orquídeas y ranas. Fue la única vez en la que Candelaria se lamentó de haber sido expulsada del colegio, pues su conocimiento del inglés fue insuficiente para leer los supuestos artículos. Pero eso no le importó porque aún estaba en la edad en la que los hermanos mayores son los ídolos y todo lo que hagan o digan es aceptado sin ningún reparo.

Pero de todas las obsesiones de Tobías la que más recordaría fue cuando se enteró de que alguien le había oído decir a alguien que, a su vez, le había oído decir a alguien más que Don Perpetuo había sido declarado especie en vías de inminente extinción. Tobías le explicó que era necesario buscarle una pareja para evitar la desaparición definitiva de su especie, un *Ara ambiguus* que, según él, pronto podría apreciarse nada más que en las fotos. «Te imaginas, Candela, podría ser el último ejemplar y nosotros aquí tan campantes viendo cómo envejece sin dejar descendencia», le decía a menudo, poniendo una cara de preocupación que nunca le había visto.

En ese entonces Candelaria ni siquiera sabía lo que significaba extinguirse, pero pronto descubriría la importancia de poner ella también cara consternada cada vez que su hermano hablaba del tema. Lo mejor de esa fase fue que él empezó a convidarla a sus excusiones exploratorias montaña adentro, con el guacamayo parapetado en un brazo y Candelaria aferrada al otro. Nunca se había alejado tanto de casa ni había enfrentado tantas inclemencias. La búsqueda los obligó a cruzar otras quebradas y a trepar otros árboles. Intentaron imitar los alaridos del guacamayo a la espera de que alguien diferente del eco los respondiera. Caminaron por donde no había caminos y se las vieron con tigrillos, plantas carnívoras, pantanos que habrían podido succionarlos y lotos tan grandes que hubieran podido pararse en ellos sin que se hundieran. O por lo menos eso le inventaba Tobías para agarrarla de la mano y hacerla sentir segura. Nunca experimentó miedo a su lado, porque los hermanos mayores saben hacer frente a todos los peligros, de otra forma no habrían osado nacer primero. Jamás encontraron rastros de otro posible ejemplar de *Ara ambiguus*, sin embargo, Tobías no podría decir que esas excusiones terminaron con los brazos vacíos, pues la mayoría de las veces llegó con Candelaria entre ellos a punto de desfallecer del cansancio.

Y otras veces llegó con su mochila llena de hongos.

Fue el mismo monte el que puso en su camino esa rara especie de hongos alucinógenos que Tobías creyó poder mejorar y cultivar. Su fascinación por ellos, al principio, no pareció preocupar a nadie, pero luego, cuando las cosas comenzaron a salirse de control, la más sorprendida fue Candelaria, pues su hermano se reveló como realmente era y no como ella lo percibía. Lo había visto empezar y abandonar muchas cosas, pero el asunto de los hongos lo obsesionó a tal nivel que cuando su padre se marchó aquella tarde de los goterones destemplados, Tobías no quiso acompañarlo y, en cambio, se había sentado al pie del laurel bajo el trance más largo que habría de experimentar. Duró desde que el padre se marchó hasta que a los sapos les salieron los ojos, aunque aún faltaba que la luna terminara de llenarse para que los abrieran.

No siempre era así. A veces Tobías dejaba descansar los hongos y entonces recuperaba la lucidez. Sin hongos de por medio, Candelaria volvía a existir para él. Sus ojos la miraban. Su boca pronunciaba su nombre. La llamaba Candela, según él, ese apodo tenía más fuerza, más contundencia. «Basta una chispa para que te incendies», le dijo un día. Pero ella no le entendió. Había cosas que solo llegaría a entender cuando las mirara desde el futuro.

Como no era posible adivinar cuánto tiempo duraría la lucidez de su hermano, Candelaria lo perseguía por todos lados como un perro faldero para no perderlo de vista. Necesitaba su ayuda para recuperar la casa. Quería seguir oyendo los sonidos. Imaginar que eran canciones. Se estaba cansando de esperar a su padre, deseaba ir a buscarlo, pero no sabía adónde ni cómo ni cuál era el momento adecuado. Esa noche estaban sentados al pie de la piscina, que ya era un estanque de aguas turbias. Iban a planear los arreglos de la casa, a decidir de dónde iban a sacar el dinero, pero terminaron hablando del padre. Abajo en el humedal cantaban las ranas.

—¿Te habrías ido con él si te hubiera invitado? —preguntó Candelaria.

—Él sí me invitó, pero yo no quise partir. Ya no confío en él.

—¿Y adónde se fue? —insistió Candelaria.

—Seguro que a buscar ballenas que canten de verdad.

Candelaria se quedó tratando de adivinar si su hermano sabía o no sabía el paradero del padre; si hablaba en serio o hablaba por hablar. Se quedaron en silencio y cada uno sacó sus propias conclusiones, pero las dejaron escondidas en ese lugar de la cabeza en el que se guardan las conclusiones que no quieren aceptarse. Ambos tenían los pies descalzos y al agitarlos distorsionaban el reflejo de la luna que parecía atrapada allí en las aguas turbias y apretadas.

—Cuando yo nado en el estanque cierro los ojos —dijo de pronto Candelaria.

—¿Para qué? —preguntó Tobías conteniendo una sonrisa.

—Para que no me dé miedo.

—El agua está tan turbia que da lo mismo abrirlos o cerrarlos.

—Por eso mismo —dijo Candelaria—, para qué abrirlos si no se ve nada...

—Por eso mismo —dijo Tobías—, para qué cerrarlos si no se ve nada...

Candelaria se quedó pensando un rato y llegó a la conclusión de que era mejor cerrar los ojos bajo el agua. Sería cuestión de tiempo aprender que lo correcto es lo contrario y que son justo las cosas que no quieren verse las que requieren que abramos bien los ojos. Por cambiar de tema se puso a agitar vigorosamente los pies y luego preguntó:

—Si agito con fuerza el agua, ¿crees que es posible liberar a la luna de este estanque?

—Creo que es mejor mirar al cielo. Así como creo que es mejor andar siempre con los ojos abiertos.

Levantaron la vista y se pusieron a observar la luna. Libre, solitaria, clavada muy alta en la inmensidad de la noche. A lo lejos, seguían cantando las ranas. Pero, en esa ocasión, a Candelaria le pareció que su canto sonaba como un quejido.

Así de natural como crecían los árboles dentro de la casa y se engrosaban las raíces de los laureles. Así de natural como las madrigueras de los armadillos continuaban alargándose bajo la tierra y las sanguijuelas seguían reproduciéndose en el estanque. Así de natural se volvió rápidamente la presencia de Gabi de Rochester-Vergara en Parruca. Candelaria la observaba tratando de entender si la mujer se había adaptado al entorno o si el entorno se había adaptado a ella. Tenía un raro talento para mimetizarse, aparecía y desaparecía según la situación lo ameritara. Cuando abría la boca para hablar, todos parecían hipnotizados con sus palabras. Nadie le refutaba lo que decía ni se atrevía a ahondar en esas frases sueltas y potentes que dejaba caer con la misma suavidad con la que caían las plumas de las aves al mudar de plumaje. Esas frases que estimulaban la imaginación de todos los que las oían, sin dejar espacio para verdades concluyentes.

Se las arreglaba para estar siempre impecable con el único par de vestidos blancos que tenía. Seguía sin quitarse los tacones, aunque sabía que Teresa y Tobías se mofaban de que insistiera en calzarlos en un terreno tan poco apropiado. Teresa hasta le había ofrecido prestarle unas sandalias, pero ella declinó el ofrecimiento. Era cordial, pero no lo suficiente para permitir que los demás se excedieran en confianzas. Su refinamiento generaba muchas preguntas que nadie se atrevía a hacerle, y si las hacían, era a sabiendas de que ella encontraría una elegante manera de no contestarlas.

—Dígame, Gabi, ¿está usted casada? —le preguntó un día la madre mientras comían.

—Por supuesto, Teresa. Me he casado y enviudado tres veces. Una mujer debe tener a alguien con quien discutir en casa.

—¿Discutir?

—Bueno, es gratificante verle la cara al marido cuando una lo aplasta a punto de buenos argumentos, ¿no cree?

—¿Argumentos? —dijo Teresa, seguro pensando si acaso ella los había tenido alguna vez.

—Ahora que lo pienso bien, no necesariamente hay que tener argumentos. Una aprende a ganarles desarrollando la exquisita habilidad de no prestarles atención cuando hablan —dijo—. Aunque, tal vez, la palabra *habilidad* sea excesiva. La mayoría de los hombres son tan tontos que hasta Candelaria les ganaría una discusión.

—¿Y cómo es que ha enviudado tres veces?

—Verá, eso sí que requiere habilidad, Teresa. Y como toda habilidad, es conveniente cultivarla hasta lograr la excelencia. En este momento de mi vida podría considerarme toda una profesional y, sin embargo, como se habrá dado cuenta, aún sigo buscando plantas que me ofrezcan un resultado más potente, que actúe sin que sus efluvios botánicos dejen rastro.

Todos se quedaron pensando en lo que acababa de decir, pero nadie logró comprender nada porque ella no solo era experta en plantas tóxicas, sino también en camuflar todo tipo de verdades de manera que pasaran inadvertidas o que sonaran como un juego de niños. Mientras los comensales intentaban encontrarle sentido a esas palabras y Candelaria trataba de retener la palabra *efluvio* con el fin de buscarla en el diccionario, Gabi siguió masticando, como si nada, las espinacas que le quedaban en el plato. Rumiaba cada bocado veinte veces antes de tragarlo. Candelaria las contaba cada vez que la veía comer. Sabía que era para engañar al cerebro y no excederse en calorías. Aun así, no parecía una vaca rumiante, todo lo contrario, su refinamiento nunca desaparecía, ni siquiera al realizar actividades tan mundanas como masticar, ponerse de rodillas frente a las plantas con el fin de analizarlas o perseguir ratones para alimentar a Anastasia Godoy-Pinto.

Todos la observaban con disimulo, tratando de descubrir dónde estaba la gracia natural, dónde el encanto que la convertía en una mujer tan atrayente. Era por la oposición de cualidades contrarias: generaba repulsión e interés; simpatía y miedo; respeto y burla. Todo al mismo tiempo. Quienes la rodeaban no sabían si sentirse seguros o en peligro; si ocultarse o convertirse en sus aliados; si echarla a la calle o meterla en la propia cama. La fascinación que ejercía sobre Candelaria era impresionante. Su madre y su hermano, en cambio, la percibían como una amenaza y no perdían ninguna ocasión de minimizarla con el fin de sentirse superiores. Cuando estaban juntos y a solas, la trataban de mujerzuela venida a menos, de rara, de fugitiva, pero cuando estaban en su presencia se apocaban y no habrían sido capaces de sostener ni uno solo de los apelativos con los que en privado se referían a ella.

Tras la ausencia del padre, Candelaria empezó a percibir cierta complicidad entre su madre y su hermano. Al principio no le gustaban los comentarios sarcásticos que hacían sobre el padre y ahora se estaban comportando de la misma manera con Gabi. Un amanecer especialmente húmedo hizo crujir más de la cuenta las columnas de madera de la casa. Cuando Gabi lo comentó frente a todos durante el desayuno, Candelaria le explicó que, según su padre, los sonidos que emitía la madera eran una forma de comunicación que desarrollaban los árboles del mismo bosque.

—Ya oyó la versión fantástica —interrumpió Tobías con esa risita estúpida que Candelaria tanto odiaba—. ¿Quiere oír la verdadera?

—No —dijo Gabi—. Me gusta la versión fantástica.

—Yo quiero oír la verdadera —dijo Candelaria.

—No, cariño, no es necesario —dijo Gabi.

—¡Quiero oírla! —insistió Candelaria poniéndose de pie, frente a su hermano.

—El quejido de la madera se debe a que el papá cortó la madera cuando aún estaba verde. Mandarla a secar valía mucho dinero. Y comprarla ya seca todavía más. En resumen, la madera se queja porque el papá es un perezoso y un tacaño.

—Suficiente —dijo Gabi.

—No, esto nos compete a todos —dijo Tobías—. La madera verde es muy inestable, se deforma y colapsa con facilidad.

Candelaria salió corriendo. Antes de perderse entre los árboles giró la cabeza y vio a Gabi plantarse frente a Tobías para darle un bofetón. Pensó que tenía que aprender a dar bofetones en vez de salir corriendo cada vez que la situación se tornara inaceptable. Aunque esta vez no había intentado contar hasta treinta y eso tenía que significar algo. Tal vez la visión del bofetón le había espantado las ganas de llorar. Bajó hasta la quebrada y se sentó en una piedra a pensar en todas las cosas que necesitaba aprender. Gabi no estaría siempre para defenderla.

Estaba lanzando piedras en los charcos de la quebrada cuando Candelaria advirtió la presencia de Gabi. Ignoraba cuánto tiempo llevaba observándola sin que ella se percatara. Estaba parada a la orilla de un charco transparente con su vestido blanco y sus tacones rojos. La luz del sol le caía de tal manera que parecía un cuadro de esos que su padre le enseñaba a través de los libros de arte de la biblioteca. Se preguntó cómo se sentiría ser así de bonita y poder pararse con semejante firmeza, como si el suelo le debiera algo y ella lo estuviera aplastando a manera de castigo. En ese momento no supo si era la belleza la que le otorgaba seguridad o si era la seguridad la que la hacía ver bonita. Tendría que trabajar en ambos aspectos si deseaba ser tomada en cuenta, ponerse a ensayar frente al espejo sus mejores ángulos y la forma correcta de afincarse frente al mundo para hacer sentir su presencia.

—¿Vamos a nadar, cariño? —propuso Gabi.

—No tengo puesto el vestido de baño —contestó Candelaria pensando si lo insegura que se iba a sentir en traje de baño la haría ver fea o si, de verdad, era fea y por eso se sentía tan insegura.

—¿Quién necesita vestido de baño? —dijo Gabi desvistiéndose.

Candelaria la miró de reojo y vio sus pechos grandes y firmes como un par de pelotas.

—Yo lo necesito —dijo Candelaria con los ojos clavados en la mancha.

—Vamos, cariño. Nadie va a vernos. ¡Al agua!

—No me gusta estar desnuda —dijo.

Gabi se vistió de inmediato y Candelaria no supo si fue por ocultar la mancha o por solidarizarse con su incomodidad frente a la desnudez. Se quedaron calladas observando el suave caudal de la quebrada y lanzándole piedras al agua.

—Mi hermano no era así —dijo Candelaria al cabo de un rato—. Y mi padre tampoco era así.

—Uno nunca termina de conocer a la gente del todo, cariño. Mírame bien, va a llegar el día en que no me reconozcas y...

—Ahora que lo pienso mejor —dijo sin oír siquiera lo que Gabi estaba diciendo—, tampoco mi madre era así.

—Tal vez eres tú la que no era antes así —dijo Gabi.

Candelaria se quedó mirando su reflejo sobre la superficie de la quebrada y le pareció tan distorsionado que le costó reconocerlo. Se vio fea y esa visión la hizo sentir apocada, insignificante como las hormigas que en ese mismo momento le trepaban pierna arriba. Podría sacudirlas con la mano y nadie las echaría de menos, no alterarían el orden de la propia fila de hormigas de la que formaban parte ni la cotidianidad del hormiguero que ellas mismas habían construido.

Volcó de nuevo la vista al agua y no supo si la distorsión de su reflejo se debía a su imaginación, al viento, al incesante avance del caudal o a algún animal nadando bajo el agua, entonces intentó convencerse de que no siempre era posible saber la razón por la cual cambian las cosas. He ahí otro motivo para abrir los ojos, tanto dentro como fuera del agua.

La tarde en que Candelaria encontró el cadáver de un conejo entre la manigua fue la misma en la que creyó ver a un hombre sin vida. Yacía sobre una piedra demasiado quieto para estar durmiendo y demasiado cómodo para estar muerto. Sin embargo, la presencia de moscas alrededor de las pústulas, la ropa hecha jirones y los zapatos desgastados y nauseabundos sembraron en su cabeza la posibilidad de estar viendo, por primera vez en su vida, a un muerto. Había visto antes cadáveres de animales y siempre dejaban en ella una sensación desagradable, al punto de llegar a pensar que nunca se acostumbraría. Lo que más le impresionó fue el hedor, sobre todo el hedor, que le revolvió todo por dentro.

Un cuervo tan negro que parecía azul por el brillo del sol reflejado en el plumaje se posaba a la altura del pecho de ese cuerpo abandonado, preso de una inmovilidad que ella no supo bien cómo interpretar. El ave la hizo pensar en ese poema de Edgar Allan Poe que Tobías solía recitar. Ella se sabía de memoria algunas líneas:

> Ya otros antes se han marchado,
> y la aurora al despuntar,

él también se irá volando cual mis sueños han volado.
Dijo el cuervo: ¡Nunca más!

El ave la observó con una mirada inquietante y curiosa al mismo tiempo. Daba la sensación de tener la capacidad de descifrar los pensamientos. Ella se quedó en silencio analizando la escena bajo la mirada escrutadora del cuervo. Aún tenía entre sus manos el cadáver del conejo que, sin duda, había sido atacado por un zorro. Se preguntó si el cuervo era carroñero y si acaso estaba esperando a que ella lo desechara para darse un banquete. Al zarandear al conejo, el cascabel del cuello emitió un delicado tintineo. Notó que aún tenía el pelaje suave y flexible como un guante.

Un enjambre de moscas merodeaba por los pies del hombre. Tenían el desgaste propio de quien no ha parado nunca de correr. Todo su cuerpo daba muestras de ser el vivo retrato de un perseguido. Aún se percibían signos de angustia en los músculos de la cara y las líneas de expresión conservaban los trazos de mil caminos. Candelaria no sabía lo mucho andado por ese hombre, tal vez, era el tipo de hombre que termina olvidando las razones que algún día lo impulsaron a andar. O quizá de los que siempre se sienten perseguidos y eso los lleva a esconderse tanto que al final no son capaces de detenerse ni de correr ni de encontrarse a sí mismos.

Fue la advertencia del zumbido de las moscas o la hediondez que desprendían aquellos zapatos de suela desgastada. O acaso la pupila del cuervo expandiéndose y contrayéndose con esa mezcla de curiosidad y prevención propia de las aves cuando intentan adivinar nuestro próximo movimiento. Quizá fue todo eso a la vez, junto con otras señales que Candelaria no alcanzó a percibir o a comprender, pero lo cierto es que sintió una incomodidad que nunca había experimentado. Lo inmóvil, lo callado, lo putrefacto, lo mortecino, se había amontonado frente a sus ojos revelándole ese lado oscuro de la vida al que aún no había tenido que asomarse.

La muerte, esa de la que nadie le había hablado antes, como si no fuera la única certeza que tiene la vida misma. Estaba ahí frente a ella con toda su incomodidad, con todo su peso, con toda su fealdad. Entendió las razones por las cuales los muertos tienen que ser enterrados o incinerados en un intento por ocultar sus despojos de la vista de los que quedan vivos. Para evitar que el recuerdo de la corrupción de la carne se aloje de forma definitiva en las pupilas y el hedor en algún lugar de la nariz.

Quería salir corriendo, pero al mismo tiempo no podía despegar sus ojos de eso que tanto la horrorizaba. No sabía cómo nombrar la conmoción de ese instante porque nunca había experimentado algo así. Quería regresar a casa y pretender no haber visto el cuerpo inerte, pero sabía que si dejaba a ese hombre allí, los zorros no demorarían en despedazarlo y los gallinazos en acabar con las sobras, y entonces todo sería, de repente, un poco su culpa. La sola idea de ser culpable de algo tan horrible la asustó y se preguntó qué tan culpables son los ojos del que mira y no reúne las fuerzas suficientes para ejecutar una actuación que esté a la altura de las circunstancias. En ese instante intuyó que había que abrir los ojos y no precisamente para quedarse mirando por el placer de mirar, sino para encarar la situación de una manera definitiva. Aún con la ráfaga de un escalofrío atravesándole la espalda, con la contundencia del puñal frío y afilado que es el miedo, supo que tenía que hacer algo y que ese algo era muy distinto a tapar el cadáver con tierra, mirar hacia otra parte o cerrar los ojos. En vez de eso, lanzó el conejo lo más lejos que pudo y salió corriendo a buscar a su hermano.

—¡Hay un hombre muerto! Tobías, ¿entiendes? Muerto.

—Dime algo que no sepa, Candela. Hombres muertos es lo que hay por todos lados.

—Pero este está aquí, así que es nuestro muerto. ¡Tenemos que hacer algo!

—¿Aquí dónde?

—Aquí en Parruca.

Cuando llegaron a la piedra donde yacía el hombre que Candelaria había anunciado como muerto debido a la premura de su ignorancia, lo encontraron tan vivo que estaba susurrándole al cuervo palabras que no alcanzaron a oír. El hombre, al sentirse observado, metió instintivamente sus manos sucias en la mochila aún más sucia que tenía terciada a la espalda y ante el asombro de los hermanos sacó una pistola. Sin dejar de apuntarles, se tomó el trabajo de recorrerlos de pies a cabeza con la mirada, pero cuando se topó con las trenzas rojizas de Candelaria y la blancura de Tobías, pareció avergonzarse de lo primario de su reacción.

—¡Parece que no está muerto! —le dijo Tobías mirando a su hermana.

—¿Muerto? ¡¿Muerto?! —gritó el hombre—. ¿Ves Edgar? Todos quieren verme muerto —le dijo al cuervo—. Hasta yo mismo —dijo apuntándose con el arma en la cabeza.

Candelaria lo miró aterrada, luego miró a Tobías. Estaba erizado y quieto como un cactus de esos tan gruesos que ni los ventarrones logran zarandear. Nunca había visto una pistola y sabía que su hermano tampoco. Quiso correr, pero recordó su propósito de no huir cada vez que una situación la excediera, así que mejor sacó unas galletas que tenía en el bolsillo. Pensó que un hombre así debía de estar hambriento y supuso que un estómago vacío, por lo general, lleva a tomar malas decisiones. El hombre, al ver las galletas, pareció sentir más apetito que ganas de matarse; entonces guardó la pistola y le arrebató el paquete a Candelaria con un movimiento brusco que la puso nerviosa.

Lo abrió con afán y con hambre. Antes de engullirse la primera galleta le ofreció un pedazo al cuervo. Esperó unos segundos para observar la reacción del pájaro. No sucedió nada extraordinario y se embutió las otras cuatro que quedaban de tal manera que se vio en seria dificultad para masticarlas y empezó a ahogarse. Candelaria observó la escena tratando de decidir si le impactaba más la figura del hombre, el hedor que emanaba de sus pies, la pistola, el cuervo o la boca atiborrada de galletas impidiendo el paso del aire. Ninguno de los dos se atrevió a golpearlo en la espalda, porque lo que uno menos quiere, cuando está frente a un hombre armado, es golpearlo. Cuando, al fin, logró tragar, miró al cuervo a los ojos y le dijo:

—¿Ves, Edgar?, parece que estos críos son inofensivos. ¿Oíste los cascabeles? ¿O era yo que estaba delirando?

—Seguro eran los conejos que andaban por acá dándole la bienvenida —dijo Candelaria en un intento por parecer amigable, aunque en realidad seguía bastante nerviosa.

—O advirtiendo la presencia de zorros —dijo Tobías—. Vámonos pronto, antes de que nos topemos con alguno y dé la casualidad de que esté tan hambriento como usted.

Camino a casa iban todos muy callados. Tobías se preguntaba las razones por las cuales el hombre andaba armado y tenía un cuervo llamado Edgar como mascota. Y Candelaria se preguntaba si la razón verdadera por la cual su padre insistía en ponerles cascabeles a los conejos era saber si los zorros estaban cerca de la propiedad. Cayó en la cuenta de que al atarles cascabeles lo único que conseguía era que los zorros los detectaran con mayor facilidad y los cazaran.

Mientras pensaba en eso concluyó que su padre no le contaba las cosas como eran. Recordó que cuando desapareció su gallina sedosa, le había explicado que esa raza era oriunda del Japón y, por lo tanto, lo más probable es que hubiera ido a visitar a su familia. Incluso le enseñó el mapa para que constatara lo lejos que quedaba ese país y no se ilusionara con un posible regreso. O cuando un perro le mordió el trasero y luego le dejó una carta diciéndole que lo disculpara, pero que su trasero era irresistible. «No te fíes de todos los perros. Algunos no podemos contenernos», decía la carta.

Luego se acordó de la paloma.

Desde que se enteró de la existencia de palomas que llevaban y traían mensajes, le había pedido con insistencia una a su padre motivada por la idea de mandarle cartas a alguien y esperarlas de vuelta. «Me llamo Candelaria y estoy en Parruca esperando su respuesta», esa fue la primera y la última carta que mandó, porque la paloma blanca con la que envió el mensaje no regresó jamás. «Todos tenemos derecho a irnos y no volver», fue el único comentario que hizo el padre al respecto. Sin embargo, ella se quedó pensando que a lo mejor el problema estuvo en el color de la paloma. Era blanca, como el Espíritu Santo y, según había interpretado en clases de religión, ese era un espíritu en el cual no se podía confiar. Había embarazado a la Virgen María y luego la había abandonado. Las palomas blancas no eran de fiar. Ni los espíritus. Ni los santos. Ni las vírgenes. Ni los padres.

—¿Seguro que tiene dinero? —preguntó la madre cuando Candelaria le dijo que había llegado otro inquilino—. Que pague por adelantado. Tal vez es hora de retocarme la nariz. O de quitarme las arrugas alrededor de los ojos.

Se asomó al balcón con el fin de mirarlo mejor y agregó:

—Aunque no sé..., no tiene muy buena pinta...

Candelaria se paró al lado de su madre y se puso a observarlo. Se veía más animado, más locuaz, de mejor semblante. Le pareció increíble haberlo confundido con un cadáver, pero la gente de mala facha cuando se tumba a dormir en lugares poco usuales termina dando la sensación de estar muerta. Apenas acababa de llegar y ya estaba quitando la maleza del empedrado junto a Tobías, quien daba la falsa sensación de ayudarle, pero en realidad andaba inmerso en el marasmo en el que se mantenía últimamente. Candelaria aún no sabía que su hermano ya no era capaz de llevar las cuentas de los gramos de hongos que se tragaba después de infusionarlos. Ni tampoco de algo tan simple como recitar de memoria el poema «El cuervo», que seguramente llevaba tratando de recordar desde el momento mismo en que había visto al ave sobre el hombro del inquilino.

La altura del balcón le proporcionó una visión general de su hermano que la hizo pensar en un montón de cosas que nunca tendría la oportunidad de decirle a la cara. Pensó en lo alejados que estaban y en que no sabía si odiaba más sus silencios o sus comentarios sarcásticos. Visto desde arriba parecía un completo desconocido. Llegó a la conclusión de que uno puede vivir bajo el mismo techo o dormir en la misma cama con alguien y, aun así, sentirlo a kilómetros de distancia. Era como si alguien hubiera construido un muro transparente e infranqueable o hubiera recortado todos los hilos que alguna vez los unieron. Un muro que no tenía intención ni ganas de escalar porque la compañía de su hermano estaba empezando a ser menos apetecible. Se preguntó si él percibía lo mismo de ella, pero no pudo encontrar una respuesta porque el hombre que recién había llegado empezó a hablar en voz alta, casi gritando, como para asegurarse de que todos lo oyeran:

—¿Oíste, Edgar?, ¿que si tengo dinero? ¡Ja! Santoro tiene, incluso, algo mejor que dinero, ¿no es cierto?

Candelaria no tardaría en entender que el hombre siempre hablaba a través de su cuervo, razón por la cual decidió comunicarse de la misma forma. Bajó las escaleras de dos en dos, salió al empedrado y se puso frente al pajarraco para que quedara claro que estaba a punto de hacer un anuncio importante.

—Mi madre me dijo que le dijera a Edgar que le dijera a Santoro que se puede quedar, pero que tiene que pagar un mes por adelantado. Y en cuanto a usted —prosiguió Candelaria—, puede comer frutas y semillas, pero nada de meterse con sapos ni pichones ni lagartijas ni mucho menos con los conejos.

—¿Oíste, Edgar? —dijo Santoro con una carcajada flemática—, esta cría pretende que te vuelvas vegetariano. ¡Ja! Mejor vamos a conocer el cuarto —dijo mientras hurgaba en el bolsillo y sacaba una pepita de oro que puso entre el pico del cuervo para que este, a su vez, la pusiera en la mano de Candelaria—. Que sepan que si me quedo es nada más porque se me acabaron las provisiones y me estoy muriendo de hambre.

Candelaria observó con interés la pepita de oro. Nunca había tenido una entre los dedos. Brillaba tanto bajo los rayos del sol que, al cerrar los ojos, siguió viendo el reflejo dorado tras la oscuridad de sus párpados. Pensó en el valor de las cosas, en quién era el encargado de decir que esa piedra diminuta valía más que las piedras redondas de su madre o más que los troncos de los árboles que sostenían toda la casa.

No tardó en darse cuenta de que Gabi había observado toda la escena con el sigilo que la caracterizaba. Sin duda había visto al hombre, al cuervo y la piedra brillante que ahora Candelaria empuñaba en su mano. Yacía en la hamaca que siempre colgaba entre dos palmas reales. Se mecía despacio con la misma suavidad del viento, más por pasar inadvertida que por el placer de hacerlo. Candelaria no estaba segura de la opinión que le suscitaría el hecho de tener un nuevo huésped en Parruca, porque una mujer como Gabi era de una imprevisibilidad desconcertante.

Había notado que le gustaba mirar, analizar y calcular todas las posibilidades antes de expresar su punto de vista. No le gustaba actuar bajo el influjo de los impulsos. Gabi tenía la sangre fría de los reptiles. No era muy distinta de aquella serpiente que, en ese mismo momento, observaba sigilosa entre el frescor de la hojarasca. Era propensa a tomar distancia, a hacerse invisible, a mostrar cierta indiferencia para despistar a la contraparte. Tenía el don de la paciencia y, por eso, nadie se había dado cuenta de que estaba en la hamaca hasta que Candelaria posó allí su mirada y leyó en su rostro la petición de que se acercara.

—¿De dónde salió ese pobre diablo? —preguntó—. Hay que darle un cuarto de los de atrás, que están más alejados.

—Mi madre dijo que tiene mala pinta y eso que no le conté que lleva una pistola. ¿Será peligroso? —preguntó Candelaria.

—Peligrosos los hongos que le están devorando los pies. Que los meta en un balde con agua salada. Si algo va a terminar matándonos es el hedor y no la pistola, cariño. Conozco a tipos como él. Son cobardes y asustadizos. Viven con miedo, pero no tienen claro a qué deben temerle. La gente más peligrosa es la que menos lo parece. Ya te lo digo yo. No obstante, hay que tener los ojos bien abiertos.

Candelaria entró en la casa para guiar al huésped y lo encontró pasmado en medio del salón principal.

—¡Ja! ¡Hay un árbol de mangos aquí dentro! Hay que cortarlo, va a levantar el techo.

—¡Todo lo contrario! —protestó Candelaria—. Hay que abonarlo para que dé mangos y conversarle y ponerle música, pero eso le compete a mi madre. Ustedes mejor vengan por aquí, su cuarto queda en la parte de atrás.

Dejó a Santoro en la habitación para que tomara una ducha. Luego subió al cuarto de su madre a entregarle la pepita de oro que le había dado el huésped como pago. Cuando entró en el vestier, la encontró revolcando la ropa que había dejado el padre. Candelaria se quedó observándola sin que se diera cuenta. Se sintió como una piedra más de las que miraban sin parpadear desde todos los rincones de la habitación. Al ver a su hija le puso en las manos varias mudas de pantalones y camisetas para que se las diera al recién llegado. Se aseguró de buscarle calcetines que les combinaran.

—Esta ropa es del papá —dijo Candelaria—. No podemos regalarla sin su consentimiento.

—¿Así que quieres llamar al papá a pedirle su consentimiento? —preguntó la madre.

—¡Sí! —dijo Candelaria—. ¿Adónde lo llamo?

—Si algún día lo averiguas no me lo cuentes, no quiero saberlo.

La madre agarró la pepita de oro y se paró junto a la ventana para verla con más detalle. Por el tamaño de la sonrisa y el brillo de los ojos, Candelaria dedujo lo mucho que le había gustado. Luego la vio mirarse en el reflejo de la ventana. Se tocó la punta de la nariz con el dedo índice levantándola levemente hacia arriba. Candelaria supo con exactitud lo que estaba pensando.

De un momento a otro la madre insinuó estar lo suficientemente inspirada para meterse en la cocina. Insistió en prepararle comida al huésped que, desde ese momento, dejó de ser un simple huésped para convertirse en el señor Santoro. Como por arte de magia, dejó de parecerle harapiento y peligroso: era tan solo un pobre hombre que se había perdido en la selva. Mencionó que los hongos en los pies eran normales en climas húmedos, que debía meterlos en agua con bicarbonato y luego ponerse un par de buenos calcetines que combinaran. Candelaria se dirigió al cuarto del inquilino, dejó la ropa sobre la cama y al pasar por la cocina, sintió que la llamaba su madre:

—Ayúdame, hija —dijo extendiéndole el cuchillo.

—Voy a terminar de instalar al huésped, ¿por qué no le pides ayuda a Tobías?

—Tobías está ocupado —dijo la madre.

Ambas volcaron la vista al empedrado y vieron a Tobías con los ojos dirigidos hacia el cielo, con esa mirada que no pretende ver nada en absoluto y que, sin embargo, no deja de enfocar un punto fijo.

—Sí, Tobías vive muy ocupado —dijo Candelaria mientras asía el mango del cuchillo con fuerza.

Hicieron ensalada fresca con todo lo que había en la huerta. Calaron fríjoles, aplastaron plátanos y los frieron en aceite hirviendo para volverlos patacones. Juntas hicieron el arroz y también el jugo de maracuyá. Candelaria cayó en cuenta de que, por primera vez, le habían permitido usar un cuchillo de los que cortan de verdad. Troceó los tomates y las cebollas en cuadritos con mucho cuidado, para demostrarle a su madre que era capaz de hacerlo sin perder ningún dedo. Luego partió aguacates suaves y cremosos como mantequilla y, al hacerlo, pensó en su padre.

Era un devorador de aguacates de primera categoría. Igual que las ardillas, con solo verlos sabía cuándo estaban listos para arrancarlos del árbol y ponerlos a madurar. Sin embargo, no tuvo otra opción que resignarse a que ellas tuvieran el privilegio de elegir los de mayor calidad para esconderlos entre las horquetas hasta el final del proceso de maduración. Desde hacía años se habían declarado una guerra sin cuartel: él se subía a los árboles con el fin de asaltar los aguacates maduros que reposaban entre las horquetas y ellas se metían a la cocina para recuperarlos. «Un día de estos van a abrir la nevera a ver qué más encuentran», sentenció la madre cuando descubrió que, además de los aguacates, las ardillas se robaban los bananos, los mangos, las semillas y hasta el pan recién hecho que ella escondía en la despensa.

Candelaria llegó a creer que los aguacates eran un fruto bendito que crecía prácticamente en cualquier árbol. Su padre a menudo la hacía alzar la vista mientras le decía: «Mira, Candelaria, qué suerte la nuestra. En esta finca, todos los árboles dan aguacates. Los pinos, los dragos, los laureles, ¡todos! Hasta los mangos, a veces no resisten la tentación y en vez de mangos dan aguacates. Y los platanales y las palmas de corozos, mira hacia arriba, hija, ¡qué bendición!, en todas las horquetas de todos los árboles hay aguacates».

Estar en la cocina le había hecho recordar a su padre, no solo por los aguacates, sino porque él era el cocinero de la casa. Se ingeniaba platos con los ingredientes que tenía a mano, y cuando ella le preguntaba qué había hecho de comer, decía cosas como: «Hoy comeremos *mancillano* acompañado de *vitruyo a la lópoli*». Como cocinaba al cálculo y según le ordenaba su intuición, nunca era capaz de repetir ninguna receta y eso lo obligaba a crear nombres nuevos cada día. «Qué ricas me quedaron hoy las *mazallaras*. Son perfectas para el postre. Aunque también hice *patalitas* y *cascarotas*.»

Candelaria puso la mesa y llevó la comida con una sonrisa inmensa. Recordar los nombres de los inventos culinarios de su padre la había puesto de muy buen humor. Antes de llamar al señor Santoro se quedó observando todo lo que habían preparado ella y su madre. Volvió a sonreír. Se preguntó si los que no cocinan son conscientes de todo el trabajo y el tiempo que hay detrás de un plato de comida. Ese día aprendió que las cosas que uno hace con sus propias manos tienen más valor y que inventarse palabras es algo muy complejo, lo cual la llevó a concluir que la originalidad estaba subvalorada.

No supo si el señor Santoro llegó atraído por los aromas de la mesa o por el hambre acumulado de varios días. Su madre y ella se quedaron observándolo con los ojos muy abiertos debido a la imagen tan diferente que ofrecía ahora que estaba limpio, peinado y afeitado. Además, era muy raro ver en otro cuerpo la ropa del padre. No llevaba zapatos, y Candelaria aprovechó para meterle los pies dentro de un balde en el que añadió sal y bicarbonato. Era experta en imitar la salinidad exacta del agua de mar por el empeño que puso mucho tiempo en bañar las esculturas. Solo esperaba que los hongos de los pies sí reaccionaran a esa mezcla alcalina. No como las ballenas, que siempre cargaron hongos, musgo y lama sobre sus lomos porque ni su padre ni ella supieron cómo evitarlo.

Antes de probar la comida Candelaria notó otra vez que el señor Santoro tuvo la precaución de ofrecerle primero a Edgar un bocado de cada cosa que había en su plato. En ese momento no supo si por desconfianza o por consideración hacia el animal, que seguramente también estaba hambriento. El cuervo comió con ganas y luego metió el pico en el vaso de jugo. Santoro esperó unos minutos y, al ver que el cuervo seguía vivo y coleando, atacó la comida con el hambre acumulado de quién sabe cuánto tiempo. Llenó su plato tantas veces como días llevaba sin probar bocado. Daba gusto verlo comer y al mismo tiempo generaba exasperación por el hecho particular de que no mezclaba ningún alimento. Primero se comió los fríjoles, luego el arroz y después los patacones.

Candelaria pensó que comerse los fríjoles sin mezclarlos con el arroz y el aguacate era lo más parecido a un pecado mortal. También pensó que era una pena que no hubiera probado la ensalada tan verde y fresca como las albahacas y los limones que habían sido agarrados allí mismo en los arbustos del interior de la casa. Pero entendió sus razones cuando lo oyó decirle a Edgar que estaba harto de comer monte. Al final se bebió de un tirón dos vasos de jugo de maracuyá.

Cuando terminó se puso de pie y dio las gracias a nadie en particular, así como el que lanza la palabra al aire para que le caiga a quien se considere merecedor de ella: «Gracias». Acto seguido agarró el balde con agua alcalinizada y se fue hacia el corredor a sentarse en una silla mecedora. Quería aliviarse los pies y también planear su sistema de seguridad o algo así, según alcanzó Candelaria a oír que le dijo al cuervo. Pero ni ella ni nadie en la casa fue capaz de entender lo que para el señor Santoro significaba un «sistema de seguridad». Si algo tenía el señor Santoro era, al parecer, la particularidad de que nadie entendía su forma de actuar.

De hecho, pronto descubriría Candelaria que hasta a él mismo le costaba trabajo entenderse y, a menudo, se extrañaba de sus propias actuaciones cuando ya era muy tarde para dar marcha atrás. Ella no sabía, por ejemplo, que él se quedó pensando en lo estúpido que fue exponer el arma que tenía en su poder ante los dos críos indefensos que lo habían encontrado. O por haber puesto en peligro su vida al haberse embutido cuatro galletas a la vez hasta casi perder la capacidad de respirar. Tampoco sabía que él consideraba necesario dejar de creer que todo el mundo era un enemigo potencial hasta que demostrara lo contrario, pero ocurre que llevaba tanto tiempo creyéndolo que había terminado por convencerse de ello. Otra cosa que consideraba necesaria era dejar de huir y averiguar de una buena vez quién diablos lo perseguía, pero el hecho de tener que enfrentar a sus enemigos le ponía los pelos de punta. Así pues, se hallaba en un círculo vicioso en que huía para no ver a sus enemigos y se negaba a ver a sus enemigos para poder seguir huyendo. Lo que todos ignoraban, incluido él, era que los supuestos enemigos solo estaban en su cabeza y, por ello, lo acompañarían hasta el final de sus días. No importaba qué tanto anduviera o qué estrategias de seguridad implementara, allí estarían por siempre, porque uno puede huir de todo excepto de sí mismo.

No supo Candelaria que asuntos como estos giraban sin detenerse como un torbellino en la cabeza del nuevo huésped, en especial ahora que podía alimentarse con regularidad, porque la barriga llena deja en la mente espacio para pensar en otras cosas distintas a la necesidad imperiosa de conseguir alimentos. O tal vez porque el agua salada en los pies le recordó a Santoro algunas vacaciones felices en el mar, muchos años atrás, cuando nadie lo perseguía todavía y aún no había sido impactado por ninguno de los tres rayos que habrían de impactarlo después. Las descargas, por suerte, no dejaron consecuencias físicas, pero sí un miedo incontrolable a las tormentas eléctricas y una búsqueda constante de soluciones que le permitieran controlar la enorme cantidad de estática que su cuerpo, naturalmente, tendía a acumular.

Candelaria salió al empedrado con un vaso de jugo de maracuyá para Tobías porque sabía que era su bebida favorita. Al pasar por donde estaba Gabi se dio cuenta de que ella no se había perdido ni un solo detalle de la incursión del inquilino nuevo en la mesa del comedor, porque nada más verla le hizo señas para que se acercara:

—El pobre diablo piensa que queremos envenenarlo.

—¿Por qué sabe usted eso? —preguntó Candelaria.

—Porque yo sé muchas cosas, cariño —respondió Gabi.

—¿Como cuáles?

—Como que las aves son muy sensibles al veneno camuflado en la comida.

—¿Sensibles?

—Sí, cariño, se mueren de inmediato con unos pocos bocados.

Su hermanastro seguía mirando al cielo convencido de que estaba trabajando en el mejoramiento del empedrado por el hecho de arrancar, cada tanto, una pequeña hierba. Se aplicaba a la tarea como un autómata que ignora los motivos por los cuales lleva a cabo sus acciones. Don Perpetuo estaba a su lado dando la falsa ilusión de ayudarlo, pero en realidad buscaba entre las piedras las semillas desprendidas por las flores. Para ese entonces los girasoles ya habían crecido, ya habían girado las veces que tenían que girar y ahora cerraban un ciclo, no sin antes asegurar su supervivencia arrojando al suelo las semillas con el fin de que germinaran. Al fondo, en el corredor, el cuervo observaba al guacamayo con insistencia, y Candelaria reflexionó acerca de si el cuervo, al mirar su reflejo en las vidrieras, se preguntaba por qué sus plumas no tenían semejantes colores. Tal vez ella misma fuera un poco como ese cuervo, que solo hasta ver su imagen en el vidrio era consciente de las cosas que no tenía.

Tobías se tomó el jugo de maracuyá sin apenas saborearlo, con la misma emoción de quien se toma un vaso de agua cuando no tiene sed. Candelaria tuvo la sensación de que su hermano ya no era capaz de disfrutar de aquellas cosas que más solían gustarle. Él mismo sembró los maracuyás porque eran su fruta preferida. Y los cuidó tanto que los arbustos se habían entreverado unos con otros formando un túnel vegetal del que pendían los frutos amarillos y redondos, como las bolas que cuelgan en los árboles de Navidad. Desde ese momento no faltó nunca en la casa ni el jugo ni el sorbete ni la mermelada ni el helado de maracuyá. Recordó esos tiempos en que solían meterse juntos en el túnel y sentarse bajo la sombra del follaje a hacer concursos de quién era capaz de comer la mayor cantidad de frutas en el menor tiempo posible. Y comían y comían hasta que les quedaba la lengua rajada y la barriga les ardía como si estuviera incendiándose por dentro. Quedaban tan empachados que después no recordaban las cuentas y, por eso, el concurso nunca llegó a tener un claro ganador.

Candelaria no pudo recordar la última vez que estuvo en el túnel vegetal con su hermano. Lo miró a los ojos buscando esa información, pero le pareció estar ante los ojos de un desconocido. Antes era capaz de saber lo que su hermano estaba pensando con solo mirarlo. Ahora solo podía percibir el reflejo de una mente confusa y angustiada.

En un momento dado Tobías se puso de pie, caminó dando tumbos hasta su cuarto y cuando volvió a salir, al cabo de un rato, Candelaria se aterrorizó al verlo convertido en águila por obra y gracia de esa estúpida máscara que ella tanto odiaba. Le cubría la mitad de la cara con unas plumas blancas y en la otra mitad, a la altura de la nariz, se descolgaba un pico curvado, largo y amarillo que terminaba en punta casi llegando a la boca. Un par de agujeros le enmarcaban los ojos dotándole la mirada de una inquietud desconcertante. La máscara era un antiguo regalo que los nativos le hicieron a su padre. Había sido elaborada con plumas reales de águila que perturbaron a Candelaria nada más verlas. Siempre le aterró la idea de que los nativos hubieran matado un ejemplar para despojarlo de su plumaje. Al final, la máscara terminó por desaparecer misteriosamente y nadie en la casa volvió a hablar de ella un buen tiempo. Hasta ahora.

Se la detalló bien aprovechando que Tobías la llevaba puesta. No eran solo las plumas lo que la perturbaba, sino el conjunto: la insolencia con la que su hermano la lucía, la capacidad de alterar la personalidad de su portador y el hecho de que no era posible ver las facciones de quien la llevara puesta. Por otro lado, estaba el pico en total desproporción con los demás elementos. Había sido elaborado con arcilla primaria, de manera que conservaba la memoria de los minerales de la montaña. Ostentaba un peso, una extensión y una curvatura que lo hacían incapaz de sostenerse erigido y, por eso, se descolgaba casi hasta la boca. Era, pues, la incongruencia de los componentes lo más perturbador de la máscara. Sin embargo, desde ese día, movido por quién sabe qué pensamientos, Tobías decidió ponérsela, como si fuera una segunda piel, una segunda cara o una segunda personalidad.

No volvería a quitársela hasta el fin de sus días. Y aunque la fecha exacta del fin de sus días estaba cerca, ninguno de los dos habría podido calcularla en ese momento.

A la mañana siguiente desayunaron todos juntos. Candelaria repasó a cada uno de los comensales preguntándose si el experimento de vivir bajo el mismo techo tendría alguna posibilidad de salir bien. Gabi se puso en la cabecera de la mesa y llevaba enroscada en el cuello a Anastasia Godoy-Pinto. Como siempre, iba vestida de blanco y su pelo impecable denotaba el empeño que había puesto en su arreglo personal. Se mostró seria y poco conversadora. Era la primera que vez que se sentaba a la mesa con la serpiente. Además, era el primer desayuno con el inquilino nuevo, quien, a su vez, llevaba a Edgar sobre el hombro izquierdo. Aún tenía los pies metidos en el balde de agua salada para aliviarse los hongos.

El duelo de miradas se prolongó durante todo el desayuno. No solo entre los huéspedes, sino también entre los animales. Candelaria pensó en lo mucho que las mascotas definen a sus propios dueños. Anastasia Godoy-Pinto estaba alerta. La lentitud de sus movimientos era de cautela y cuando dejó asomar su lengua, llegó hasta a parecer peligrosa, lo cual casi siempre es más importante que serlo. El cuervo, por su parte, mostró sus plumas erizadas y la uniformidad de su negritud desafiaba con solo mirarla. Las garras las tenía tan aferradas a la piel de su amo que una gota de sangre alcanzó a mancharle la camisa a la altura del hombro.

—Ssssssssssh —dijo la serpiente.

—Cruac, cruac, cruac —dijo el cuervo.

Estaba segura de que la única razón por la cual el cuervo probó la comida del señor Santoro fue porque este le obligó a hacerlo. Comió sin ganas, y Candelaria supo que era porque había desobedecido su parte del trato y en la noche anterior tuvo un atracón de insectos y lagartijas rosadas de las que chillan y, cuando uno menos piensa, caen del techo.

Tobías, oculto detrás de su máscara de águila y abstraído en quién sabe qué pensamientos, pisaba de manera sistemática una cuchara con la punta de su dedo índice, haciéndola balancear con movimientos repetitivos. Apenas comió tocino, que se insertó por un costado de la boca, porque el recién adquirido pico le estorbaba para comer. Candelaria se dio cuenta de lo apropiado que estaba Tobías en el personaje de águila, porque la ingesta de tocino echó por la borda los estrictos hábitos vegetarianos que se había impuesto unos meses atrás. Masticaba tan despacio y con tan pocas ganas que el solo acto de observarlo llegaba a ser irritante.

En realidad, a Candelaria le costó decidir si la exasperaba más el desgano de Tobías o la manera de comer de Santoro, quien seguía empeñado en no mezclar ningún alimento. Para el asombro de todos, se comió el quesito primero y la arepa después, privándose del placer de juntarlos. Al final se tomó el café negro y amargo, para desagrado del cuervo, que se mostró descontento cuando fue obligado a meter el pico en la taza. Luego Santoro se comió una cucharada de azúcar y por último el chorro de leche que, al igual que el azúcar, debería haber puesto en el café. Gabi, como era costumbre, masticó más de la cuenta cada bocado, veinte veces exactamente, según las cuentas de Candelaria. Tobías comió por comer, sin dejar de balancear la cuchara y sin dejar entrever ninguna emoción en particular, lo cual era raro porque las águilas pueden llegar a ser bastante emocionales y viven hambrientas. Como todos los animales que tienen que cazar para subsistir, se atiborran de comida cada vez que tienen oportunidad, pues difícilmente saben cuándo será la próxima vez que prueben bocado, pero es que en materia de águilas a Tobías le faltaba aún aprender más de una cosa.

La madre conservaba la animación que había logrado despertarle la pepita de oro, por lo tanto, iba de la cocina a la mesa y de la mesa a la cocina, trayendo y llevando cosas con una gran excitación. Las palabras se le desbordaban con una elocuencia poco usual en ella. Pensaba en voz alta y ella misma se respondía las preguntas que formulaba, porque en la mesa todos estaban muy ocupados con sus propios asuntos y nadie se tomaba el trabajo de emitir contestación.

—¿Quedaron muy tostadas las arepas? —preguntó la madre—. Son mejores así —respondió la madre—. La crocancia es una virtud culinaria.

Candelaria pensó que el oro hacía milagros. Con razón era caro y difícil de conseguir. Ya sabía que la animación de su madre valía una pepita, lo que aún no tenía claro era cuánto iba a durarle el efecto. Pero, fuera cual fuera la duración, esperaba que para cuando finalizara, Santoro hubiera puesto otra en sus manos.

Al término del desayuno cada cual se aplicó a sus cosas. La madre salió para el estanque a tomar el sol y a alimentar a las sanguijuelas con las toxinas de su propia sangre.

—¡Cómo está bonito el día! —dijo—. Muy bonito —se respondió.

Tobías posiblemente se puso a recolectar hongos, porque los que tenía ya se le estaban acabando. Decía que cada vez le duraban menos, aunque Candelaria sabía que lo que pasaba era que cada vez consumía más. El efecto ya no era el mismo y los veinte gramos que lo habían sacado de órbita la última vez ya no le hacían ni cosquillas. O a lo mejor estaba buscando conejos muertos. Era un vicio recién adquirido que a Candelaria le revolvía las tripas de solo verlo. A menudo encontraba a su hermano merodeando entre la putrefacción de los cadáveres y eso la llenó de horror, porque cuando era más pequeña pensaba que la muerte era contagiosa, que bastaba tocar a un muerto para uno morirse también. Una tarde vio una pareja de águilas devorando unas tiras nauseabundas de carne y vísceras y, por alguna razón, pensó en su hermano. Su imaginación la llevó por caminos tan perturbadores que tuvo que encerrarse en el baño para vomitar y perdió el sueño las dos noches siguientes. Desde ese día intentaría evitar el contacto físico con Tobías.

Santoro pidió prestado el carro para ir al pueblo a comprar algunas cosas con el fin de edificar su sistema de seguridad, según le dijo al cuervo. Candelaria lo vio empacando su pistola y supuso que era por si se topaba con algún enemigo. Lo que ella no sabía era que nunca la había usado para ese fin, porque los enemigos que se llevan en el pensamiento no pueden eliminarse a punta de balazos.

Parecía que el agua salada en los pies hizo más efecto en una sola noche del que hizo en años sobre las ballenas, por lo tanto, el señor Santoro pudo calzarse un par de zapatos decentes, de esos que Candelaria le había proporcionado y que su padre ya no volvería a usar jamás. Le quedaban grandes, pero solucionó el problema poniéndose dos pares de medias que la madre aprobó con una sonrisa nada más verlas. También pertenecían al padre, y al estar limpias y secas, lo mantendrían libre de nuevos hongos. Edgar seguía parapetado sobre el hombro izquierdo y Candelaria notó que llevaba otra de esas pepitas de oro en el pico. Asumió que era para pagar sus compras en el pueblo y entonces aprovechó para encargarle un espejo de cuerpo entero, porque ya estaba cansada de adivinar su silueta en las vidrieras y tenía que ensayar el parado firme para verse más bonita o aprender a embellecerse para verse más segura. Aún seguía sin decidir si la seguridad era consecuencia de la belleza o viceversa, pero supuso que un buen espejo le ayudaría a encontrar la respuesta.

Gabi se fue sola para la quebrada, dijo que quería refrescarse mientras caminaba montaña abajo con toda la elegancia que sus tacones rojos le permitían. Candelaria imaginó que Anastasia Godoy-Pinto no había querido acompañarla; al parecer, tras su incursión en la mesa del comedor, había preferido camuflarse entre la hojarasca en los rincones de la casa para dormitar. No le gustaba nada el sol ni los extraños y era posible que el cuervo le pareciera obeso debido a toda la comida que su amo le hacía probar. Tendría que mesurarse con los ratones para que no le ocurriera lo mismo, pensó Candelaria, pero no se atrevería a decírselo a Gabi, porque estaba claro que una mujer tan glamurosa jamás admitiría una serpiente gorda como mascota, aunque, la verdad, ella nunca había visto ninguna serpiente ni ningún animal obeso, lo que la llevó a concluir que lo anterior era un problema fundamentalmente humano.

Candelaria fue a su cuarto a ponerse el traje de baño. Intentaba decidir entre la quebrada y el estanque; entre Gabi y su madre, cuando notó que los renacuajos que había metido en su pecera el día en que llegó Gabi, ya tenían patas. Ya casi abrirían los ojos y eso significaba que tendría que liberarlos de la misma forma como había liberado a la primera tanda. Pensó en lo rápido que se escurre el tiempo cuando a uno le pasan cosas que se salen de la rutina y también pensó en lo mucho que había cambiado su vida.

Si su padre estuviera la ayudaría a procesar tantos cambios. Él se esmeraba en que ella comprendiera bien las cosas, aunque es verdad que muchas de las explicaciones que él le había dado empezaban a parecerle fantasiosas. Seguía intentando distinguir las mentiras profesionales de las buenas historias. Tal vez lo estuviera juzgando con dureza cuando lo único que él quería era ofrecerle una versión menos cruda de la realidad. O no. Tenía que meditar un poco más sobre ello, porque a ciertas verdades no se accede de forma improvisada. Llegaría a convencerse de que no era el entorno lo que estaba cambiando, ni siquiera su padre, sino que era ella la que empezaba a percibir todo de una manera más real.

Resolvió ir al estanque, no tanto por acompañar a su madre, sino para evaluar el estado de los sapos que había liberado la primera vez. Los encontró inmensos y gordos de tanto atiborrarse de chicharras y de hormigas. Otra cosa que notó fue que el agua turbia favoreció la reproducción de sanguijuelas que, a su vez, estaban mermando la población de renacuajos, y eso la hizo pensar que la vida era una eterna competencia en la que siempre ganan los más fuertes. El calor veraniego había obligado a las arrieras a asomarse fuera de los hormigueros. Una tras otra se encadenaban en filas interminables que, a lo largo de la grama, dejaban caminitos, cuyo final Candelaria se empeñó en encontrar, sin saber aún que el destino final de las hormigas era uno de los eternos misterios del mundo.

—¿Adónde van todas esas hormigas? —le había preguntado una vez a su padre.

—A su colonia.

—Pero ¿por qué siempre andan juntas?

—Porque es más cómodo juntarse con sus semejantes: los zorros con los zorros, las abejas con las abejas. Y a los humanos les pasa más o menos lo mismo: los enfermos en hospitales, los locos en manicomios, los esclavos en oficinas, los artistas en colonias. No hay nada más incómodo en este mundo que estar fuera de lugar. Y a los seres humanos nos gusta la comodidad.

Se tumbó al sol y recordó a su padre mientras miraba las nubes desplazándose sin pausa cielo arriba. Se preguntó si acaso él, donde fuera que lo hubieran llevado sus pasos, andaba mirando ese mismo cielo mientras pensaba en ella. El viento sacudía las hojas de los laureles y las palmas reales mientras las partículas de polvo de la carretera flotaban suspendidas en el aire, dándole al paisaje ese aspecto difuso de las obras de arte. Don Perpetuo volaba de árbol en árbol, sin perder nunca de vista los girasoles llenos de pipas que se comería más tarde, cuando bajara de nuevo al empedrado.

Ella no podía verlos, pero debajo de esa misma tierra que pisaban sus pies descalzos, los armadillos se desplazaban por los túneles secretos que cavaron para resguardarse del sol, de las lluvias y del contacto humano. Toda una obra de ingeniería que les permitía desplazarse subterráneamente por toda la finca, vigilar todas las raíces de todos los árboles, circundar los cimientos de la casa y de las paredes del estanque, sin que nadie se percatara de su presencia. También se desplazaban las enredaderas debido a la permanente aventura de los tentáculos vegetales que siempre buscaban nuevos lugares para envolver y expandirse. Ya nadie se acordaba de cómo eran las columnas originales de la casa y no faltaba mucho para que olvidaran también el estado primigenio del techo y las barandas.

Candelaria observó todo eso en silencio, presa de una incomodidad a la que no supo qué nombre ponerle. Por un momento se sintió estancada en medio de un mundo en constante movimiento. Incluso las piedras se movían cuando eran empujadas por el caudal del río o cuando su madre, a manera de castigo, las giraba contra la pared. Ella en cambio parecía plantada en esa misma tierra que pisaban sus pies y supo, entonces, que, de no moverse, empezaría a echar raíces que la obligarían a una inmovilidad permanente.

Miró a su madre flotando sobre las aguas del estanque, entregada a las sanguijuelas, desprovista de esa pulsión básica que invita a interesarse por nuevas cosas o a tratar de cambiar aquellas con las que no se está de acuerdo. La inercia la obligaba a desempañar las funciones más básicas por pura resignación, porque hacía mucho tiempo había dejado de explotar en su interior esa chispa que lo hace a uno ponerse en movimiento. Las pepitas de oro o la ópera parecían funcionar a ratos, pero eran incapaces de garantizar un estado de ánimo que se prolongara más allá de un par de días. Candelaria ignoraba que esa misma chispa era la que la estaba incendiando a ella por dentro, generándole esa incomodidad que la invitó a moverse sin saber muy bien hacia dónde, que la obligó a buscar algo que carecía de un nombre que le permitiera identificarlo.

Esa sensación de sentirse anclada en tierra firme la obligó a pararse de un tirón y salir corriendo a la quebrada. Allí encontró a Gabi, nadando desnuda a contracorriente. Había dejado en la orilla el vestido blanco y la ropa interior, todo doblado con gran meticulosidad. Candelaria reparó en que el tamaño del sujetador era el doble de grande que el de su madre. A un lado del vestido estaban los tacones rojos. No la había visto nunca sin ellos. De hecho, había llegado a pensar que no se los quitaba ni para meterse en la cama.

De pie, en la orilla, se quedó viendo cómo Gabi se sumergía y salía a la superficie, dando unas patadas que salpicaban metros a la redonda y dejaban el agua llena de remolinos. Jamás imaginó que los pies de esa mujer pudieran albergar tanta energía y especuló si de pronto era por la libertad que le brindaba el hecho de haberse liberado de los zapatos. La piel mojada le desprendía un brillo y un color saludable parecido al de la canela. Era lo más cercano a una declaración de vida. Desde que llegó a Parruca, el rostro se le puso más reluciente, los pechos más firmes y el abdomen más plano. A Candelaria la incomodaba ver a los demás desnudos y tampoco era capaz de desnudarse frente a nadie, pero, por alguna razón, no podía dejar de mirar a Gabi mientras imaginaba que su cuerpo, algún día no muy lejano, luciría de esa misma manera.

Continuó mirándola mientras pensaba cómo convencerla de que la acompañara a buscar a su padre. Era una idea que le venía rondando en la cabeza, pero, de pronto, dejó de ser tan solo una idea para convertirse en una posibilidad real. Ya estaba ardiendo la chispa que tenía por dentro, haciéndola consciente de que todas las cosas se mueven cuando están vivas y que morirse no necesariamente implica que el corazón deje de latir, a veces, solo basta con quedarse quieto.

Se dio cuenta de que los animales y hasta las plantas podían desplazarse en busca de los rayos del sol, de agua o de lo que fuera que necesitaran para cubrir sus necesidades. Sin duda, también ella tenía que moverse si quería salir a cubrir las suyas. Lo cierto era que precisaba de alguien que la acompañara a buscar a su padre, pues no se sentía capaz de emprender sola un viaje tan incierto. Tal vez ese alguien fuera la mujer desnuda que, justo en ese instante, estaba pataleando con animación dentro del agua. La misma junto a la cual había contemplado ya dos veces llenarse la luna. No habría sido exacto decir que la conocía del todo, porque una mujer como Gabi nunca llega a conocerse en absoluto.

Cuando Gabi la vio, le hizo señas para que se metiera en el agua con ella. Nadaron un buen rato juntas con la complicidad que solo puede unir a las mujeres cuando están solas e inobservadas, realizando una actividad dichosa que las conecta con su infancia. Candelaria, desde la superficie del agua, vio una piedra redonda de las que coleccionaba su madre reposando en el fondo de un charco. Dudó si cogerla o no. Pensó que, como no estaba su padre para que le tallara ojos, ya la piedra no podría tener encanto, aunque la verdad era que, al margen de que tuvieran ojos o no, esas estúpidas piedras ya no le importaban nada. La dejó en las profundidades, rodeada de sedimento y peces de agua dulce. Igual pensó que si hubiese querido cogerla tendría que sumergirse y abrir los ojos bajo el agua y eso era algo que no estaba dispuesta a hacer. A fin de cuentas, si no se lo contaba a su madre sería como si nunca hubiera visto esa piedra y entonces su inacción no tendría consecuencias. Llevaba tanto tiempo sin hablar con nadie de las cosas que bullían en su interior que había llegado a convencerse de que no era tan necesario hacerlo, que se podía vivir sin tener que compartir los propios pensamientos. Parecía que todo el mundo andaba muy ocupado lidiando con su propia vida y con sus propias cosas. Tal vez era hora de que ella hiciera lo mismo.

Cuando salieron del agua, tenían la piel de gallina y los dedos arrugados como los viejos. Se tumbaron juntas sobre una piedra lisa y caliente de tanto recibir los rayos del sol. Candelaria aprovechó que Gabi tenía los ojos cerrados para detallarse en la mancha que se le asomaba por encima de los pechos y le pareció que estaba más roja que de costumbre. Se sintió relajada debido al chapuzón y, más aún, cuando el sol le atravesó la piel hasta hacer contacto directo con los huesos helados. Cerró los ojos, al igual que Gabi, porque eso es justo lo que se hace en los momentos de mayor placer con el fin de eliminar distracciones que les resten intensidad. Pero se quedó pensando en la mancha, y al cabo de un rato preguntó:

—¿Es una quemadura?

—Imposible, cariño, yo siempre me pongo protector solar. A los treinta años hay que empezar a preocuparse por las arrugas, de lo contrario se...

—La mancha —interrumpió Candelaria— ¿es una quemadura?

—La mancha es una mancha —dijo Gabi—. Una mancha de nacimiento —añadió mientras se pasaba el dedo índice por los bordes—. Cuando era pequeña, mi madre solía decir que debía sentirme afortunada por llevar el mapa de «algún lugar» impreso en mi propia piel, porque así sabría siempre hacia dónde dirigirme.

—¿Y ha funcionado?

—Por supuesto que no. No tengo ni idea de adónde ir.

—¿Por eso se la cubre?

—Me la cubro porque no me gusta recordar a mi madre. —Dicho esto, se quedó callada un instante largo e incómodo, al término del cual tragó un sorbo de saliva—. Aunque supongo que también me la cubro porque conservo viva la esperanza de que ella tuviera razón y la mancha fuera un mapa que me lleve, al fin, a alguna parte. No quisiera que otro llegara primero que yo, de ahí la manía de ocultar el mapa. Vivir, sin una búsqueda a cuestas, nos convierte en seres no muy diferentes de las piedras de Teresa que no saben ver el mundo, aunque les tallen mil pares de ojos.

—¿Hasta cuándo va a estar en Parruca? —preguntó Candelaria.

—No sé, cariño. Estoy tan a gusto en este momento que no quisiera moverme. Es raro sentir tranquilidad a estas alturas de la vida. Tantos años añorando llegar hasta aquí solo para descubrir que nadie puede sacudirse lo azaroso de la existencia.

—¿Tan malo es llegar a las alturas de la vida?

—A veces es peor.

—¿Llegar a estas alturas de la vida?

—O no llegar. Aún no he decidido qué es peor.

—¿Usted abre los ojos?

—Claro, cariño, te lo he dicho mil veces, hay que andar siempre con los ojos bien abiertos, no se puede pretender llegar hasta este punto con los ojos cerrados.

—Dentro del agua..., mi pregunta es si usted abre los ojos dentro del agua —insistió Candelaria.

—Por supuesto que los abro, para ver.

—Yo no los abro para no ver.

Candelaria se quedó meditando acerca de si abrir o no los ojos dentro del agua y luego se puso a pensar a qué lugares podría llevar la mancha en forma de mapa y qué alturas era posible alcanzar en la vida. También pensó en su padre y, al hacerlo, tomó una enorme bocanada de aire decidida a pedirle a Gabi aquello que tanto deseaba:

—Quiero que salgamos juntas de aquí y que me acompañe a buscar a mi padre.

—Él es quien debe buscarte a ti.

—Ya me cansé de esperar a que aparezca.

—¿Y si no quiere verte?

—¿Y si le pasó algo?

—Lo sabríamos, eso es lo que tienen las malas noticias, siempre terminan por saberse. Evítate la molestia, cariño. A los hombres pueden perdonárseles muchas cosas, excepto ese vicio de salir corriendo cada vez que algo no les gusta. Son tan cobardes que tuvieron que crear un reino patriarcal en el que se sintieran a salvo, por supuesto, regido por ellos mismos para favorecer sus necesidades y ocultar todas aquellas cosas que los ponen nerviosos, por ejemplo, mujeres como tú o yo que, con mapa o sin mapa, con miedo o sin miedo, al final, vamos por lo que queremos. No hay nada más gratificante que lograr algo sin necesidad de pedirles la ayuda que ellos mismos intentan darnos, sometiéndonos a condiciones meticulosamente diseñadas con el único fin de que tengamos que solicitarla y ellos ofrecerla. Como consecuencia, el eterno papel de los hombres es el de salvadores, mientras que la mayoría de las mujeres se quedan convencidas de que necesitan ser salvadas. Algunas hasta quedan muy agradecidas.

Como cada vez que hablaba con Gabi, se quedó tratando de entender lo que le había querido decir con semejante discurso, al cabo de un rato preguntó:

—Entonces ¿va a acompañarme o no?

—Por supuesto que no.

Se puso de pie de un brinco. Tenía la respiración agitada y el rostro tan encendido que le hizo juego con su pelo. Apuró el paso hasta donde Gabi había dejado su ropa, agarró los tacones y los lanzó lejos, uno para un lado y el otro para el contrario y salió corriendo hacia la casa. Antes de entrar, giró la cabeza hacia la quebrada y vio a Gabi enroscándose en una toalla para ir a rescatarlos. Advirtió una anomalía en su caminar y entonces cayó en cuenta de que esa leve cojera que en otras ocasiones le había notado no era tan leve ahora que no tenía los tacones puestos. Advirtió que en ese cuerpo también había espacio para la deformidad y el desbalance. No era tan perfecta después de todo, pero al menos se las arreglaba, así ello implicara no despegarse nunca de esos tacones diseñados para mitigarle el desperfecto de las piernas. A lo mejor la deformidad era, precisamente, lo que la obligaba a pararse con la contundencia con la que lo hacía y a caminar como si fuera la dueña de todos los caminos. Era cuestión de parecer y no de ser, pensó Candelaria. Después de todo lo que había que tener en la vida no era otra cosa que seguridad en uno mismo.

La condición de Gabi la hizo reflexionar acerca de que su pequeño altar con todas aquellas personas que adoraba se había ido a pique. Ahora estaba vacío, y lo más probable era que permaneciera así, porque la caída de los primeros ídolos no es más que la comprobación de que el único lugar en donde las personas son perfectas y dignas de adoración es dentro de la cabeza de quien las idealiza. Mientras algunos se pasaban toda la vida buscando a quien adorar, otros, como Candelaria, eran más propensos a asimilar ese tipo de verdades que no siempre se quieren ver. A lo mejor no era tan buena idea insistirle a Gabi que la acompañara a buscar a su padre. Si algo tienen los cojos y los malformados son dificultades para andar trayectos largos e inciertos, pensó. Y puso un gran esfuerzo en creérselo para evitar el desconcierto que le había generado el hecho de no poder convencerla de que la acompañara.

Santoro regresó del pueblo con el carro cargado de materiales. La camioneta destartalada iba balanceándose peligrosamente de un lado a otro. Y él, con un gesto de gravedad asentado en la frente y el labio de abajo atrapado entre los dientes, la manejaba con cautela pensando si acaso sus enemigos habrían intervenido los frenos con el fin de que se rodara sin control por uno de los peñascos. Candelaria salió corriendo a recibirlo, no tanto por la curiosidad de ver las compras, sino para estar segura de que el espejo que había encargado viniera entre todo ese cargamento de materiales.

—Tal parece, Edgar —dijo mientras le señalaba el espejo—, que Candelaria llegó a la edad en que no confía cuando su madre le dice que es la niña más linda del mundo y ahora necesita comprobarlo con sus propios ojos.

—Yo no soy una niña —dijo Candelaria sorprendiéndose, no solo por su respuesta, sino por su propia contundencia.

El espejo era más grande que ella. Le cabía todo el cuerpo y seguía sobrando espacio para cuando creciera más. Pensó en pedirle ayuda al señor Santoro para que lo colgara en la pared de su cuarto, pero lo vio tan ocupado sacando los materiales de la camioneta que mejor decidió pedirle el favor a Tobías. Se detuvo ante la puerta cerrada del cuarto de su hermano y, por primera vez en su vida, la tocó una sola vez con un golpe tímido como el que se da en la puerta de un extraño. Volvió a tocarla porque no tuvo contestación, esta vez con dos golpes acompañados de su voz: «Tobías, Tobías». Nada. Al tercer intento tampoco obtuvo respuesta y la acosó el desespero de su propia imaginación, que siempre tendía a maquinar los peores escenarios cuando los sucesos no seguían el cauce esperado. Presa de angustia, desoyó la orden que le había dado Tobías de no volver a entrar en su cuarto sin tocar la puerta. Giró el pomo despacio, como quien no quiere hacerlo, y la puerta cedió. Al asomar sus narices por la ranura vertical pudo ver una parte de la escena que estaba ocurriendo en el interior.

Lo primero que vio, al mirar de arriba abajo, fueron las piernas de su hermano en el lugar en el que debería estar la cabeza. Lo segundo fue la camisa levantada dejando al descubierto el abdomen y la línea de vello negro y grueso que empezaba en el ombligo y desaparecía por entre el pantalón. Siguió mirando hacia abajo y llegó a la máscara. Por entre los orificios pudo verle los ojos cerrados. Candelaria imaginó que llevaba mucho tiempo parado en la cabeza debido al enrojecimiento de las partes de la cara que la máscara no alcanzaba a cubrir. Lo llamó varias veces por su nombre, pero no logró despertarlo. Zapateó. Aplaudió. Pero nada. Entonces se le ocurrió hacer algo que había funcionado en el pasado: agarró la sartén donde Tobías hervía los hongos y comenzó a golpearla con unas tijeras oxidadas que encontró en el caos de su escritorio.

Vio a su hermano caer al suelo aparatosamente como un bulto de cemento y abrir los ojos muy despacio. Se le veían rojos y diminutos, enmarcados entre las plumas blancas de la máscara. Se quedó mirándolo sin parpadear, parecía un águila moribunda. No pudo hablar, pero en el intento dejó ver unos hilos de saliva espesa que no consiguió romper ni abriendo la boca al límite de traquearle la mandíbula. En la caída se partió un diente que terminó perdido entre el desorden del cuarto. El pico largo y curvado permaneció sorprendentemente intacto por la dureza sin igual de la arcilla primaria con la que había sido esculpido.

Candelaria analizó esa nueva ausencia capaz de interrumpir la simetría de la dentadura. Nunca se había detallado en los dientes de su hermano, pero ahora, debido a la ausencia, no podía quitar la vista de ellos. Se sorprendió de que algo tan pequeño como un diente pudiera transfigurar un rostro al punto que resultara incómodo mirarlo. Aunque ya sabía que en momentos como esos eran precisamente en los que debería abrir bien los ojos, prefirió cerrarlos porque no le gustó lo que estaba viendo: su hermano tirado en el suelo con la boca abierta, exhibiendo una ausencia de la que él ni siquiera estaba al tanto. Su hermano en el suelo, un águila herida y unos hilitos de sangre corriendo nariz abajo. Por Tobías había sentido mucho cariño durante toda su vida, lo veneraba, lo admiraba por encima de todas las cosas, pero en ese momento el sentimiento rondaba más por los linderos de la repulsión o el desprecio. No habría podido ni tocarlo con la punta del dedo índice.

—¿Qué pasó? —preguntó Tobías cuando logró, al fin, romper los hilos de saliva y articular las palabras.

—No sé —dijo Candelaria—, eso mismo pregunto yo.

—Yo tampoco sé —dijo Tobías—. Solo me acuerdo de que el cielo estaba en el piso y el piso estaba en el cielo, pero me alegra comprobar que ya todo volvió a su sitio.

Intentó ponerse de pie, pero le fallaron las piernas y volvió a caerse. Al volver a intentarlo ocurrió lo mismo, una y otra vez. Candelaria presenció el suceso con los ojos abiertos al límite de su extrañeza. Estaba aterrada. Sintió que debería extenderle la mano y ayudarle, aunque no quería ni tocarlo y la sola idea de que esa águila caída se aferrara a su cuerpo en un intento por levantarse le pareció desagradable.

A su hermano antes le provocaba abrazarlo, aunque lo cubriera el sudor, tumbársele encima para despertarlo en las mañanas sin importar que tuviera el aliento agrio. Recordó que con su propio cepillo solía peinarle el pelo, aunque lo llevara sucio, y también era capaz de untarle repelente en la espalda incluso cuando esta se le empezó a llenar de granos. Solo habían transcurrido un par de años desde la época en que las excursiones juntos montaña adentro terminaban con ella entre los brazos. La verdad es que la mayoría de las veces mostraba más cansancio del que realmente sentía nada más para que él la cargara. En ese entonces no había un mejor lugar en todo el mundo que los brazos de su hermano. Ahora las cosas eran diferentes.

Mucho había cambiado desde ese entonces. Todo, en realidad. Tobías estaba tirado en el suelo con la mente confusa, los ojos chiquitos y la cara roja y sangrante. Lo vio con sus piernas endebles como los tallos de los hibiscos y la saliva espesa como la baba de los caracoles. Lo vio tan diminuto y pálido y quieto que no quiso tocarlo ni que él la tocara, así que salió corriendo tal y como hacía últimamente cada vez que quería evitar algo. En la huida se topó con su madre: «A Tobías le pasa algo, a Tobías le pasa algo» era lo único que repetía, y su madre fue hasta el cuarto a ver qué le pasaba. Candelaria salió de la casa para espiarlos a través la ventana y, al ver a ese par de seres tan desvalidos, se le ocurrió pensar que no sabía quién estaba sujetando a quién. Tragó su propia saliva y le supo muy amarga, porque lo que vio le hizo sentir pena y al mismo tiempo le dio pena sentir pena por los dos seres que más debería amar en el mundo.

Gabi venía subiendo de la quebrada. Se había vuelto a poner los tacones y su caminar volvió a parecer perfecto. La toalla alrededor del cuerpo era lo único que la cubría. Se detuvo al ver a Candelaria de puntillas para alcanzar la ventana del cuarto de Tobías y se acercó despacio, con la cautela de quien adivina que algo importante está ocurriendo al otro lado del vidrio. Candelaria se alegró de que no se hubiera enfadado por el incidente con los tacones y, la verdad, es que Gabi había considerado enfadarse con miras a darle una lección, pero al final le pudo más la curiosidad de la escena que Candelaria espiaba con tanto interés.

—¿Qué pasa?

—Que estoy sola en el mundo. Eso es lo que pasa —dijo Candelaria.

—Todos estamos solos, cariño.

—Yo me siento más sola que todos.

—Tú nada más te diste cuenta. Y eso es algo, eso es mucho. Enterarse de eso a corta edad hace la diferencia entre los que viven su vida y los que se la pasan esperando que los demás la vivan por ellos.

Se quedaron mirando por la ventana sin decir nada más. Candelaria pensaba en cómo sería vivir sin esperar nada de nadie, eso era algo que no se le había pasado antes por la cabeza, supuso que debería empezar a acostumbrarse. «Estoy sola, sola, sola», repitió mentalmente mientras el águila y la madre estaban tumbados en el suelo con los ojos abiertos mirando al techo y sin intención de ponerse de pie, no por falta de ganas sino de fuerzas. Aunque era posible que por ambas cosas a la vez. «Sola, sola, sola», repitió como si de un mantra se tratara.

—¿Vamos a ayudarles, cariño? —preguntó Gabi.

Pero Candelaria no contestó porque le había quedado clara la lección. «Yo estoy sola, tú estás sola, ellos están solos, todos estamos solos...», dijo mientras se iba corriendo a su cuarto. En la huida contó hasta dieciséis antes de sentir la primera lágrima.

Cerró la puerta de un golpe y se tumbó en la cama. Se limpió las lágrimas con el dorso de la mano mientras concluía que contar hasta treinta para evitar llorar tenía que ser otro disparate de los de su padre. Era algo imposible de hacer, porque cuando las ganas de llorar sobrevienen, lo hacen tan de repente como un aguacero de abril. Se distrajo mirando los sapos revolcándose dentro de la pecera. Aún no habían abierto los ojos y eso les negaba todo rastro de individualidad. Hizo cuentas y calculó que los liberaría en el estanque muy pronto, antes de que la luna se llenara de nuevo.

Su padre se había marchado hacía dos generaciones de sapos, es decir, seis lunas llenas. No había llamado en todo ese tiempo, tal vez era mejor de esa manera, si regresara, no reconocería ni la casa ni sus habitantes ni los árboles que él mismo había sembrado. Sintió el vértigo del tiempo acosándola para que hiciera algo que ella no podía precisar con exactitud qué era. Llevaba días sintiendo un vacío que no sabía con qué llenar. Era como si en su vida nunca hubiera ocurrido nada y en ese poco tiempo hubiera pasado todo. Pensó que el mundo estaba cambiando porque aún no se había dado cuenta de que era ella la que lo estaba haciendo. Dio media vuelta en la cama para no seguir viendo los sapos. Le hacían sentir y pensar cosas muy extrañas. Ya ni siquiera le emocionaba ver la metamorfosis. Viéndolo bien, no supo por qué solían gustarle. Eran ásperos, húmedos y babosos. Daban asco.

Desde la nueva posición, vio su propio reflejo en la pared, nítido como nunca lo había visto. El señor Santoro le había instalado el espejo mientras ella estuvo distraída con el suceso de su hermano. Se puso de pie casi con violencia hasta que estuvo frente a frente con ese nuevo intruso que ya no dejaría de juzgarla. Vio su trenza deshecha y húmeda aún por el agua de la quebrada. Se la soltó para comprobar el largo del pelo, que andaba ya llegando a la cintura. Notó que el rojo era menos rojo y el blanco de su piel menos blanco. Se puso a detallarse la cara y, por un instante, sintió como si nunca se la hubiera mirado con detenimiento. Ya no era redonda ni tenía los cachetes llenos. Los pómulos se le marcaban de una forma que empezaba a darle mayor definición a sus facciones. La nariz había dejado de ser un puntico sin gracia para empezar a marcar un perfil con mayor contundencia. Unos cuantos granos rojizos la salpicaban. Forzó una sonrisa con el fin de analizarse la boca, le pareció que tenía los dientes un poco más torcidos. Estaban lejos del blanco que ostentaban los dientes de Gabi, aunque, por lo menos, no le faltaba ninguno. Tampoco estaban tan alineados como los de ella, pero no le importó porque solía gustarle su sonrisa y, en especial, la forma como le iluminaba la cara. Su padre a menudo decía que la sonrisa era su mayor capital, que como siguiera sonriendo de esa manera nada en el mundo le quedaría grande. Pero solo hasta ese momento le pareció entender lo que su padre quiso decir.

Bajó la vista para detallarse su cuerpo y se sorprendió por la nueva forma que estaban tomando sus caderas. Con razón cada vez le servía menos la ropa. Tendría que masticar, de ahora en adelante, veinte veces cada bocado, tal y como hacía Gabi, para que los pantalones dejaran de quedarle tan estrechos. Sintió un deseo inmenso de contemplar la imagen de su cuerpo sin ropa y se fue quitando todo de a poquitos para sentirse menos mal.

Sabía quién le había inoculado el miedo a la desnudez, por el fracaso de su mente en borrar lo poco que le enseñaron las monjas durante el tiempo que asistió al colegio. De ellas aprendió a sentirse culpable. Una persona a la que le enseñan a sentirse culpable aceptaría cualquier fórmula con tal de dejar de sentirse así. Culpable por lo que pensaba, por lo que sentía, por lo que imaginaba. Nada podía escapar de los juzgamientos de esos seres ocultos detrás de hábitos grisáceos, cuya misión era sembrar la culpa para vender el perdón. Pero Candelaria no alcanzó a comprarlo porque la expulsaron por decir las mismas cosas que decía a menudo su padre: «Lo único digno de adorar son las plantas».

Lo curioso es que cuando ella expresó esa idea por primera vez en el colegio, lo hizo por rebeldía y no por convicción. La verdad es que odiaba más la misa de lo que amaba las plantas y ya se le estaban acabando las excusas para saltársela. Aunque, pensándolo bien, lo que más odiaba en realidad era al padre Eutimio. En primer lugar, nunca entendió por qué tenía que llamar padre a alguien diferente a su padre y, en segundo lugar, Eutimio siempre estaba intentando sentar a alguna niña sobre sus piernas para meterle mano por debajo de la falda a cuadros o por entre la camisa abierta. Por eso Candelaria optó por ir siempre con el uniforme de deportes, consistente en una horrible sudadera azul con dos rayas blancas a los lados. De esa manera podía trepar a los pasamanos, hacer la vuelta estrella y sentarse de cualquier manera sin que se le vieran los calzones. Las monjas mostraban una excesiva preocupación sobre este aspecto. Siempre andaban monitoreando el sentado de todas las niñas, al punto que Candelaria llegó a pensar que tan meticulosa observación de los sentados no era para corregirlos, sino porque las monjas eran unas aficionadas a ver calzones. Desde esa época empezó a intuir el poder de lo que se ocultaba detrás de ellos, pero no encontró la forma adecuada de preguntarle a su madre en qué consistía dicho poder o para qué servía. La sudadera, entonces, la salvaguardaba de ser vista y tocada pierna arriba, no obstante, facilitaba la inserción de la mano de Eutimio por entre la camisa. Por fortuna, la expulsión del colegio ocurrió antes de que le creciera el pecho. Y más aún, cuando sus demás compañeras ya empezaban a exhibir unos pechos abultados y firmes que, de seguro, eran más atractivos y apetecibles que los de ella.

A nadie le confesaría que, en el fondo, se había alegrado por la expulsión, incluso, a pesar de la pelea monumental que generó entre sus padres. Lo curioso era que ya no estaba en el colegio, por lo tanto, no tenía a las monjas encima todo el día y, además, se había librado de la mano inquieta del padre Eutimio. Su madre no se ocupaba mucho de ella, no había rastro de su padre y su hermano era un cero a la izquierda. En conclusión, ahora que no tenía a nadie que la juzgara, había encargado un espejo más grande que ella para que no se le escapara ni uno solo de sus defectos. Le pareció que contemplarse desnuda era un pecado mayor que no sabía quién le iba a perdonar, pero aun así sintió unas ganas irreprimibles de hacerlo.

Verse desnuda la incomodaba. Cerró los ojos y volvió abrirlos y, sin embargo, allí seguía el mismo cuerpo, tan distinto al que recordaba cuando se ponía la ropa a toda velocidad recién salida de la ducha. Allí estaría por siempre, aunque sus formas siguieran cambiando con el paso de los años. Sus pechos parecían dos canicas intentando abrirse paso de dentro hacia fuera. El padre Eutimio estaría muy decepcionado. Al tacto, se le pusieron duras como vidrio, pero, al mismo tiempo, sensibles en extremo. No conocía nada que tuviera cualidades tan contradictorias. Percibió una mezcla de dolor y placer que la hizo pensar en cubrirse de inmediato.

Sentir placer no podía ser bueno. Recordó sus clases de religión, en las cuales el temor y el castigo ocupaban lugares primordiales. Ese era el tipo de cosas que le gustaban a Dios, pero placer no, eso no. Recordó cómo el padre Eutimio se mordía los labios y entrecerraba los ojos. Se preguntó por qué Dios le permitía sentir placer y a ella no. En ese caso, Dios no solo era machista, sino también injusto. ¿No era Él quien decía que todos somos iguales? Definitivamente, no entendía nada.

Casi con miedo por el placer que estaba sintiendo intentó ponerse la ropa que estaba en el suelo, pero el roce mismo del algodón no hizo más que hacerla consciente de una nueva y hasta ahora desconocida sensibilidad. Por primera vez se atrevió a tocarse en los lugares que las monjas le tenían vetados, y la sangre empezó a circular más rápido en sus venas. Sintió un calor emanando desde dentro que le coloreó la cara con el mismo tono del pelo. Era diferente al que percibía cuando se tumbaba al sol o llevaba a cabo alguna actividad física que la pusiera a sudar. Los pensamientos deambulaban en una espiral sin orden ni lógica dentro de su cabeza. El corazón le latía más duro y más deprisa, pero esta vez percibió los latidos entre sus piernas y a lo largo de todo el cuerpo. Creía necesitar algo a lo que no sabía qué nombre ponerle. Tuvo la sensación de que se derretía por dentro y se angustió porque lo que estaba sintiendo tenía que ser pecado, pero el solo hecho de pensar que estaba pecando le generó más placer. Tal vez ella también era contradictoria. Quería detenerse y quería continuar con lo que fuera que hubiera empezado. Aunque, la verdad, no tenía muy claro qué estaba pasando ni cómo prolongarlo ni cómo llevarlo hasta el final. De hecho, ni siquiera sabía si algo así tenía un final.

El sonido de su respiración se agitó a la par con los pensamientos caóticos que ahora traspasaban todas las fronteras que siempre los habían delimitado. Entendió que la libertad era un concepto aplicable a las ideas y que no estaba bien obedecer sin cuestionar al menos las reglas. Estaba imaginándose cosas muy raras que le causaban placer y nervios al mismo tiempo, cosas que la situaban al borde de sí misma, por eso, cuando la puerta de su cuarto se abrió, el corazón le dio un vuelco que casi la mata del susto. Vio la figura de Gabi reflejada en el espejo y se sorprendió con la naturalidad con la que dio media vuelta: «Disculpa, debí tocar la puerta». Ese día Candelaria aprendió el valor de la privacidad. De hecho, instaló un aviso sobre la puerta de su cuarto: «No entre sin tocar». Eso era lo que decía. Y todos, en Parruca, hicieron caso.

El primer balazo se oyó al amanecer. Estaba lloviendo y el día no aclaraba. Unos alaridos dejaron constancia en muchos kilómetros a la redonda de que Don Perpetuo se estaba bañando. Después de oír el disparo, Candelaria se quedó petrificada sobre la cama decidiendo qué hacer. Imaginó a su madre camuflada entre la colección de piedras redondas, con la cabeza entre las rodillas y los oídos tapados para no tener que ser testigo de nada desagradable. La imaginó mirando las piedras y a las piedras mirándola a ella mientras las interrogaba: «¿Ustedes qué están mirando?». La imaginó callada, esperando una contestación que nunca llegaría porque las piedras tenían ojos, pero no boca.

Luego pensó en el águila que, seguramente, andaba profunda y soñando con disparos, si es que acaso las águilas tienen la capacidad de soñar. Pensó que se pasaría el resto de la mañana tratando de separar los sueños de la realidad. Estaba segura de que no sería capaz de conseguirlo. Por último, se le ocurrió que Gabi debía estar poniéndose los tacones para ir a investigar quién había disparado y por qué razón. Supo que no se equivocaba cuando la vio salir del cuarto, pero no por la puerta, sino por la ventana para despistar a un posible enemigo. La vio rodear la casa por la parte de atrás. Tenía la respiración contenida y los ojos muy abiertos. No se volvió al oír otro disparo, sino al darse cuenta de que llovía más de lo que estaba dispuesta a soportar. En realidad, no quería arruinarse el pelo, pero eso Candelaria no alcanzó a imaginarlo, porque aún no sabía que una mujer como ella podía llegar a hacer cualquier cosa por temeraria que fuera siempre y cuando no le arruinara el peinado, y Gabi se había esmerado en él después de su incursión del día anterior en la quebrada.

Al tercer disparo Candelaria se convenció de que nadie tenía intención de reaccionar ante un suceso tan potencialmente peligroso, así que se levantó de la cama y se deslizó hasta la cocina, escondiéndose cada tanto entre los arbustos de la casa, que ya estaban de lo más frondosos. Una vez allí, sacó el cuchillo del cajón de los cubiertos, solo por sentirse un poco más valiente, pero la verdad es que le temblaban las manos. Al cuarto disparo tuvo la certeza de que provenían de la habitación del señor Santoro e imaginó que los enemigos que tanto andaban buscándolo lo habían encontrado.

Alcanzó a preguntarse qué iba a hacer con el cuervo, porque no estaba segura de que a Don Perpetuo le agradara convivir con un pajarraco tan descolorido. También pensó en dónde diablos escondería el señor Santoro las pepitas de oro que parecía poseer por montones. Si ella llegara a encontrarlas, cualquiera se pelearía por acompañarla a buscar a su padre. De eso estaba segura. Las monjas solían decir que la fe mueve montañas porque no habían intentado moverlas a punta de oro. De eso también estaba segura. Por último, pensó en lo extraño que sería ver a un mismo hombre muerto dos veces, dado que durante su primer encuentro con Santoro lo tomó por muerto, pero no había terminado de elaborar ese último pensamiento cuando oyó sus carcajadas flemáticas.

—¡Vamos, vamos! ¡Ja!

Imaginó que él era quien había eliminado a sus supuestos enemigos. Se acercó con más curiosidad que miedo hasta la habitación donde él se encontraba y lo halló con medio cuerpo asomado por la ventana, apuntándole con la pistola a las nubes negras y cuajadas que amenazaban tormenta. Candelaria se quedó de pie, empapada, tratando de entender lo que estaba pasando. Tenía los dedos encalambrados por asir el mango del cuchillo con tanta fuerza y dio un brinco cuando vio cómo disparaba a las nubes las dos últimas balas que quedaban en el cartucho.

—Estoy descargando las nubes, Edgar, las estoy descargando. ¡Ja!

Pero Edgar, cosa curiosa, no andaba cerca. Candelaria asumió que Santoro estaba tan acostumbrado a hablar con el pajarraco que lo hacía hasta cuando no lo estaba oyendo. Lo cierto es que, por arte de magia o de los balazos, no cayó ni un solo rayo en todo Parruca, donde solían caer tantos, y para cuando el desayuno estuvo listo ya ni siquiera llovía.

Coincidieron en la mesa todos excepto Santoro, quien, como era costumbre madrugaba más de la cuenta. Tenía por hábito hacerse su propio desayuno. Aunque eso era mucho decir, porque él a duras penas era capaz de hacerse un café que se tomaba con una tajada de pan frío, y a esa combinación tan básica e insulsa la palabra *desayuno* le quedaba grande. O por lo menos eso era lo que pensaba Candelaria, que consideraba el desayuno la mejor comida del día.

Luego el señor Santoro se aplicó a sus múltiples actividades, pues a él se le podía acusar de cualquier cosa menos de ser un mal trabajador. En el poco tiempo que llevaba en Parruca había realizado varias mejoras locativas importantes. Primero deshierbó el empedrado y cepilló las piedras para desprenderles el moho. Luego podó los laureles y trató de controlar las raíces más atrevidas, aquellas que insistían en levantar las baldosas y meterse por las tuberías. También cambió las bisagras oxidadas y reemplazó las tejas que se habían quebrado. Candelaria no lo vio cuando cavó el primer hoyo de los muchos que cavaría, pero como después lo usó como compostera, asumió que lo había hecho para convertir los residuos orgánicos en abono. Aún no podía imaginar la verdadera razón por la que cavaba esos huecos tan profundos. Las lombrices que introdujo para tal fin eran tan largas y gordas que habrían podido hacerle competencia a Anastasia Godoy-Pinto. La diferencia estaba en la laboriosidad de las lombrices para convertir los residuos en abono en contraste con la serpiente, que era una perezosa consagrada.

La razón por la cual el señor Santoro dejó de sentarse a la mesa con el resto no podía saberla Candelaria a ciencia cierta, sin embargo, le divertía imaginar las hipótesis elaboradas por los demás. Imaginó, por ejemplo, que Gabi debía creer que su presencia lo hacía sentir intimidado. Ella estaba convencida de ser el tipo de mujer que ciertos hombres tienden a evitar. Especialmente hombres como Santoro, tan miedosos e inseguros que no les queda otra opción que demostrar su virilidad evitando los sentimientos y emulando fortaleza cuando el miedo les corre por las venas y se están derrumbando por dentro. Hombres tan faltos de confianza en sí mismos, que optan por cargar una pistola y se regocijan exhibiéndola, incluso frente a las nubes, por la sencilla razón de que no tienen nada más valioso que exhibir.

Imaginó que la madre estaba pensando que la ausencia del señor Santoro en la mesa se debía a que no le gustaba su forma de cocinar, porque en este caso la insegura era ella y las mujeres así llegan a creerse la impostura de superioridad que adoptan los hombres como él. Y esa es la razón por la cual, pensó Candelaria, existirán por siempre mujeres como ella y hombres como él. Porque las únicas cosas destinadas a permanecer en el tiempo son las que la gente cree necesitar. Aunque también existía otra posibilidad, y era que la madre temiera que el señor Santoro terminara aburriéndose de pagar para comer siempre lo mismo y se marchara de Parruca. De ser así, no volvería a ver ni en sueños una pepita de oro.

El águila, según imaginó Candelaria, no pensó nada en particular, porque lo más posible es que no se hubiera dado cuenta de que el señor Santoro hacía días que no se presentaba a desayunar. Además, supuso que a las águilas dejan de importarles muchas cosas, tanto así que la ausencia del diente parecía tenerlo sin cuidado. No obstante, en la mesa todos se esmeraban en mirarle la boca con el fin de obligarlo a dar una opinión sobre la falta del diente y la forma como pensaba repararlo. Pero Tobías para ese entonces debía tener por las nubes los restos de entendimiento que le quedaban. No podía esperarse menos de un águila como él.

Al margen de las diferentes hipótesis que imaginó Candelaria, la mañana de los balazos nadie pareció echar de menos a Santoro durante el desayuno, todo lo contrario, porque así pudieron hablar del comportamiento que había demostrado en contra de las nubes. E incluso de esa manía de abrir hoyos tan profundos en la tierra que habría cabido de pie en ellos.

—No dio explicaciones —dijo Candelaria mordiendo un pandequeso—. Tan solo mencionó que estaba descargando las nubes.

—Soñé con balazos —dijo Tobías—. Fue tan real..., llegué a pensar que de verdad alguien andaba disparando.

—¿Descargando de qué? —preguntó Gabi.

—Las piedras ya no me admiran —dijo Teresa.

—¿Es esto un sueño? —preguntó Tobías—. Pásame la sal, Candela.

—Me parece muy peligroso que ande disparando así como así, nos estamos confiando y con ese chalado aquí tan cerca... —dijo Gabi y luego se atrevió a comentar—: Por Dios, muchacho, ¿dónde dejaste el diente?

—Es como si me juzgaran con esos ojos todos abiertos —dijo Teresa—. Me gustaban más con la admiración con la que me miraban antes. En la cafetera quedó un poquito.

—¿Por qué todos hablan de balazos? ¿La realidad fue mi sueño? ¿O soñamos todos lo mismo? —dijo Tobías—. ¿Hay jugo de maracuyá?

—Yo lo que pienso es que teme a los rayos —dijo Candelaria—. O a la lluvia. No se me ocurre qué más pueda cargar una nube. Por cierto, las águilas no consumen sal.

—Mire, Teresa, más fácil cambia usted de mirada que sus piedras —dijo Gabi—. ¿Alguien más quiere café?

—Le teme a todo —dijo Tobías—. Yo quiero jugo. El café me está dando gastritis.

—Todos soñamos lo mismo —dijo Candelaria—. Y lo peor es que seguimos dormidos. Las águilas tampoco consumen café.

—Por primera vez estoy de acuerdo con Tobías —dijo Gabi—. La gente más prevenida es la que más miedo tiene. Santoro es un cobarde. No hay de qué preocuparse, salvo de una bala perdida.

—Los miedosos son inofensivos —dijo Teresa. Y como estaba pensando en las pepitas de oro agregó—: Mientras siga pagando su estancia puede quedarse.

—Lo que más desconfianza me da es que trabaje gratis en los arreglos de la casa—dijo Gabi —. Apuesto a que su estrategia es quedarse con ella. La gente así no es de fiar, tengo experiencia suficiente para saberlo. Sugiero una resina en el diente.

—Yo desconfío más de las serpientes —dijo Tobías—. La resina no es necesaria. Las águilas no tienen dientes.

—Bueno, señores de la mesa. Parece que está claro que no está nada claro —dijo Candelaria poniéndose de pie para ir a llevarle a Don Perpetuo un pedazo de banano, pues llevaba un buen rato parapetado en la araucaria diciendo: «¡Ay!, qué vida tan dura, ¡ay!, qué vida tan dura».

Parecía que el guacamayo era el único que decía una verdad contundente, pensó Candelaria mientras lo veía engullirse casi un banano entero.

Tras dejarlo acicalándose las plumas después del baño obligado por la lluvia matutina, Candelaria se fue a espiar al señor Santoro. Así se dio cuenta de que había terminado la muralla y andaba instalando unos sensores de movimiento. Fue entonces cuando pensó que era una locura instalar ese tipo de sensores en un sitio en el que hasta las piedras se movían. Luego reflexionó acerca de que quien los instalaba era el mismo hombre capaz de dispararle a las nubes, y de esa manera el comportamiento del señor Santoro terminó pareciéndole coherente. A decir verdad, él era el habitante más coherente de todo Parruca. Desde un principio prometió excentricidad en sus maneras y ya no podía esperarse menos de él. Lo más seguro es que los vidrios con los que pretendía reemplazar las ventanas de su cuarto fueran blindados, pues Candelaria nunca había visto unos tan gruesos. Aún no sabía que al pie de la muralla pensaba enredar un alambrado sobre el que, a su vez, sembraría un chocho trepador. Tampoco sabía que la elección de esa planta por parte de Santoro se debió a que las semillas, mitad negras y mitad anaranjadas, brillantes y redondas como confites de azúcar, eran venenosas en extremo. Y menos aún tenía por qué saber que lo que realmente quería era instalar un circuito cerrado de televisión que le permitiera monitorear, día y noche, todo lo que ocurría alrededor de su refugio. Ya hasta andaba pensando en cómo disponer de señal en un lugar en el cual no era posible ni siquiera hablar por teléfono. Seguro que pensaba que de esa manera les haría el favor de llevar un trozo de civilización, así como alguien llevó alguna vez el hielo a lugares incluso más remotos.

Desde su escondite Candelaria observó la forma de trabajar del señor Santoro. No había nada que le quedara grande. Sabía mezclar, cementar, resanar. Cortaba los materiales que tenía que cortar con una meticulosidad impresionante. Medía, sacaba cálculos y los apuntaba en un cuaderno en el que también dibujaba con precisión sus ideas porque, valga decirlo, Santoro era un buen dibujante. La idea de lo artístico le era absolutamente ajena, pero para los dibujos técnicos era de una precisión que rayaba con la genialidad.

Evaluaba el avance de lo que fuera que estuviera haciendo desde diferentes ópticas, por lo tanto, se paraba, se sentaba, se arrodillaba, se tendía en el suelo. Siempre estaba en movimiento. Parecía que nunca se cansaba. Lo que más le sorprendía era el entusiasmo con el que se aplicaba al trabajo. Cuando no estaba cantando, se ponía a silbar o a hablar con Edgar. Se reía todo el tiempo con esas carcajadas flemáticas que ella tanto conocía: bien cuando se equivocaba, bien cuando las cosas no quedaban según sus cálculos, o bien cuando el resultado era incluso mejor de lo que había proyectado. Al final, así era como le quedaba todo, porque Santoro, además de excéntrico, era un perfeccionista de primera categoría.

Después de observarlo trabajar casi toda la mañana, pensó en que ella nunca vio trabajar a su padre de esa manera. Recordó a su madre persiguiéndolo por toda la casa: «Hay que arreglar esto», «Hay que arreglar lo otro», «Se dañó tal cosa», «Tal otra necesita mantenimiento», y también se acordó de su padre diciendo: «Mañana lo arreglo», «Mañana lo reparo», «Mañana hago el mantenimiento». El problema, según analizó Candelaria, era que el mañana nunca parecía llegar.

Pero lo que más la impactó fue entender una frase que solía decir su madre. Lo curioso era que la decía nada más cuando estaba enfadada con él. Se la decía a ella con el único objetivo de que el padre la oyera. Le decía: «Su papá es un hombre sin mañanas y sin raíces».

Y Candelaria, por alguna razón, lo repitió mentalmente tres veces: «Su papá es un hombre sin mañanas y sin raíces»,

«Su papá es un hombre sin mañanas y sin raíces», «Su papá es un hombre sin mañanas y sin raíces». Luego se quedó pensando el resto de la tarde qué significaba tener por papá a un hombre sin mañanas y sin raíces, pero no se le ocurrió ninguna respuesta que la dejara satisfecha.

Primero fue el olor a humo. O no, tal vez fue el zumbido. O a lo mejor fue el hecho de que siguiera tan oscuro, aunque ya el sol estaba alto en el cielo. Candelaria no era capaz de precisar bien qué fue lo que más la impactó esa mañana. Tal vez fue el zumbido —era lo más lógico—, porque el zumbido de muchas abejas juntas es algo que no pasa desapercibido. Pensó en los demás, que seguramente se habían despertado por las mismas razones y tampoco tenían claro qué estaba pasando. Excepto el señor Santoro, que, al ver todas las vidrieras de la casa cubiertas con abejas, encendió una antorcha para espantarlas a punta de humo. Algunas, sofocadas, cayeron al suelo y murieron. Otras se mudaron de una ventana a otra y el batir desesperado de las alas reverberó aún más por toda la casa. La mayoría permaneció cubriendo los vidrios y tapando la entrada de la luz. Unas encima de otras y estas, a su vez, encima de otras más, dando la sensación de que eran un solo ser compacto que abrazaba la casa. Era extraño sentir oscuridad sabiendo que el sol estaba ya alto en el cielo. A menudo, eso es lo que pasa cuando lugares naturalmente luminosos se tornan oscuros.

—¡Al estanque! ¡Al estanque! —gritó Gabi.

Todos obedecieron sin cuestionar. Cruzaron el empedrado sacudiendo los girasoles cargados con semillas que irían a parar al suelo y que Don Perpetuo no demoraría en bajar a buscar.

Cuando llegaron al estanque, se lanzaron con el impulso de la carrera, y el sonido de los cuerpos ingresando al agua le recordó a Candelaria las jornadas de lanzamiento de piedras en el caudal de la quebrada. Ni siquiera tuvieron tiempo de quitarse la ropa. El águila se mojó hasta las plumas de la cara. Estuvieron bajo el agua un buen rato, dejando fuera solo las narices. Al principio tuvieron miedo de las picaduras, pero luego estaban tan aturdidos que se sumergieron en busca de un instante de silencio.

Candelaria se sintió reconfortada allí, aunque el agua fuera turbia y estuviera plagada de sanguijuelas. Se afincó en su decisión de no abrir los ojos para no tener que verlas. Al cabo de un rato, cuando la adrenalina había disminuido de manera considerable, empezó a sentir ardor en la planta del pie, como si se hubiera quemado con un carbón caliente. Salió a revisárselo y se dio cuenta de dos cosas: la primera, que ya el ruido había cesado y, la segunda, que tenía el pie hinchado como una morcilla, al parecer, por pisar una abeja durante la carrera.

Los demás fueron saliendo, poco a poco, y se sentaron en el borde del estanque a desprenderse las sanguijuelas de la piel, a escurrir la ropa, a secarse las plumas y el pelo. El señor Santoro barrió los cadáveres de las abejas que se ahogaron con el humo y los amontonó en una caneca oxidada. Eran tantas que tuvo que salir varias veces a vaciarla.

—Ni en el ejército vi yo cosa semejante. ¡Ja! Seguirán viniendo hasta que encontremos a la reina —le dijo a Edgar y, de esa manera, todos se enteraron de que había prestado servicio militar y de la importancia de encontrar a la reina como fuera. Al mediodía la luz y el silencio volvieron a adueñarse de la casa mientras Candelaria trataba de conservar el equilibrio dando salticos con un pie.

A la mañana siguiente ocurrió más o menos lo mismo, pero como Candelaria ya había perfeccionado su caminar en patasola, pudo dar una vuelta alrededor de la finca, y entonces descubrió que algunos conejos yacían entre la manigua con el cuerpo rígido y la mirada quieta por las picaduras. Lo mismo ocurrió varias mañanas seguidas. Siempre a la misma hora, en las mismas ventanas, durante el mismo tiempo. Mientras recogía los cadáveres de los conejos pensó que las sanguijuelas debían estar comiéndose a los renacuajos; el cuervo a las lombrices y la serpiente a los ratones. Así aprendió Candelaria que nunca nadie puede sentirse a salvo del ataque de los depredadores. Y que estos aparecen cuando menos se espera y, normalmente, son quienes uno menos se imagina.

Todos terminaron con un pie hinchado por haber pisado alguna abeja excepto Gabi, que era la única que nunca se quitaba los zapatos, ni siquiera para meterse en el estanque. Candelaria sabía que una mujer como ella tenía que estar lista para correr en cualquier momento y que no iba a permitir que nadie la viera cojeando. Luego le bastó mirar a su madre para adivinar que ya se le había metido en la cabeza la idea de que pequeñas dosis del veneno, inoculado por medio de picaduras de abeja, fortalecerían el sistema inmunológico. Dijo que sería un buen complemento para la desintoxicación con sanguijuelas, pero nadie le hizo caso, pues, a fin de cuentas, la madre decía tantas cosas que hasta las piedras la ignoraban.

El águila, por su parte, seguía con las confusiones entre la realidad y los sueños.

—No sé si estoy dormido y soñando o despierto y viviendo —le dijo a Candelaria mientras trataba de subir con ella las escaleras en patasola.

—¿Por qué mejor no vuelas? —preguntó Candelaria en un intento por burlarse de él.

—Porque todavía no sé hacerlo —dijo muy serio.

El quinto día, cuando Candelaria consideró que la faena de las abejas estaba más o menos asimilada por todos y ya hasta hacía parte de la rutina mañanera..., cuando las hinchazones en los pies cedieron y el pánico fue reemplazado por la curiosidad de entender el comportamiento de los insectos..., cuando la madre aseguró haber encontrado la forma de sacar provecho de las abejas y Tobías dijo haber llegado a la conclusión de que estaba soñando..., ese día, el quinto, amaneció lloviendo miel.

Cayó espesa desde el techo de la casa en hilos largos que cubrieron el suelo. Cayó imparable ante la mirada incrédula de todos. Cayó pegajosa y dulzona. Tan solo unas cuantas abejas deambularon perdidas, el resto desapareció sin dejar rastro. Todos miraron hacia arriba tratando de entender el fenómeno. Candelaria puso recipientes por el suelo para recolectarla. Su madre la mezcló con bicarbonato y se la empezó a untar por el cuerpo, aduciendo propiedades antibacterianas. Tobías se lamió los dedos y los brazos hasta donde le alcanzó la lengua. Gabi andaba buscando a la serpiente, porque hacía días que no la veía y no estaba segura de si la serpiente le tenía miedo a las abejas o las abejas le tenían miedo a la serpiente.

—¡La encontré!, ¡la encontré! —le dijo Santoro a Edgar mientras agarraba el cuerpo sin vida de la reina y la sujetaba entre sus dedos índice y pulgar.

Todos llegaron saltando en una sola pata para observar a la reina, que yacía entre los dedos de Santoro. Su tamaño era considerablemente mayor que el de las demás. Ostentaba un abdomen largo y un aguijón liso y recurvado con el que eliminaba a sus contrincantes. Candelaria sabía muchas cosas sobre las abejas porque su padre se las había enseñado:

—Mira, hija, lo malo de ser reina es que hay que matar a las demás candidatas —le dijo un día.

—¿Y si la reina no quiere matarlas?

—Entonces no puede reinar.

Se puso a pensar en lo fuerte que era el término *matar*. Lo asociaba a sangre y violencia porque aún ignoraba que hay diversas maneras de «matar». A veces, basta con dejar de pronunciar el nombre de alguien, pasar a su lado y no mirarlo, olvidar el camino que lleva a su casa, no volver a marcar su número. O no girar la cabeza después de un encuentro fortuito, a sabiendas de que el otro está esperando a que la gire.

Candelaria también sabía que la reina era la madre de todos los zánganos, de las obreras y hasta de las futuras reinas. Pero ahora no era nada más que un cuerpo inerte que el señor Santoro sujetaba y que todos miraban asombrados de que hubiera generado tal descontrol. No era más que un bocado de lagartija o de hormiga, lo que llegara primero. No era más que la reina destronada de su propia colmena. Candelaria observó al señor Santoro subir al segundo piso, salir al balcón y trepar hasta el techo. Golpeó centímetro a centímetro con los nudillos hasta que un sonido hueco le indicó el lugar. Retiró la losa y encontró la colmena.

Había estado ahí meses, quizá años, sin que nadie se percatara de su presencia, como esas cosas que se encuentran tan a la vista que dejan de verse precisamente por eso. Fue una colmena mientras estuvo llena de vida y de abejas, pero ahora no era nada más que un desecho orgánico que estaba a punto de fundirse con la tierra hasta desaparecer sin dejar constancia alguna de su existencia. A fin de cuentas, un hogar solo es un hogar cuando está llamado a perdurar en el tiempo y es habitado por seres que se quieren y se necesitan. No importa que esos seres sean abejas o personas. Candelaria se preguntó si el suyo podía seguirse considerando un hogar, pero no encontró una respuesta.

—El que hizo este techo cometió graves errores estructurales —le dijo Santoro al cuervo.

Entonces, por alguna razón, Candelaria se acordó de su padre y también de que tenía una palabra pendiente por buscar en el diccionario. Luego supuso que lo concerniente a errores estructurales a lo mejor tenía algo que ver con el hecho de que su padre fuera un chambón o un hombre sin mañanas y sin raíces.

Una tarde fresca y luminosa los sapos abrieron los ojos. Aunque el sol aún no había terminado de ocultarse y la luna llena ya se asomaba entre las montañas. Candelaria se dirigió al estanque y volcó con suavidad la pecera antes que el sol desapareciera por completo. Los pocos sapos que se atrevieron a salir se esfumaron entre las aguas turbias como si supieran que ese era el lugar que les correspondía ocupar en el mundo. Pero la gran mayoría se quedó en la orilla intentando comprender su nueva realidad. Estaban enceguecidos por la luz o, tal vez, decidiendo entre avanzar hacia lo desconocido o quedarse en la comodidad de la pecera a la que ya estaban acostumbrados. De hecho, dos se quedaron arrinconados e inmóviles contra el vidrio que ahora lucía verde por el exceso de lama.

—¿Qué estás haciendo, cariño? —le preguntó Gabi.

—Trato de incorporar a los sapos a la sociedad —respondió Candelaria mientras con una ramita azuzaba a los que no querían abandonar la pecera.

—¿Y ese par?

—Aún estoy decidiendo si son rebeldes o cobardes.

—Me alegra que tengas clara la diferencia.

—Creo que son cobardes —dijo Candelaria—. Siguen ahí, aunque la pecera ya no tiene nada que ofrecerles..., y a mí tampoco. Me parece que no voy a volver a llenarla. Ya ni siquiera me gustan los sapos, antes eran fascinantes, ahora me dan asco, mire —dijo mostrando la ramita que tenía entre las manos—, ya no puedo ni tocarlos con mis propios dedos.

—Algunas cosas cambian, aunque lo que más cambia, en realidad, es nuestra forma de mirarlas —dijo Gabi sacudiendo el agua del estanque con el pie. La luna llena que hasta hacía un segundo se reflejaba en la superficie se distorsionó en un borrón difuso.

—Estaba pensando en sustituirlos por crisálidas —dijo Candelaria—, con este calor los dragos están llenos de ellas. Hablando de cambios, ¿me acompañaría al pueblo a comprar ropa? Ya no me gusta la que tengo, siento que todo me aprieta últimamente.

—No sé qué tan conveniente sea asomarme por el pueblo..., aunque, la verdad, me urge hacer una llamada.

Se quedaron unos minutos calladas hasta que el agua se aquietó y la luna volvió a reflejarse con todo su brillo y nitidez. Ya la oscuridad había anunciado el comienzo de la noche. Candelaria pensó muchas cosas, porque si algo tiene la luna es que afloja los pensamientos para que den vueltas en la cabeza como torbellinos. Pero no dijo nada, la luna fue creada para contemplarse en silencio. Al cabo de un rato aparecieron unas nubes y la taparon por completo. Era curioso pensar que la luna seguía allí, solo que ya no podía verla. A pesar de la penumbra, percibió cuándo los últimos dos sapos se decidieron a salir de la pecera, pero en vez de ir al estanque con los demás, se fueron saltando en dirección opuesta y desaparecieron entre la grama.

—Después de todo eran rebeldes —dijo Candelaria.

—Son los mismos sapos de antes —dijo Gabi—. Lo que cambió fue tu forma de juzgarlos.

A la mañana siguiente Candelaria madrugó para ir a examinar los dragos. Según sus cálculos, tendrían que estar llenos de crisálidas que en el próximo plenilunio se convertirían en mariposas. A lo lejos oyó las carcajadas flemáticas del señor Santoro. No había manera de levantarse antes que él. Llegó a preguntarse si acaso dormía, todo parecía indicar que llevaba un buen rato trabajando.

—Mira, Edgar, en esta casa hay hasta ballenas. ¡Están por todas partes! —dijo raspándoles el musgo que las había cubierto casi por entero, volviéndolas invisibles entre el verde.

El cuervo revoloteaba entre una y otra escultura escarbando con sus patas en busca de lombrices. Candelaria se puso nerviosa cuando vio las ballenas. Ya hasta se había olvidado de que alguna vez existieron y de las razones por las cuales las había cubierto con tierra. También había olvidado que no podían cantar. Sintió lástima por ellas.

—Hay que comprar hipoclorito en el pueblo para que el musgo no las devore —dijo Santoro.

Y Candelaria siguió su camino hacia los dragos mientras pensaba por qué diablos su padre nunca supo algo tan aparentemente simple como la función del hipoclorito.

Las crisálidas se arracimaban bajo las hojas de los dragos. Estaban tan indefensas que lo único que podían hacer para protegerse de los depredadores era adquirir el mismo color verdoso del follaje que las albergaba. Candelaria cortó varias ramas y las metió en agua dentro de unas botellas de aguardiente. Luego las dispuso por todo su cuarto. Le entusiasmaba la idea de ver la transformación natural de las cosas y de tener alicientes para ver pasar los días. Pensó en su madre. A lo mejor su problema era que se había quedado sin alicientes.

Tomó una ducha larga que la hizo recordar las ballenas. No supo cuánto tiempo transcurrió desde que salió del agua y estuvo de pie frente al ropero decidiendo qué ponerse. Tenía mucha ropa, pero nada le gustaba. Sacó varias prendas, las desdobló para examinarlas y las fue amontonando hasta que formaron montañas. Estaban compuestas por herencias de Tobías que no se ajustaban a la forma de su cuerpo y por ropa vieja cuyos colores y estampados le parecieron ridículos. No podía creer que hacía tan solo unos meses se hubiera puesto muchas de esas cosas sin reparar en ellas y en la forma como le ahormaban.

Se puso un jean por ir a la fija, pero tuvo que acostarse en la cama para subirse el cierre. Se miró en el espejo y no le gustó lo apretado que se le veía el trasero, se amarró un jersey a la cintura con el único fin de ocultárselo. Luego se probó varias camisas, pero todas le quedaron más apretadas de lo que hubiera querido y no hacían sino realzarle el par de canicas que tenía en el pecho. Al final tuvo que elegir en función de la que le quedara más suelta. Se hizo una cola alta que se le derramó por la espalda. Pensó que ojalá tuviera un brillo rosado para darle color a sus labios. Y un bolso de verdad para no tener que usar la estúpida mochila que solía llevar al colegio. Y también un top que le disimulara el busto. Necesitaba muchas cosas que antes no necesitaba. Por suerte ese día iría de compras con Gabi.

Cuando se presentó a la mesa, todos estaban terminando de desayunar. La madre la miró de arriba abajo, con esa mirada inquisidora de cuando está a punto de preguntar algo cuya respuesta conoce, y dijo:

—Así que las señoritas se van de paseo.

Candelaria percibió cierta hostilidad en el comentario y se le tiñó la cara de rojo. Clavó la mirada en el plato aún vacío en que habría de servirse el desayuno y apretó los labios como cuando sentía que no estaba actuando de la forma esperada.

—Verá, Teresa —dijo Gabi—, suena ridículo decir esto estando a campo abierto en un lugar como este, pero la verdad es que necesitamos tomar aire.

—Bien pueda, salga usted al empedrado, el de la mañana es el más puro.

—Figúrese que el del pueblo se me hace menos tóxico, especialmente para Candelaria.

—¿Quién se cree usted para decir lo que necesita mi hija?

—¿Quién se cree usted para decir lo que no necesita?

—Si se siente tan intoxicada, ya sabe dónde está la puerta, aunque apostaría a que mujeres como usted son de las que se escabullen por las ventanas.

—No se preocupe por mí, Teresa. Si algo conozco de esta vida es de elementos tóxicos y le aseguro que sé cómo cuidarme. Vámonos, cariño —dijo mirando a Candelaria—, se nos hace tarde.

Pero Candelaria no reaccionó. Sintió aún con más fuerza la mirada punzante de su madre clavándola a la silla. Conocía de sobra esa forma de mirar capaz de volver el cuerpo pesado como si estuviera lleno de piedras. Tenía tantas ganas de ir como pocas ganas de sentirse culpable si acaso su madre llegara a perder el equilibrio emocional que había ganado desde la llegada del señor Santoro. No apartó la mirada del plato vacío ni un segundo. Tampoco despegó los labios para expresar una opinión propia. No tenía muy claro qué debía decir o cómo actuar. Era más fácil antes, cuando le decían cómo hacer las cosas y ella las hacía convencida de que los adultos siempre tenían claridad acerca de la manera más conveniente de hacerlas. Aún no sabía que nadie, sin importar la edad que ostente, llega jamás a tener idea de nada. La vida era un sartal de improvisaciones, una sucesión de desencantos, pero eso apenas estaba por descubrirlo.

Gabi salió del cuarto con su bolso de cuero terciado al hombro. Candelaria advirtió que antes de abordar la camioneta se puso a limpiar la banca que estaba llena de polvo. Luego la vio deslizar con desaprobación el dedo índice por una de las ventanillas, dejando una marca que con seguridad permanecería allí hasta el próximo aguacero. Era curioso, había visto ese carro infinitas veces, pero solo en ese momento en que percibió la mirada evaluadora de Gabi, reparó en las puertas llenas de abollonaduras y rasguños. Y en el parachoques caído y reparado mil veces con esa cinta gris que su padre usaba para casi cualquier cosa. Uno de los retrovisores colgaba de un cable. Parecía que la vieja camioneta existía para recordar los postes, las cercas, los árboles, los alambrados y todas esas cosas que alguna vez se habían estrellado contra las latas.

Gabi abordó el carro y lo prendió dispuesta a irse con o sin compañía. Ella era el tipo de mujer que nunca esperaba a nadie y, en efecto, hizo crujir el motor para hacerles saber a los interesados que estaba a punto de partir. Cuando arrancó, la boca de Teresa se curvó en una sonrisa en señal de victoria, pero antes de que pudiera deshacer la curva, Candelaria se levantó y salió corriendo sin volver la vista hacia su madre. En la carrera se le desató el jersey de la cintura y no se volvió a recogerlo. Así aprendió que toda decisión implica una renuncia, y que incluso quien no decide renuncia al derecho a hacerlo.

El carro avanzó levantando nubes de polvo por la carretera y zarandeando las ramas de los árboles que osaban atravesarse. Como el camino era irregular, todos los desajustes y ruidos se magnificaron dando la sensación de que iba a desbaratarse en cualquier momento. Se le ocurrió que la aparente consideración de su padre al haberles dejado ese pedazo de carro no fue consideración, sino certeza de que esa chatarra no lo llevaría muy lejos. O que el destino al que se había marchado era tan recóndito que no podía llegarse en carro. Candelaria miraba en silencio por la ventanilla mientras pensaba en la frágil tranquilidad de las cosas y en lo mal que se sentía por haber dejado a su madre. Tal vez estuviera vomitando, de ser así, ella era la única culpable, pensó. Si no lograba controlar ese sentimiento, nunca sería capaz de salir de Parruca.

—¿La culpa existe?

—¡Mira a quién se lo preguntas! La culpa es un sentimiento que los demás nos inoculan para hacernos sentir mal.

—Entonces sí existe.

—Existe si se lo permitimos, cariño.

—¿Y cómo hace uno para no sentirse culpable?

—No dándole tanta importancia a lo que digan los demás. Los seres humanos tenemos la mala costumbre de ver en los otros justo las cosas que más nos molestan de nosotros mismos. Mi padre, por ejemplo, era un hombre que no perdía la oportunidad de criticarme. Lo curioso es que en cada crítica que desplegaba parecía estar describiéndose. Si supiera mi paradero seguro me recriminaría el hecho de moverme por tantos lugares sin asentarme en ninguno. Es una crítica que aceptaría de cualquier persona, excepto de él. Ese fue su mayor legado. Su solución para darnos vivienda no fue trabajar, sino rentar una casa y aguantar allí lo máximo antes de nos sacaran a patadas por no haber pagado el alquiler. Entonces rentaba otra y otra y otra más. Salíamos sin un destino fijo, siempre en silencio con nuestras pequeñas mochilas a cuestas. Lo hacíamos a escondidas, a oscuras como animales rastreros, para que los vecinos no se dieran cuenta. Nunca había tiempo de empacar lo necesario; entonces llegó un momento en que ni siquiera desempacábamos las únicas dos mudas de ropa que teníamos. No podíamos calcular cuándo sería la siguiente huida, porque no nos íbamos cuando queríamos sino cuando nos echaban, la fecha de partida no estaba jamás en nuestras manos. Para personas como nosotros no existían calendarios ni relojes. La gente tiende a asimilar los conceptos de moverse y ser libre, pero lo cierto es que lo uno no necesariamente implica lo otro. Los músculos tensos, dispuestos a correr en cualquier momento, hacia cualquier dirección. Cualquiera es válida, cuando el objetivo no es llegar sino simplemente moverse. Si uno llega a detenerse es para descansar, no para quedarse. El que se queda termina estableciendo una rutina, una sucesión de acciones predecibles que llevan a bajar la guardia, y ese es un lujo que quien huye no puede darse. Huir no es un verbo sino un estado de la mente.

—¿Y hoy sigue huyendo? —preguntó Candelaria.

—¿Por qué lo preguntas?

—Por el tamaño de su equipaje. No conocía a nadie capaz de desenvolverse tan bien con solo dos mudas de ropa.

—Sigo huyendo, por supuesto, pero ya lo hago de otras cosas. Cada uno elige de qué quiere huir, creo que en el fondo siempre estamos huyendo, aunque sea de nosotros mismos.

—¿Dónde está su padre? —preguntó Candelaria.

—No tengo ni idea. Llegó el momento en que dejamos de soportarnos. Aún me pregunto si yo hui de él o él huyó de mí.

—¿No lo extraña?

—Te sorprendería descubrir lo poco importantes que somos para las demás personas. Hay una gran libertad en no sentirse importante para nadie, salvo para sí mismo.

—¿Ni siquiera para los padres? ¿O la familia?

—Eso mismo, cariño. Tan solo quítale los signos de interrogación. El concepto de familia nos lo han querido vender en el mejor de los envoltorios, y por eso la mayoría termina aceptándolo como un regalo. Para mí es todo lo contrario. No hay institución más siniestra que la familia. Un cúmulo de rémoras pugnando por sobrevivir, aunque sea a costa de alguno de sus integrantes. Siempre es así, siempre hay algún sacrificado. En las familias se ejerce un tipo de violencia callada que casi nadie logra detectar, supongo que la razón es que el concepto de violencia que tenemos es más explosivo, más sangriento, pero lo cierto es que dentro de las familias hay violencia, incluso en las palabras no dichas o en el hecho de que nos asignen un rol sin cuestionar si nos viene bien o no. Hay tanta violencia contra un niño al que le dicen: «Tú eres el hombre de la casa», como contra la niña a la que le regalan una muñeca o una vajillita cuando lo que ha pedido son unos guantes de boxeo o un balón para darse el lujo de dar puños o patear sin que la juzguen por ello.

Candelaria se quedó callada mirando por la ventanilla, tratando de entender lo que Gabi había querido decirle, hasta que un ruido imposible de ignorar las obligó a detener la camioneta. Se bajaron a inspeccionarla y notaron que el parachoques estaba rastrillando contra el suelo. Candelaria abrió la gaveta del carro y sacó la cinta gris. Sabía cómo arreglarlo porque había visto a su padre hacerlo muchas veces.

—Hay que buscar un taller, cariño.

—Yo sé repararlo —dijo Candelaria.

—Ese parachoques necesita un arreglo más definitivo. ¿Sabes? Nunca te fíes de la gente que no repara sus propias cosas: los que dejan los vidrios rotos, los que aguantan goteras, los que se quedan a oscuras por no cambiar un bombillo. Y menos aún de quienes no se restauran los dientes partidos, los que no se afeitan la barba por no comprar una cuchilla o no se bañan con la excusa de que van a volver a ensuciarse. De gente así hay que huir, porque quien no arregla las pequeñeces no arregla nunca nada. ¡Nada! Ni lo grande ni lo pequeño. ¡Nada!

Candelaria bajó la velocidad con la que estaba enrollando la cinta alrededor del parachoques. Cada vez lo hacía más lento, como quien lleva a cabo una actividad de forma mecánica porque en realidad está pensando en otra cosa. Las palabras de Gabi se le quedaron resonando como una campana: «Nada, nada, nada». Al final se detuvo y dijo:

—El taller está en la otra esquina.

Dejaron la camioneta y empezaron a andar. El pueblo era más pequeño de lo que Candelaria recordaba. La misma calle larga llena de boñiga, con caballos atados a los postes. La misma gente sentada en los mismos bancos. Unos en la cantina y otros en el parque. Casi todas las mujeres en la cocina, en el mercado o esperando frente a la televisión la novela del mediodía. Pasaron por la iglesia de la plaza principal, era inmensa y oscura. Lo que más contribuía a la sensación de inmensidad era la ausencia de bancas. No había ni una sola. El recinto era custodiado por figuras religiosas de tamaño real. Antes solían asustarla, ahora le daban más pena que miedo. Eran terribles. Todavía estaban cubiertas por una capa de hollín que nadie se había atrevido a limpiar. La iglesia fue construida con la idea de ser la más grande de la región. Se invirtieron recursos en ella que el pueblo no poseía, pero a la gente no le importó, porque la idea de ser la más grande de la región fue un argumento suficiente para que los feligreses se metieran la mano al bolsillo y contribuyeran con un diezmo que necesitaban para cosas más urgentes, por ejemplo, una estación de bomberos. Sin embargo, el cura fue muy convincente con su discurso y les vendió culpa para que tuvieran que comprar perdón. Y lo compraron. Y la construyeron. El día de la inauguración encendieron tantas, pero tantas velas que fue imposible entrar sin chutarlas. Como consecuencia se generó un incendio que, a falta de bomberos, tuvieron que apagar a punta de baldados de agua. No sobrevivió ni una banca. El hollín se acumuló en el techo y en las figuras religiosas. Aún no hay estación de bomberos, pero sigue siendo la iglesia más grande de la región y los feligreses llevan su propio cojín para sentarse.

Recordó a su padre, porque no podían pasar por la iglesia sin que le contara esa historia. La había oído mil veces y, si no se hubiera marchado, la estaría oyendo en ese mismo momento y durante los años subsiguientes, al menos otras mil veces más. La tomaba de la mano y la hacía entrar y pararse frente a esas figuras horribles para decirle: «Míralas bien, Candelaria, son un homenaje a la idiotez humana, un recordatorio de que cuando no se usa el cerebro, siempre hay alguien que lo hará por uno, son una afrenta contra el arte. Míralas bien para que entiendas cómo lucen las cosas que no tienen alma», decía.

Hasta ese momento entendía las palabras de su padre. Antes le costaba comprender por qué la gente adoraba algo que su padre aborrecía. No supo por qué pensó en las ballenas. Se alegró de que el señor Santoro las hubiera liberado de la maleza y el musgo a punta de hipoclorito. Representaban muchas cosas que a ella le molestaban, pero al menos tenían alma. Además, las había creado su padre, de tal manera que el valor residía en la convicción artística y no en la superchería.

—¿Quieres entrar, cariño? —preguntó Gabi al notar el interés de Candelaria.

—Sí, quiero mostrarle cómo lucen las cosas sin alma.

La iglesia estaba vacía. Se quedaron de pie frente al altar. Una cruz gigante pendía del techo dando la sensación de que iba a aplastarlas. La luz débil de unas velas titilaba a un costado. Hay cosas que la gente nunca aprende ni incendiándose mil veces. Las figuras tiznadas las miraban sin interés alguno. Eran como las piedras de su madre, solo que más altas para que, por contraste, uno tuviera que mirar hacia arriba y se sintiera insignificante. Por un instante pensó que no había ninguna diferencia entre adorar figuras y adorar piedras. Cada cual decide ante quién vale la pena arrodillarse. O si no vale la pena en absoluto.

—Por lo menos el piso está bonito —dijo Gabi señalando el mosaico embellecido a punta de años y pisadas.

—Y los vitrales —dijo Candelaria mientras alzaba la vista hacia los vidrios de colores que, claramente, alguien se había tomado el trabajo de limpiar. A su padre le gustaban tanto que había instalado algunos en Parruca.

No quiso contarle a Gabi que su padre también aseguraba que los vitrales podían ser traspasados por espíritus buenos. Hubo un tiempo en el que Candelaria se levantaba todas las noches y se quedaba inmóvil bajo la cúpula con la intención de ver alguno atravesándolos. No lo mencionó porque se sintió como una idiota por haber creído una tontería como esa.

Cuando salieron de la iglesia, Gabi insistió en buscar un lugar para hacer una llamada. Candelaria percibió una inusual ansiedad en ella mientras se dirigían a la plaza a buscar los vendedores de minutos, sin embargo, demoró los pasos a medida que se fueron acercando. Su madre solía decir que solo la gente pobre compraba minutos porque no les alcanzaba dinero para comprar un teléfono propio. Se avergonzó de que Gabi pensara que ellos usaban ese servicio a menudo cuando la verdad es que nunca lo habían hecho. Su padre siempre andaba con el último modelo de teléfono móvil.

Un par de hombres se ubicaban en esquinas contrarias separadas por una frontera invisible que ninguno de los dos se atrevía jamás a franquear. Ambos vestían chalecos amarillos desteñidos por el sol de los cuales pendían, encadenados, varios teléfonos celulares. La gente se arremolinaba para hacer sus llamadas y luego pagar solo aquellos minutos consumidos. Las cadenas evitaban que la gente saliera corriendo y se los robara. Así era como trabajaban los vendedores de tiempo. No daban abasto, y Candelaria concluyó que en el pueblo vivía mucha gente pobre.

Se esforzó en oír la conversación, de verdad, lo hizo porque la forma como se dispusieron los rasgos faciales de Gabi mientras estuvo en la línea no le dejó dudas de que hablaba sobre algo trascendente. Tenía los ojos abiertos, aunque no estaba mirando nada concreto. Una línea honda le atravesaba el ceño de forma vertical, como la ranura de una alcancía. Escuchaba más de lo que hablaba, pero tenía la precaución de taparse la boca cada vez que pronunciaba alguna palabra. Suspiró varias veces y se giró otras tantas para evitar que la observaran. Candelaria habría dado lo que fuera por enterarse de qué estaba hablando y con quién, pero la conocía lo suficiente para saber que ni siquiera valía la pena hacer el intento de preguntárselo.

Unas risitas burlonas la asaltaron por la espalda y al voltearse vio a un par de compañeras de su antiguo colegio. «Es por mi trasero —pensó—. O porque no tengo mi propio celular, van a creer que soy pobre.» Volvió a girar la cara para no tener que saludarlas, pero antes se aseguró de revisar si ya el pecho les había crecido. Era lo único que le interesaba. Necesitaba mirarse en alguien de su edad para saber si todas las anormalidades que venía notando la afectaban solo a ella. Le interesaba más, incluso, que la conversación de Gabi, lo cual era mucho decir. Una de ellas exhibía un escote que dejaba al descubierto un pecho descaradamente desarrollado que le hacía juego con un trasero de similares proporciones. Los hombres todos la miraban, y ella se tongoneaba feliz de un lado para otro mientras se secreteaba con la amiga que andaba a su lado.

Candelaria se impresionó del enorme cambio que se gestó en su compañera durante el mismo tiempo en que había ocurrido la metamorfosis de dos generaciones de sapos. La otra tenía la cara llena de granos y a leguas se notaba que la poca seguridad de la que era poseedora se apoyaba en su amiga y no en sí misma. Llevaba un jersey ancho que la tenía sudando, y Candelaria supo que preferiría morirse de un golpe de calor antes que quitárselo. Lo supo porque extrañó su propio jersey amarrado a la cintura y se arrepintió de no haberse vuelto a recogerlo.

Dos pensamientos de los que no se sentía nada orgullosa le atravesaron la mente. Respecto a la voluptuosa, deseó que la embarazara un pueblerino sin importancia que con seguridad saldría corriendo apenas se enterara de la noticia, dejándola anclada para siempre en un sitio sin mañana. «Los hijos son raíces», solía decir su padre, y apenas en ese momento vino a entender lo que significaba que un hombre sin mañana y sin raíces dijera eso. Ella, Candelaria, era una raíz y su padre, en cambio, era un hombre dispuesto a prescindir de semejante atadura tan definitiva. Respecto a la amiga de la voluptuosa, pensó que no tenía ningún derecho a burlarse, porque a todas luces estaba en una situación peor. «Yo tengo granos, pero no tantos», concluyó mientras se soltaba el pelo porque, además, juzgó que era mucho más lindo que el de ellas. Aun así, no quiso sonreír porque ya no estaba segura de que le gustara igual que antes su sonrisa. Y ahora que lo pensaba bien, tampoco estaba tan segura respecto a su pelo, así que volvió recogérselo en una cola alta y se giró para darles la espalda mientras pensaba en voz alta: «Una raíz, soy una simple raíz».

—¿Ahora qué pasa, cariño? —preguntó Gabi cuando la vio con la boca apretada y una posición decididamente inmóvil—. ¿Me demoré mucho? Lo siento.

—Necesito un celular.

—Yo también, cariño, pero en Parruca no hay señal. ¿A quién necesitas llamar? Puedo comprarte minutos.

—No, no necesito llamar. Necesito un celular. ¡Usted no entiende nada! Mejor vámonos de aquí. —Y emprendió una carrera que terminó en una tienda de ropa.

A Candelaria le costó mucho elegir la ropa. Estaba enfadada y no tenía muy claras las razones que la hacían sentir de esa manera. Se le dificultó decidir qué le gustaba y qué no. Todo lo que se medía le quedaba horrible. Su inseguridad había ganado más terreno del que estaba dispuesta a admitir tras el encuentro con sus compañeras. La estocada final fue en el vestier, frente a un espejo más grande que el de su cuarto, una luz intensa que magnificaba todos sus defectos y una tonelada de ropa que ni le servía ni era de su estilo. Gabi le preguntó que cuál era entonces su estilo para acercarle más prendas, pero la sola pregunta la ofendió más porque no supo encontrar una respuesta. Era una raíz que ni siquiera sabía qué le gustaba. La mitad del tiempo estuvo asomada al espejo viendo cómo le corrían las lágrimas. La otra mitad, intentando que no se le notaran.

—¿Estás bien, cariño? Sal para que te mire.

—No hay nada que mirar.

Necesitaba vestidos de baño y, por primera vez, quería usar bikini, pero sus canicas se le veían ridículas y el abdomen no estaba ni plano ni bronceado. Concluyó que estaba gorda. Pero no era una gordura homogénea, sino mal distribuida.

Odió sus piernas cortas y su nariz. Se puso a respingársela con el dedo índice, pero dejó de hacerlo porque no le gustó sentirse como su madre. Además, se encontró con las cejas y le pareció que la mayoría de los pelos estaban fuera de lugar.

Después de medirse todos los modelos, Gabi terminó por convencerla de que eligiera el de dos piezas, y Candelaria accedió convencida de que si acaso llegaba a ponérselo sería siempre con una camiseta por encima. Las camisas fueron otro problema porque Gabi insistió en piezas ajustadas y coloridas, mientras que ella tenía en mente cosas anchas y que no llamaran la atención. Pero apenas se medía cosas anchas se sentía más gorda y, por ende, más vistosa. Ni pensar en sujetadores, porque aún no tenía nada que sujetarse. Lo único que la dejó contenta fueron los tops, que al menos le disimularían el busto. De alguna manera se sintió más adulta de solo pensar en llevarlos puestos. Si volviera al colegio, el padre Eutimio la tendría más complicada para meterle la mano por la camiseta. Otra cosa que la dejó satisfecha fue la media docena de jerséis que eligió con el fin de amarrárselos a la cintura.

La única victoria de Gabi fue lograr que se llevara un vestido amarillo de flores azules. A Candelaria le gustó, aunque deseó que fuera menos llamativo. Cuando llegaron a la caja, Gabi insistió en pagar todo con un fajo gordo de dinero que llevaba en el bolso. «Tengo que poner a circular estos billetes, cariño», eso fue lo que dijo.

Tras salir de la tienda Candelaria insistió en pasar por el supermercado. Allí compró unas pinzas de depilar. Estaba ansiosa por quitarse los pelos que recién había descubierto en las cejas. También un corrector para taparse los granos, además de un labial rosado para ella y otro rojo de regalo para su madre. Si mal no recordaba, el rojo era el color que solía usar ella cuando estaba contenta. Hacía mucho que no la veía así. Contenta de verdad y a lo largo del tiempo, no lo que durara el brillo de una pepita de oro. Gabi compró hidratantes para la cara, contorno de ojos, cremas reafirmantes, bronceadores, mascarillas capilares, tampones y mil cosas más que Candelaria ni sabía que existían ni para qué se usaban. Mientras añadía todo tipo de productos en el carrito, mencionó que después de los treinta cambian muchas cosas en las mujeres, y Candelaria se quedó pensando en que no sabía si podría soportar tantos cambios en una sola vida.

Pasaron por el taller. Hubo que reemplazar el parachoques porque, según el mecánico, estaba a un solo golpe de partirse en mil pedazos. El nuevo era tan brillante que parecía un espejo, y Candelaria pensó que por comparación hacía ver el resto del carro en peores condiciones de las que estaba. Tuvo la certeza de que siempre había estado así de lamentable y que si ahora percibía un cambio no se debía al parachoques nuevo, sino a su nueva forma de mirarlo.

Camino a Parruca, Gabi estaba especialmente excitada, saltando de un tema a otro, de un hombre a otro y de un idioma a otro. Candelaria no le prestó mucha atención porque andaba enfrascada en sus propias cavilaciones. Tenía muchos problemas por resolver, empezando por el acné, siguiendo por la ropa y terminando por la búsqueda de su padre, aquel hombre que le huía a las raíces. Aún no encontraba solución para ninguno. Gabi llegó a mencionar tantas cosas que esa noche, antes de conciliar el sueño, Candelaria se preguntaría si acaso era ella quien las había imaginado. Se arrepintió de no haber aprovechado lo comunicativa que estaba en el carro para enterarse de más aspectos de su vida. Todo lo que hablaba, sin embargo, era inconexo y descontextualizado. Parecía imposible decidir si su alteración se debía a que estaba contenta o nerviosa. Lo único claro es que estaba relacionado con la llamada que había hecho.

Una mujer como Gabi era compleja de descifrar, porque siempre estaba bajo control y no hacía ningún movimiento que delatara lo que sentía. Tampoco decía nada que diera pistas sobre los pensamientos que le daban vueltas en la mente. Pero Candelaria notó que ahora que estaba fuera de sí era incluso más indescifrable. Hablaba y hablaba sin parar con una elocuencia desbordada. Se mordía los labios. Subía el volumen. Cantaba. Volvía a mordérselos. Seguía hablando. De pronto, se quedaba en silencio y, cuando menos pensaba, se agarraba a golpes la cabrilla mientras pronunciaba un nombre que Candelaria nunca había oído: «Borja, Borja, Borja».

—¿Sabes qué es lo malo de deber favores, cariño? —dijo de pronto mientras se rozaba la mancha del pecho con la yema de los dedos.

—¿Qué? —preguntó Candelaria.

—Que hay que pagarlos. Uno puede dejar de pagar muchas cosas en la vida, cariño, pero jamás un favor.

—¿Quién es Borja?

—Me encanta esta canción.

Dicho esto, volvió a subir el volumen de la radio, porque Gabi era experta en muchas cosas, especialmente en evadir preguntas que no tenía intención de contestar. Cuando regresaron a Parruca, todo estaba dentro de la anormal normalidad. Tobías meditaba bajo el laurel y su madre andaba encerrada en el cuarto. Candelaria entró a darle el regalo y la encontró hablándoles a las piedras.

—¿Qué haces?

—Intento que alguien me haga caso.

—Compré un montón de cosas, mira, hasta te traje un regalo —dijo Candelaria extendiéndole el labial—. Y cambiamos el parachoques del carro.

La madre tomó el labial distraídamente. Nunca volvería a usarlo, como en las épocas felices, en sus propios labios, pero al menos serviría para pintarle la boca a cada una de las piedras.

Candelaria salió del cuarto muy contrariada. Se dirigía al trastero a buscar el balde y la manguera cuando vio que el señor Santoro se había enterrado. Allí estaba frente a sus ojos con la tierra hasta el cuello y los ojos cerrados. El cuervo daba pequeños salticos a su alrededor en busca de las lombrices removidas de la tierra. Alejó el pensamiento de que estaba muerto, porque matar tres veces a una misma persona le pareció un exceso. Le pasó con desconfianza por el lado y no obtuvo ninguna reacción. Sin que disminuyera su contrariedad salió del trastero con el balde y la manguera y se dispuso a lavar la camioneta.

El chorro contra la latonería la hizo pensar en que podía esperarse cualquier cosa de alguien que le disparaba a las nubes para evitar que le cayera un rayo. Debía de haber una buena razón para que Santoro tuviera la costumbre de enterrarse. Supo que era costumbre porque de inmediato recordó todos los huecos que habían empezado a aparecer en Parruca desde su llegada. Después de todo, la razón para cavarlos era más que hacer abono, pero por mucho que se esforzó en encontrar justificaciones, no se le ocurrió ninguna válida. Tendría que pensárselo mejor, alejarse de los esquemas mentales que le habían moldeado en el colegio. Ampliar el rango de variables y dejar de pensar que todo el mundo va por la vida buscando el mismo tipo de cosas y esperando los mismos resultados. «La gente distinta es muy escasa», solía decirle su padre. Pero ella nunca entendió lo que quiso decir con «gente distinta». Ahora, en cambio, había conocido a Gabi y a Santoro y le pareció entender un poco mejor el concepto.

La camioneta estaba tan sucia que se demoró el resto de la tarde lavándola. Llegó a preguntarse si alguna vez su padre lo había hecho o si la razón para no haber construido un garaje fue la excusa que él usó para dejarla a la intemperie, pretendiendo que la lluvia hiciera el trabajo de lavarla. La sola idea la puso de mal humor, aunque en ese momento no tuvo claro si fue porque su padre era un descuidado o por la insistencia de su mente en obligarla a verlo de esa manera. Lo primero significaba que su mal humor era contra él y lo segundo que era contra sí misma por permitirse pensar así. Era justo esa dualidad la que la tenía molesta.

Empezó a restregar el trapo casi con rabia por todo el polvo acumulado de tantos pájaros que habían ensuciado la capota hasta llegar a alterar el color original de la pintura. Restregó en nombre del óxido, de las abollonaduras y de los rayones que nadie se había tomado el trabajo de reparar. Restregó los vidrios a través de los cuales el mundo se veía opaco y las llantas con el caucho gastado por el cansancio de andar. Al final se detuvo frente al parachoques que recién habían cambiado y se quedó contemplando el reflejo distorsionado de su cara. El parachoques era tan brillante que opacaba el resto de la latonería, pero al menos ahora estaba limpia. Todo relucía porque ella se había tomado el trabajo de lavar. Pensó que si uno quiere obtener resultados, tiene que ponerse en acción, que incluso ganarse la lotería precisa de haber comprado antes el billete.

Esa noche se fue temprano a dormir porque el día había sido muy intenso y estaba muy cansada. Afuera la luna se miraba en las latas de la camioneta. Pensó en Gabi y en todas las cosas que dijo mientras conducía. Pensó en ese tal Borja sin saber que sería el siguiente huésped que llegaría a Parruca.

Llegó de noche, aunque decir que llegó es mucho decir. Técnicamente, lo trajo Gabi. Condujo la camioneta hasta el pueblo, no quiso que nadie la acompañara. Ni siquiera Candelaria, quien quedó tan disgustada que, cuando regresaron, no salió a recibirlos. De haberlo hecho se hubiera dado cuenta de que Gabi tuvo que ayudar al recién llegado a bajar del carro, pasarle el brazo por detrás de la espalda y caminar al ritmo de unos pasitos arrastrados y lentos. También hubiera notado que era un hombre menos viejo de lo que aparentaba, que posiblemente pesaba tan poco como ella, que había perdido todo su pelo, que caminaba encorvado como si llevara el mundo a cuestas. Gabi instaló al inquilino en el cuarto contiguo al suyo, que estuvo preparando varios días. Candelaria vio cómo podó las enredaderas, barrió la hojarasca, desechó la idea de llenar un jarrón con flores quizá porque le pareció que no hay nada más inerte que una flor cortada y la situación no estaba para obviedades. Más bien, abonó un manzano que había nacido al pie de la ventana del cuarto que ocuparía el inquilino. Estaba lleno de flores que pronto se convertirían en frutas.

Conforme pasaban los días, Candelaria se acurrucaba al pie del manzano para poder espiarlos. Necesitaba entender qué estaba pasando, porque el par de ocasiones que había intentado preguntar solo recibió evasivas. Desde el otro lado de la ventana oía la voz gangosa del enfermo y el enorme esfuerzo que tenía que hacer para seguir el ritmo de la conversación con Gabi. No siempre era así, a veces era poseedor de una conversación lúcida y más compleja de lo que ella podía entender. Aún no le había visto la cara porque no compartía la mesa con los demás, no merodeaba por ninguna parte, no salía nunca de su cuarto, parecía no mostrar interés en ninguno de los asuntos básicos de la vida. Su madre se refería a él como el desahuciado, de tal manera que sus diálogos durante el desayuno con Gabi se limitaban a simples preguntas cargadas más de ironía que de necesidad de obtener una respuesta: «¿Cómo amaneció el desahuciado?», «¿Qué piensa comer el desahuciado?», «¿Cómo va a pagar la mensualidad el desahuciado?», y Candelaria se dio cuenta de que ya eran dos las palabras que tenía que buscar en el diccionario.

La sensación que le daba el nuevo inquilino era la de ser más un espectro que un hombre. Y eso que aún no le había visto la cara con detalle porque, fuera de que no salía de las cuatro paredes que delimitaban sus movimientos, la cortina siempre permanecía más cerrada de lo que ella hubiera deseado. Parecía que le molestaba la luz, tal vez por esa manía que tiene de imponerse incluso en las noches más oscuras. La única vez en que una ranura dejó ver una porción más generosa de lo que ocurría en el cuarto, fue una mañana oscura. Resulta que las nubes estaban tan negras que Santoro temió que se desatara una tormenta y no tuvo más remedio que agarrarlas a balazos. Gabi salió corriendo a pedirle silencio, pero formuló su petición con tal sartal de gritos e insultos

que a Candelaria le parecieron más escandalosos que el sonido mismo de las balas. Aprovechó la coyuntura para asomarse a través de la ranura vertical que había dejado la cortina.
Retuvo el aire, como si de esa manera pudiera aguzar la vista
y centrar su concentración en minimizar el ruido. Tragó saliva y, al hacerlo, sintió el leve movimiento de su garganta.
Cuando sus ojos se posaron en la cama, lo primero que vio
fue una cabeza inmensa. Luego entendió que no era tan
grande, sino que el cuerpo al que estaba pegada se había reducido a su mínima expresión. Si no estuviera tan segura de
que ese hombre estaba vivo, habría asegurado lo contrario,
pero, a fin de cuentas, quién era ella para establecer la diferencia entre estar vivo y estar muerto si en el pasado ya se
había equivocado en sus intentos por determinarlo.

Se detalló cómo las ojeras le acunaban las cuencas de los
ojos y el rostro tenía la misma delgadez del papel calcante en
el que ella solía hacer los mapas cuando estaba en el colegio.
No tenía pelo en la cabeza, y esa era otra de las razones por las
que se la veía tan desproporcionada. La blancura de su piel
no era de esas que indican pureza, sino todo lo contrario.
Parecía un tronco que se estuviera pudriendo bajo el manto
de los líquenes incoloros. Tenía los labios llenos de grietas y
la saliva se le escurría por las comisuras de la boca dejando caminitos blancos. Daba asco solo mirarlo y, sin embargo, Candelaria se percató de que no podía despegar sus ojos
del cristal. Vio cómo Gabi regresó alterada de su discusión
unilateral con Santoro y se puso a revolotear por todo el cuarto como una gallina culeca. Al final se sentó en la silla al pie
de la cama y se puso a contemplar al espectro como si fuera
un ángel.

Le aplicaba paños de agua tibia por todo el cuerpo, le cortaba las uñas, lo acompañaba en el corto y desafiante trayecto que iba de la cama al baño y del baño a la cama. Candelaria nunca imaginó que Gabi pudiera llegar a albergar una mirada tan dulce ni que pudiera tratar a una persona con semejante delicadeza. Era raro verla actuar de esa manera. Raro y desconcertante. Esa actuación no se correspondía con la mujer fuerte y tal vez más sincera de la cuenta que ella conocía. Candelaria pensó que a ella nunca la había tratado así. Odió su voz cuando la oyó cantarle a ese moribundo una estúpida canción. Y la odió más aún cuando se puso a leerle libros. Después de todo no solo estaba coja, sino que también era una idiota, pensó, cuando, además de todo lo anterior, la vio dándole la comida como si de un bebé se tratara.

Aunque todo eso la tenía molesta, nada se comparó con lo que sintió cuando la vio tocar la puerta del cuarto de Tobías. Ocurrió un día, ocurrió dos días, empezó a ocurrir todos los días. Ya eran dos ventanas de las que tenía que estar pendiente sin permitir que la descubrieran. Aprendió a volverse invisible. No fue difícil. Sintió que lo había conseguido una mañana en que no apareció a desayunar y nadie se percató de su ausencia. Sus días transcurrían espiando entre ambas ventanas, pero sin conseguir enterarse del todo de qué era lo que estaba pasando con exactitud en ninguna de ellas. Aun así, hizo algunos descubrimientos importantes, como que las cosas vistas desde fuera adquieren una perspectiva diferente: llegan a verse y a percibirse con más claridad que los cielos de verano.

Con Gabi en el interior del cuarto de su hermano, se percató del enorme caos que giraba en torno a él. No supo si no había querido verlo antes o si había cogido ventaja desde la última vez que pisó ese cuarto. Tal vez era un poco de lo uno y lo otro. Se sorprendió al ver las montañas de ropa sucia que venían acumulándose desde quién sabe hacía cuánto tiempo. Era difícil caminar sin pisar alguna prenda. Las que estaban en la base ya empezaban a padecer mal de tierra. No parecía una buena idea sentarse sobre la cama revuelta y las sillas que no estaban rotas, habían sido colonizadas por toda suerte de objetos, si bien cotidianos, impropios para un sitio como ese: recipientes improvisados con líquidos viscosos o sustancias granuladas, palas, guantes y frascos de contenidos indescifrables. Del techo colgaban plantas y flores en claro proceso de deshidratación y Candelaria pensó que desentonaban con la vitalidad de las demás plantas que crecían sin pudor por toda la casa. La cocineta improvisada que Tobías había instalado estaba llena de trastes sucios y despicados. El techo y las paredes se veían negros por obra de la combustión constante de menjunjes que él mantenía en hervor.

Recordó que el cuarto de su hermano era un sitio en el que antes le gustaba estar. De hecho, nada se comparaba con la alegría de poder pasar allí la noche. Él se acostaba sobre una colchoneta vieja e improvisada, y al cederle su cama, le estaba cediendo su olor y su presencia palpable en la forma que había tomado el colchón a fuerza de acostarse siempre en el mismo lado. Le contaba historias de miedo para que ella se asustara y lo obligara a tomarla de la mano. Antes pensaba que las manos de Tobías eran inmensas y seguras. Eran el tipo de manos en las que moría el miedo. Ahora estaban sucias y llenas de heridas y ampollas. Bajo sus uñas solo era posible encontrar restos de podredumbre. Pensó que ni la peor historia de terror la haría aferrarse a ellas.

Observaba a Gabi con un sentimiento que no sabía nombrar, pero que se le atoraba en la garganta. No podía expulsarlo ni tragarlo. No podía ignorarlo tampoco. Cada vez que entraba al cuarto de Tobías, la veía permanecer de pie sin atreverse a descargar tranquilamente ni su trasero ni sus tacones en ninguna parte. Lucía incómoda entre tanto desorden, y tal vez algo turbada por la máscara de águila con su pico de gancho. No obstante, hacía enormes esfuerzos por conservar su aspecto neutro, como cuando uno necesita un favor de alguien y eso lo obliga a hacer la vista gorda y a exhibir condescendencia ante las cosas que, de otra forma, juzgaría intolerables. Cuando estaba con el enfermo, permanecía sentada y vigilante. No paraba de mirarlo mientras quién sabe qué pensamientos atravesaban su cabeza.

Con los días, los encuentros entre Gabi y Tobías dejaron de producirse en el encierro del cuarto. Candelaria los veía adentrarse en la espesura de la montaña y, como no le permitían unirse a las excursiones, se quedaba tratando de convencerse de lo estúpidos que se veían juntos un águila sin alas incapaz de distinguir la realidad de los sueños y una mujer sin un centímetro de pierna que no podía andar sobre otra cosa que no fueran sus tacones. Se perdían horas en el monte y, al final de la jornada, aparecían con nuevas plantas, con ranas de colores, con otras especies de hongos.

Candelaria paleaba su aburrimiento espiando al señor Santoro, quien para ese entonces ya había terminado la muralla alrededor de su cuarto, había instalado los sensores de movimiento y enterrado varias hileras de estacones en los que puso alambrados, alrededor de los cuales enredó el chocho trepador. Ya estaba inmenso de tanto abonarlo con el abono orgánico que las lombrices producían en esos hoyos profundos en los que él solía enterrarse. Algunas veces repetía y se enterraba a sí mismo dentro de un hueco cavado con anterioridad, pero la mayoría de las veces cavaba uno nuevo. En menos de lo que se imaginó las vainas gestadas en el chocho trepador se abrieron, dejando ver las pepitas de un rojo intenso casi anaranjado que Candelaria empezó a recolectar y ensartar en un collar que se alargaba conforme pasaban los días.

Comenzó, sin proponérselo, a ganarse la confianza de Edgar desde una vez que lo tuvo tan cerca que se le ocurrió ofrecerle un pedazo de la manzana que se estaba comiendo. Lo vio devorársela con tantas ganas que siguió ofreciéndole todos los pescozones de las que ella se comía. Por suerte, al manzano criollo que Gabi trasplantó al pie de la ventana, le había hecho efecto el abono y sus flores eran ya manzanas de menor tamaño de lo normal, pero con mucho más sabor. De esa manera, la mitad del tiempo se le iba espiando y la otra mitad atacando las frutas antes de que las ardillas las escondieran en las horquetas de los demás árboles, tal vez al pie de los aguacates, que también robaban para poner a madurar.

Cuando se cansaba de espiar, buscaba a su madre solo para constatar la mala compañía que era. Cuando no se hallaba en el estanque rodeada de sanguijuelas, permanecía en su cuarto rodeada de piedras que ahora, además de ojos, tenían la boca pintada con el labial rojo que Candelaria le había regalado. Pensó que su madre se negaba a aceptar que una cosa es tener boca y otra muy diferente usarla para hablar. Era curioso que su madre inventara fantasías para vivir, mientras que ella, en cambio, destruyera las que su padre había puesto tanto esmero en inventar. Así se dio cuenta de que ella estaba creciendo y de que su madre, por el contrario, se estaba volviendo vieja.

Un aleteo despertó a Candelaria a esa hora imprecisa en que no se sabe si es de día o de noche. No era un aleteo fuerte como el del vuelo de Don Perpetuo, capaz de sacudirle el pelo rojizo con el batir de sus plumas al pasar sobrevolándole la cabeza. No era tampoco un aleteo bulloso como el de las abejas ni agitado como el del cuervo cuando el señor Santoro lo llamaba a gritos. No. No era como ninguno de los aleteos que Candelaria recordaba. Este era delicado y cosquilloso. Del mismo color de los cielos de verano. Azul por un lado. Pardo por el otro.

Aparecía y desaparecía, solo para volver a aparecer y a desaparecer.

Era un aleteo azul, del mismo azul que los vitrales proyectaban sobre los mosaicos del patio. Era impredecible como las lluvias de verano o como el recorrido de las hojas de los árboles que se desprenden y se entregan al vaivén del viento. Tenía la sutileza de un suspiro y la cadencia del baile. Era casi un juego. Una declaración de vida. Se le posó en la nariz. Ahora no. Rozó su mano. Rozó su frente. Le hizo cosquillas en el dedo gordo del pie.

Abierto, cerrado. Brillante, opaco.

Le hizo pensar en el vaivén de las ventanas a través de las cuales espiaba a los inquilinos. O en la coordinación de las manos que se disponen al aplauso. Junto, separado, junto, separado. Se le enredó en la trenza deshecha que tenía por pelo. Azul sobre rojo. Le cosquilleó la cara y los pies descalzos y libres al igual que los peces de la quebrada.

Abrió bien los ojos y descubrió que no era un aleteo, no, estaba equivocada. Eran muchos aleteos juntos, suspendidos en ese pedazo de vacío entre la superficie de la cama y el techo. Aleteos incesantes que revolvían el aire que ahora respiraba. Eran infinitos como todo lo que no puede contarse y se habían gestado entre una luna llena y otra. Pero no siempre fueron mariposas, primero tuvieron que ser huevos, después orugas y más tarde crisálidas. Al final, les salieron las alas que las condenaron a ser mariposas con todo lo bueno y lo malo que conlleva fijarse una identidad. Y esas fueron las alas que esa mañana aleteaban, azuladas, por todo su cuarto. Esas fueron las alas que le recordaron cuánto tiempo había pasado.

Pensó en todas las cosas que ocurren de un plenilunio a otro. Y en las que no. Ese era el tiempo exacto que llevaba en Parruca el espectro del cual ni siquiera sabía su nombre. Gabi lo llamaba Borja, pero ahora que lo pensaba bien no sabía si eso era un nombre, un apellido o un apodo. En ese mismo tiempo el águila sin alas que tenía por hermano tramaba algo con la mujer de la serpiente. Y Edgar le había tomado confianza o tal vez fuera nada más que interés en recibir el corazón de las manzanas que ella no se comía. Habían pasado muchas cosas, era verdad, excepto la que más esperaba. Su padre no había vuelto. No más renacuajos ni más crisálidas. No volvería a medir el tiempo. Ya no tenía a nadie a quien esperar.

Se paró de la cama y abrió todas las ventanas para que salieran las mariposas. Las vio más azules debido a la luz del sol que apenas empezaba a asomarse entre las ramas de los árboles. Azul. Pardo. Azul. Pardo. Era difícil seguir el rastro del aleteo con la mirada. Las siguió cuesta arriba hasta donde le alcanzaron los ojos y, cuando menos pensó, las mariposas se habían desvanecido por completo y ella andaba en la cima de la montaña. Miró a su alrededor y pensó que así debía de lucir el mundo cuando recién fue inventado. El verde fosforecía de todos los colores y abajo, en el valle, la neblina aún seguía abrazada al follaje. Los aromas suspendidos en el ambiente eran tan intensos como el olor de las cosas cuando están nuevas. En las copas de los árboles aullaban los monos y cantaban las aves, porque la función de los monos y las aves, desde tiempos inmemoriales, ha sido darle la bienvenida al día. A ese. A todos. A cada uno como si fuera el último.

Luego se dio cuenta de que no estaba sola. El águila sin alas miraba al vacío, o tal vez fuera el vacío el que miraba al águila sin alas. Candelaria no estaba segura de si su hermano sabía que las aves necesitan alas para volar. No estaba segura de nada últimamente. ¿Y si ambos tenían alas y aún no lo sabían? ¿Y si vivir era arrojarse al vacío solo para comprobarlo? ¿Y si su hermano estaba dormido y ella era tan solo un sueño dentro del sueño de su hermano? No muy lejos oyó el sonido de los cascabeles de los conejos. El tintineo era cada vez más tenue, ni siquiera alcanzaba a ser una canción. Los zorros y las abejas estaban acabando con ellos. Era posible que no sobreviviera ninguno. Intentó pensar en otra cosa para no concluir que todo era culpa de su padre. Al ponerles cascabeles los condenó a ser devorados por los zorros y la invasión de abejas ocurrió por los defectos del techo. Parruca no era un buen lugar para los conejos. Ni tampoco para los débiles.

Se acercó despacio a Tobías porque las águilas suelen ser muy desconfiadas, además, la última vez que lo asaltó por sorpresa le había hecho perder un diente. Lo asaltó por detrás, tomándolo por las piernas y ambos se fueron al suelo. Quedaron pico contra boca. Tobías abrió los ojos y la miró con extrañeza. Su mirada, a través de los orificios de la máscara, pareció adquirir de nuevo rasgos humanos. El pico largo y curvado que antes la asustaba de repente le pareció ridículo.

—¿Qué pasa? —preguntó Tobías. Candelaria pensó que últimamente siempre preguntaba lo mismo.

—¡Tú no tienes alas! ¿Qué carajos pretendías hacer?

—Estaba mirando las águilas —dijo señalando el horizonte.

Y era verdad. Dos águilas inmensas patrullaban entre las montañas. Se sentaron juntos a observarlas sin decir ni una sola palabra. Candelaria notó que ni siquiera tenían que batir las alas para sostener la firmeza de su vuelo. Pertenecían al cielo y cuando uno de verdad pertenece a un lugar, no tiene que hacer esfuerzos para encajar en él.

—No importa que no tengas alas. No creo que las necesites —dijo Candelaria.

—Sí importa, pero, al fin y al cabo, ¿a quién en esta vida le importa lo que uno necesita? —dijo mirando a su hermana. Cuando los ojos se le posaron a la altura del cuello, los clavó como si fueran garras—. ¿Es eso un collar de chochos?

—Sí, yo misma lo ensarté.

—Pero..., es decir, ¿de dónde sacaste las semillas?

—Santoro sembró un arbusto al pie de su muralla y está lleno de vainas.

Dicho esto, vio a su hermano acomodarse la máscara y salir corriendo de vuelta a la casa. Lo siguió con la mirada hasta que se desvaneció de la misma forma como se habían desvanecido las mariposas. Montaña abajo solo se oían sus gritos cada vez más lejanos:

—¡Las encontré! ¡Las encontré!

Las cosas malas casi siempre ocurren a oscuras, pensó Candelaria mientras espiaba la actividad ocurrida esa noche en el cuarto de su hermano. Tobías tenía la luz encendida y los menjunjes burbujeaban sobre la estufa de su cuarto. Las ranas de colores saltaban dentro de improvisados frascos de vidrio empañados por la humedad del ambiente. Las vainas vacías de chochos se confundían con el monumental desorden de cosas tiradas en el suelo. Gabi entraba y salía. Salía y entraba de un cuarto a otro. Nunca la había visto tan nerviosa. Cuando estaba en el cuarto con Tobías, casi ni se hablaban, seguro porque ya habían debatido lo suficiente acerca de qué podía esperar el uno del otro. Luego pasaba por el cuarto de Borja y el silencio era el mismo, aunque el interlocutor fuera distinto. Más tarde, Candelaria la vio intentar acostarse un par de veces y luego ponerse de pie antes de darle tiempo al sueño de que la visitara y a Anastasia Godoy-Pinto de que se enrollara alrededor de sus piernas. Candelaria se fundía con la oscuridad, se escondía en los rincones, se mimetizaba con las sombras. Conocía todos los puntos ciegos de la casa. Había aprendido a moverse con la misma cautela de la serpiente. Era invisible como los espíritus buenos que, según su padre, atravesaban los vitrales, aunque ella nunca pudo verlos.

Antes del amanecer Tobías llamó a Gabi para darle el menjunje en el que había estado trabajando: «¿Está segura? Todo ocurrirá muy rápido, no habrá tiempo de arrepentirse», dijo, y Candelaria, intuyendo que algo importante estaba a punto de ocurrir, aprovechó la ausencia de Gabi para deslizarse bajo la cama de Borja. Una vez allí vio cómo regresaba despacio, como quien quiere dilatar un encuentro, y se quedaba de pie junto a la cama del enfermo. Desde abajo solo se le veían los tobillos, uno al lado del otro, muy juntos, muy quietos. De verdad un tacón era más alto que el otro para compensar la cojera, desde cerca la diferencia era inmensa. Estaban muy gastados, pronto necesitaría unos nuevos. Oyó el sonido que hizo un vaso de cristal al ser depositado sobre el nochero y las manos indecisas de Gabi frotándose entre sí. Oyó el rechinar de un beso. Oyó una voz susurrante:

—¿Estás listo?

—Estoy listo. ¿No vas a preguntarme si soy culpable? —dijo Borja.

—No tengo que hacerlo, ya sé la respuesta —dijo Gabi.

—Ya sabía que la sabías. No hay quién te engañe. Conserva el manuscrito. Algún día valdrá mucho dinero. Sé lo que te gusta.

—¿Alguien en la colonia supo la verdad? —preguntó Gabi.

—No creo. Los artistas no se enteran nunca de nada. No pueden pensar en otra cosa que no sea en sí mismos.

—Hasta nunca, Emilio Borja.

—Hasta nunca, Mireya Sandoval —dijo Borja tomándose el contenido del vaso.

—Conoces todos mis nombres, no me llames así, sabes que ese es el que menos me gusta.

Pero ese fue justo el que se quedó en la boca de Borja, esas fueron las últimas palabras que pronunció, tal vez porque había sido el nombre que Gabi usaba cuando se conocieron, pensó Candelaria, fría e inmóvil como un hielo debajo de la cama. Era imposible saberlo. Con Gabi o Mireya o como se llamara no era posible saber nada a ciencia cierta. También se quedó pensando las razones por las cuales un manuscrito podría llegar a valer tanto dinero, es más, viéndolo bien ni siquiera tenía claro qué diablos era exactamente un manuscrito. ¿Era un libro?, ¿un diario?, ¿un borrador? No, no lo sabía y entonces cayó en la cuenta de que era otra palabra para buscar en el diccionario. Tenía varias pendientes, pero solo se acordaba de ellas en momentos cruciales como en el que se encontraba, escondida bajo la cama y sin posibilidad de salir corriendo a la biblioteca a buscarlo. Una tos débil de Borja le arrebató ese pensamiento. Mientras observaba los tacones rojos casi rozándole la cara, se puso a sacar conclusiones a punta de retazos.

Oyó un suspiro y otro y otro más. Y luego un gemido que pronto tuvo la fuerza del llanto. Pensó que nunca había sentido a Gabi llorar. Que las mujeres como ella no producían lágrimas. Se había incluso planteado la posibilidad de ser una mujer como ella, pero en ese momento se dio cuenta de que Gabi, como muchas mujeres, había sido fabricada con una madera llena de grietas. Pensó que no estaba mal tener grietas, que el desafío era no permitir que llegaran a juntarse unas con otras hasta derrumbar la estructura completa. Pensaba cosas muy extrañas; al fin y al cabo, no todos los días se escondía uno debajo de la cama de un hombre que se estaba muriendo. Y esta vez muriendo de verdad.

Desde el suelo el mundo era muy diferente. Tenía que aprender a mirar desde otros ángulos para no incurrir en las mismas obviedades de quien se acostumbra a observar siempre la misma cosa, desde la misma parte. Allí escondida, el tiempo también era distinto. Se estiraba como si fuera de un caucho de elongación indefinida. Pudo ser cuestión de minutos. Pudo ser cuestión de años. La gravedad de lo que acababa de presenciar la inclinó a pensar en lo segundo porque eso es lo que pasa cuando la realidad nos escupe a la cara, cuando la vida nos revela cosas cuyo peso tendremos que cargar el resto de nuestra existencia. La mente adelanta a zancadas lo que, de otra manera, le tomaría años avanzar. Ignoraba si eso era bueno o malo. Supuso que tenía un poco de ambas cosas. Supuso que allí, a pesar de su metro y medio de estatura y sus casi cuarenta kilos, había crecido un poco más de la cuenta. La única certeza que tuvo era que se estaba muriendo de frío y que no podría moverse hasta que Gabi saliera de la habitación. Quería que se fuera, pero no quería porque eso significaba que tendría que quedarse a solas con un hombre posiblemente muerto.

El tiempo siguió estirándose y Gabi no se marchaba. Había mucho silencio susurrándole cosas al oído. Un silencio interrumpido de vez en cuando por los currucutúes de los laureles y los armadillos cavando túneles infinitos justo debajo de donde ella se encontraba, con un poco de concentración podía sentir cómo rasguñaban la tierra. Un silencio interrumpido por el aullido de los zorros sobre la cima de la montaña y por el eterno cantar de los grillos entre la hierba.

Sintió el palpitar de su propio corazón y la tibieza del aire que expulsaba su nariz. Pudo percibir la forma como se le acumulaba la saliva y el esfuerzo que tenía que hacer para tragarla sin que Gabi la oyera. Parecía que todos los sonidos se magnificaban. En medio de tanto silencio le pareció que todo por dentro le sonaba, que ella misma era una canción que nunca se había tomado el trabajo de oír.

Se quedaría recordando muchas cosas esa noche, entre ellas, las ganas tan inmensas que tenía de ir a abrazar a su madre. Cuando la muerte está cerca, lo que más se desea es aferrarse a las personas queridas, como si se necesitara reafirmar que aún están vivas, que no van a morirse también. Finalmente, Gabi, vencida por el cansancio o el sueño, se paró de su silla, apagó la luz y salió del cuarto. La paciencia le alcanzó a Candelaria para esperar unos minutos que le permitieran estar segura de que no regresaría. Se deslizó con la misma cautela de la serpiente. No quería hacer bulla, aunque sabía que los muertos no pueden despertarse.

La luna llena se posaba con sutileza sobre todas las cosas dotándolas con una sombra débil. Se asomó a la cama y vio un bulto cubierto con una cobija. Necesitaba ponerle una cara al hombre que llevaba imaginando desde el mismo día de su llegada cuando las mariposas eran apenas unas crisálidas. Azul, pardo, azul, pardo. Como la vida misma. Como la muerte misma. Estiró la mano y descorrió la manta con una mezcla de miedo y fascinación. He ahí un hombre muerto, pensó. Con el temblor de sus dedos le rozó la cara. Tenía la misma palidez de la luna, tenía los ojos cerrados y la boca entreabierta. Estaba helado, igual que las manos de Candelaria, las mismas que lo rozaron por pura curiosidad de conocer la textura de la muerte.

Acosada por el miedo apuró la salida. Al subir las escaleras crujieron más que de costumbre. Los grillos no paraban de cantar sumergidos entre el caos de la hierba. Entró al cuarto de su madre y se deslizó en su cama. Era algo que hacía a menudo cuando su padre estaba: se metía en el medio de esos dos cuerpos que siempre la recibían con cariño. No había vuelto a hacerlo desde que su padre se había ido y se preguntó por qué, si no hay ningún lugar en todo el mundo en el que se sienta más paz que la cama de los padres.

—¿Qué pasa, hija?

—No quiero que te mueras nunca.

Gabi hizo el anuncio durante el desayuno. Lo hizo así como si nada, como quien dice: «Pásame la sal», «Qué clima más agradable», «Quiero más café».

—Emilio se fue anoche —dijo.

—¿El desahuciado? Para dónde iba a irse, si no puede ni ponerse de pie —dijo Teresa.

—Quiero decir que se fue para siempre.

—Pero si había pagado en avance un montón de meses, que sepa que aquí no se le devuelve dinero a nadie.

—Que se murió, ¿entiendes? Se murió —dijo Tobías.

—Y tú ¿por qué sabes? —preguntó Teresa.

—Porque yo vivo en esta casa.

—¿Y qué vamos a hacer con el muerto? —preguntó en plural, tal vez porque era consciente de que mientras un cuerpo sin vida estuviera en su propiedad, ella era un poco responsable.

—Pues enterrarlo —dijeron Gabi y Tobías al unísono.

—Que sea bien lejos, no quiero saber dónde —dijo la madre.

Candelaria oyó toda la conversación sin decir ni una sola palabra. Masticaba muy despacio unas porciones minúsculas de arepa con mantequilla que le rastillaban la garganta cada vez que intentaba tragarlas. Lo que pasaba era que se le revolvía el estómago con la sola mención del muerto y con la idea de que allí seguía en un cuarto no muy lejos de donde se encontraban desayunando. Se miró con desagrado la mano con la que le había rozado la cara. Hizo enormes esfuerzos por desviar los pensamientos hacia otra cosa que no fuera ese rostro pálido de boca entreabierta, que le había enseñado la diferencia entre estar vivo y estar muerto.

Vio cómo su madre se paró de la mesa antes de terminarse el café con el que solía alargar el desayuno y se fue escaleras arriba a encerrarse en su cuarto, como cada vez que quería evadirse de un asunto. Desde la mesa se oyeron las arcadas, y Candelaria pensó que su madre había recaído en la manía de vomitar todo lo que se tragaba, pero luego pensó que, a lo mejor, la idea del muerto también le había hecho estragos en el estómago y le pareció casi normal que le permitiera a su cuerpo expresarse. Tal vez ella debería hacer lo mismo, porque sentía el cuerpo pesado y seco como si se hubiera tragado un bulto de arena y la cabeza, por su parte, era un disco rayado que iba y volvía siempre sobre los mismos pensamientos. Un espejo que le devolvía la misma imagen sin importar cuántas veces se mirara en él. Cuando estaba nerviosa, tendía a la recurrencia. Decidió que nadar en el río le serviría para agitar las ideas obsesivas. Al pararse de la mesa para ir a buscar el vestido de baño, percibió la mirada de Gabi sobre ella y el impulso de su respiración cuando se está a punto de decir algo, pero se contiene en el último momento. Un segundo después, con impulso renovado, Gabi alzó tanto la voz que casi pareció un grito y dijo:

—¿No vas a acompañarnos, cariño?

—¿A qué?

—Pues a enterrar a Emilio.

—Para envenenarlo sí me excluyen, pero como ahora necesitan que los ayude a cavar...

—¿Qué dices, cariño? —interrumpió Gabi.

—Que ustedes no son de fiar.

—¿Y te parece que las serpientes que se esconden debajo de la cama lo son?

—Habría que preguntarle a Anastasia.

—Te estoy preguntando a ti.

—Pues no. No hay nadie de fiar en este mundo —dijo Candelaria antes de salir corriendo a su cuarto.

Estaba muy alterada. No sabía si sentir vergüenza o rabia. A lo mejor era angustia por haber descubierto que la desconfianza que sentía hacia los demás la afectaba y, sin embargo, ella no podía dejar de generarla también. Era como ser víctima y verdugo al mismo tiempo. Después de todo, tenía más derecho Gabi a enojarse con ella por haber espiado un momento tan íntimo, que ella a enojarse con Gabi por haberla excluido de sus planes. Tal vez todo se resumiera en que sintió celos de que le hubiera pedido ayuda a su hermano y no a ella. Quizá fuera un poco de todas las anteriores. Lo cierto es que solo había una forma de reivindicar su comportamiento y era ayudando a enterrar a Emilio.

Candelaria reapareció en el comedor con las botas pantaneras puestas y una camisa ancha debajo de la cual llevaba el traje de baño de dos piezas que había comprado y que la hacía sentir tan insegura. Cuando Gabi se quedó mirándola con esa mirada de aceptación que tanta falta le hacía, sintió que había tomado la decisión correcta. A lo mejor participar en el entierro era una forma de sacarse al muerto de la cabeza, quizá por eso los funerales eran tan concurridos. Tobías no se demoró en ir y volver con la pala en la mano.

Antes de partir, Gabi mencionó que había que planear un poco lo que iban a hacer. Dijo que para los inexpertos eliminar a alguien podía llegar a ser una actividad muy complicada, que matar a golpes se veía fácil en las películas, pero que, en realidad, era muy difícil por la dureza del cráneo. También que cuchillos, puñales y balas derramaban mucha sangre. Luego dedicó su monólogo a las dificultades propias de deshacerse de un cadáver, lo cual, según ella, era incluso más complejo que matar. Aseguró que en el verano tropical era menester actuar con aún más rapidez, pues los cuerpos se descomponían con mayor facilidad. Tenía en su cabeza datos exactos de cuántos días tardaban en oler mal los cadáveres en cada una de las latitudes y cuáles eran los mejores métodos para deshacerse de ellos según donde se encontraran. Que no era lo mismo si uno estaba en una ciudad pequeña o en una principal, en una casa privada o en un hotel, en las montañas o en el mar. Detalló los pros y los contras de incinerar, enterrar o lanzar al agua los despojos y lo hacía con tal naturalidad que parecía estar hablando de deshacerse de algo tan anodino como una bolsa con basura.

Candelaria no se atrevió a cuestionar nada de lo estaba oyendo porque temía ser excluida y porque no estaba segura de si poseer ese tipo de información era normal o no. Si se podía acceder a ella a través de películas o libros, o si solo podía adquirirse tras la experiencia de primera mano de tenerse que deshacer de un muerto, o de varios. Su hermano tampoco dijo nada porque cada vez se creía más águila y las águilas no hablaban, pensó Candelaria, o tal vez porque, como siempre, andaba pensando en otra cosa. A lo mejor al día siguiente se levantaría diciendo que había soñado que estaba enterrando a alguien, y quizá era una buena estrategia, porque le evitaría sentir la parte de culpa que le correspondía. Recordó que Gabi le había enseñado que la culpa solo existe si uno lo permite, y se le ocurrió que Tobías se regía por ese mismo principio.

Al muerto lo envolvieron en las propias cobijas, las cuales, a su vez, envolvieron en las sábanas. Una cabuya gruesa cerró las dos puntas de una forma muy similar a la que se usa para envolver los confites. Candelaria pensó que era una buena idea deshacerse también de la ropa de cama, porque le aterraba pensar que siguiera en circulación, así como si nada, luego de que su madre la lavara. A sus ojos siempre sería la ropa de cama de un muerto, y eso era algo con lo que no quería volver a entrar en contacto. Tobías trató de levantar ese bulto sin forma y sin agarradero, pero se le escurría como arena. Candelaria intentó ayudarle porque, a pesar de todo, no parecía ser muy pesado, pero al primer intento descubrió el significado de la expresión «peso muerto». Descubrió también que el principal problema no estaba en el peso mismo, sino en la falta de puntos firmes de donde asirlo. Gabi, que seguro conocía de sobra ese problema, estaba rebuscando en su clóset un tablón largo, al cual terminaron amarrando el atado de sábanas y cobijas con el resto de la cabuya que había sobrado.

—Por cuestiones como estas, muchachos, se inventaron los ataúdes —dijo.

Luego entenderían que los ataúdes no solo se usaban por practicidad, sino también por respeto al cuerpo sin vida, pues, en el camino, la tabla se volteó y se fue tantas veces al suelo que Candelaria terminó por pensar que menos mal que los muertos ni se ofenden ni sienten. «Enterrémoslo aquí», proponía a cada rato, porque ya sentía cansancio y no estaba segura de lo que estaba haciendo, adentrándose en la selva con una coja, un águila y un muerto, pero Gabi insistía en ir siempre un poco más lejos.

—Por actuar con la premura del cansancio es por lo que se cierran los ojos y se cometen errores que luego lo obligan a uno a huir o esconderse el resto de la vida. No lo sabré yo —dijo la primera vez que los vio a punto de tirar la toalla.

Y lo decía con tal convicción que ninguno era capaz de llevarle la contraria y tenían que seguir andando hasta que el sol estuvo tan alto que ya no los perseguían ni las propias sombras. De repente, Gabi, movida por quién sabe qué impulso o señal, paró en un lugar cualquiera, sin señales particulares que lo delataran como un lugar propicio para enterrar a nadie. Un lugar con los mismos árboles, la misma maleza, que venían viendo de forma reiterada desde hacía rato. No tenía nada de especial o diferente. Pero la experta en muertos parecía ser ella, y Candelaria estaba agotada y no tenía que mirar a su hermano para adivinar que estaba incluso peor que ella. Tal vez Gabi había elegido ese punto nada más porque también estaba cansada. Lo bueno era que ya iban a deshacerse de Emilio, que hacía rato había dejado de ser un hombre para convertirse en un bulto pesado y molesto.

Candelaria pensó que todo el mundo debería cargar y enterrar a sus muertos con el fin de mitigar la angustia y el dolor de la partida. Al final, el cansancio termina por ganar y uno se siente feliz de poder darles sepultura y no tener que cargar más con ellos. No obstante, aún faltaba cavar el hueco, para lo cual establecieron turnos. Candelaria nunca había cavado tan hondo y le pareció una actividad tan desagradecida que pensó en cuáles serían las razones por las cuales el señor Santoro se enterraba tan a menudo, y llegó a la conclusión de que tenían que ser muy potentes.

Cuando Gabi consideró que la profundidad era la adecuada, le ordenó a Tobías que depositara el cuerpo. La imagen de ese bulto lanzado al vacío sin ninguna ceremonia dejó a Candelaria pensando si ese era el justo desenlace para una vida.

—¿No vamos a decir nada? ¿Ni una oración? ¿Ni un discurso? —preguntó.

—¿Para qué? —dijo Gabi.

—Para marcar el final de la vida de Borja.

—No es necesario, cariño. Los finales no son más que nuevos comienzos —dijo lanzando tierra negra con la pala.

Candelaria se quedó callada para demostrar que ya estaba lo suficientemente crecida para aceptarlo, aunque, en el fondo, aún no podía comprender por qué tenía que andar uno por la vida aceptando finales así como si nada. Incluso aunque vinieran disfrazados de nuevos comienzos. Era cuestión de tiempo para que entendiera el aspecto cíclico de la vida, la importancia de cerrar capítulos para acceder a nuevas historias, igual que en los libros. Y que la inmortalidad solo podía atribuírsele a los dioses, aunque estos solo vivieran en la cabeza de seres mortales como ella.

Abandonaron el lugar sin decir ni una sola palabra. El mutismo de Tobías no hacía más que confirmar que hacía rato había dejado de vivir con los pies en la tierra, Candelaria se preguntó si la mente privilegiada de su hermano tenía el don de habitar mundos paralelos negados para simples humanos como ella. Si acaso tomaba distancia, como las águilas, para ver la totalidad de las cosas y no solo fragmentos, o si alzaba el vuelo para huir de los propios límites que le imponía la vida. Gabi, por su parte, iba muy concentrada, calculando cada uno de sus pasos, tal vez porque el andar se le hacía más difícil con sus tacones y su cojera, o quizá porque una mujer como ella no podía darse el lujo de caminar sin saber exactamente qué suelo estaba pisando.

Candelaria no quería que se le olvidara en dónde acababan de enterrar a Borja, le parecía que el solo hecho de haber pisado este mundo era mérito suficiente para que alguien se tomara el trabajo de recordar el lugar en el cual había sido enterrado, aunque ya no fuera un hombre, aunque solo fuera un nombre. Por eso, al deshacer el camino, se puso a hacer marcas en los troncos de los árboles y a partir ramas sin que nadie se diera cuenta. Sabía que volvería antes de que la maleza tapara la tierra removida, volvería para llevar flores o sembrar un manzano o un hibisco o cualquier cosa que la hiciera sentir que se estaba despidiendo. No le parecía correcto negarle a nadie, por muerto que estuviera, una despedida. Un simple «Adiós», un «Hasta luego», un «Hasta nunca», algo, lo que fuera que dejara en claro los términos de la ausencia, le parecía lo mínimo que se debían dos personas que ya no volverían a verse. Por ejemplo, si su padre le hubiera dicho «Hasta nunca», ella ahora no estaría pensando en buscarlo. Así es como dos palabras diferencian la resignación de la esperanza. Cuando no hay adioses, queda la puerta entreabierta y uno no sabe si renunciar o continuar con la búsqueda.

Los alaridos de Don Perpetuo, que a esa hora monitoreaba el cielo, interrumpieron la solemnidad de la caminata. Candelaria detuvo el paso, lo siguió con la mirada y se preguntó por qué teniendo esas alas tan largas nunca se marchaba de Parruca.

El muerto debería haber impresionado más a Candelaria, pero no, eso no fue lo que le quedó martillando en la cabeza. Tampoco el traslado del cuerpo envuelto en la sábana o la cavada de un hoyo profundo que le dejó las manos llenas de ampollas. Habría sido lógico acordarse con mayor impacto de lo que sintió al ver las paladas de tierra cubriendo a un ser humano que para ese entonces ya no era ni ser ni humano. Pero en ese punto de su existencia tuvo la sensación de que la frontera entre lo lógico y lo ilógico estaba desdibujada. O tal vez, simplemente, todo se trataba de que, al fin, había descubierto que vivir es el acto más ilógico del mundo.

El monólogo de Gabi sobre las formas más eficaces de matar y deshacerse de los cadáveres debería haberla sacudido, en cambio, le atravesó la cabeza sin dejar mayor huella, tal y como pasa con las malas películas. Y la complicidad con Tobías para crear un veneno eficaz le pareció reducirse a un interés puntual de Gabi, que ahora a duras penas le daba los buenos días a su hermano. De lo anterior le quedó la lección de que los afectos humanos no existen, sino tan solo los intereses. Pero tampoco eso fue lo que le quedó dando vueltas. Si había entendido bien las últimas palabras de Borja, escondido, en algún lugar del cuarto de Gabi, había un manuscrito. La palabra llamó tanto su atención como para que esta vez sí se tomara el trabajo de buscarla en el diccionario:

1. adj. Escrito a mano.
2. m. Texto escrito a mano, especialmente el que tiene algún valor o antigüedad, o es de mano de un escritor o personaje célebre.
3. m. Texto original de una publicación.

No había nada que la hiciera pensar que el manuscrito tuviera algún interés para ella; de hecho, en un principio fue tan solo el encanto de lo prohibido lo que llamó su atención. Pero tras la búsqueda de la palabra en el diccionario, el tema ganó interés debido a la curiosidad que le generó saber si Borja era un escritor, un personaje célebre o si el manuscrito que tenía Gabi era el original de un libro cuyo contenido podría llegar a interesarle. Fue tan solo una corazonada y eso no significaba mayor cosa. O sí. No era posible saberlo sin valorar el manuscrito.

Al menor descuido de Gabi, se metió a inspeccionar su cuarto. Levantó el colchón por levantarlo, por pura falta de originalidad, como esa especie de acto reflejo que hacen todos los que están buscando algo y no se les ocurre un mejor sitio para hacerlo que debajo del colchón. Al no encontrar nada pensó que Gabi era toda una profesional, una mujer capaz de desaparecer hombres, de ocultar lo inocultable, capaz incluso de ocultarse a sí misma; por lo tanto, era preciso esperar de ella mayor creatividad para esconder las cosas. Definitivamente, tenía que aprender a dejarse de obviedades si quería encontrar lo que estaba buscando.

En un rincón cubierto de hojarasca brillaron los ojos de Anastasia Godoy-Pinto, pero no sintió miedo cuando la vio toda enroscada observándola desde la improvisada guarida, al contrario, pensó que la serpiente era la que tenía razones para asustarse. Siempre había pensado que eran animales incomprendidos: mordían cuando estaban asustados por pura necesidad de defenderse y, al morder, quedaban siempre como los malos del paseo.

—Tranquila, Anastasia, esta pesquisa no tiene nada que ver contigo. Tú a lo tuyo y yo a lo mío —le dijo en voz baja justo antes de que la serpiente le sacara la lengua, seguro que para inspirar un poco de respeto.

Abrió el clóset y hurgó en el único vestido blanco y mal doblado que reposaba sobre el tablón, solo para darse cuenta de que seguía adoleciendo de creatividad. Hay que ser muy pobre de imaginación para ocultar algo importante en el clóset, pensó. Y hay que ser aún más pobre para insistir en buscar allí justo después de haberlo hecho debajo del colchón. Definitivamente, aún tenía mucho que aprender. Ignoró la mesita de noche porque ese era el colmo de la obviedad, además, sobre ella solo reposaba el cuaderno en el que Gabi solía apuntar sus descubrimientos botánicos. La bitácora de la búsqueda de una planta ideal, aunque aún ignorara ideal para qué. El concepto de *ideal* varía enormemente de una persona a otra, pero conociendo a Gabi, el ideal botánico tenía más pinta de siniestro que de benévolo.

Miró entre los cajones, no porque creyera que allí podría encontrar el manuscrito, pues los cajones eran otro punto de búsqueda evidente y ella ya no estaba para ese tipo de obviedades. Si miró fue nada más porque oyó el sonido de unas paticas arañando con desespero la superficie lisa de la madera. Allí encontró lo que no estaba buscando: un frasco de vidrio con dos ratones moribundos por la falta de aire. El chillido que pegaron al verla fue tal que se le cayó el frasco al suelo y entonces la que chilló fue ella al sentirlo golpear contra el dedo gordo del pie. Su propia carne amortiguó la caída, pero no impidió que la tapa saliera rodando, porque en este mundo hay gente —como Gabi— capaz de huir, de envenenar, de esconderse, de cambiarse el nombre y quién sabe qué más cosas, pero sorprendentemente incapaz de hacer algo tan sencillo como cerrar bien los frascos, pensó mientras los ratones huían despavoridos ante su mirada. Anastasia Godoy-Pinto también los vio pasar, pero no se movió ni un milímetro para cazarlos porque llevaba tanto tiempo bajo los cuidados de Gabi, que ya sabía que no era necesario tomarse semejante molestia.

El dedo gordo del pie se le inflamó y se le puso negro como una morcilla por el golpe. En la noche, lo metió en agua tibia con sal. No le consultó a su madre cómo disminuir la inflamación para no tener que responder preguntas incómodas. Pero, pensando en ella, le agregó bicarbonato. Cuando ya todos se habían acostado, sintió a Gabi correteando por toda la casa y no tuvo dudas acerca de qué era lo que andaba persiguiendo. Deseó que hubiera aprendido la lección y cerrara mejor los frascos, porque atrapar ratones parecía ser una actividad muy ingrata, especialmente para una coja encaramada en tacones.

Al otro día Candelaria amaneció peor y durante el desayuno, al ser cuestionada por su madre, dijo que, sin querer, había chutado una piedra.

—Hija, a las piedras hay que tratarlas con cariño, hay que ver lo buenas compañeras que son —dijo la madre—. Deberías meter el pie en un balde con agua tibia y bicarbonato.

—Fíjese, Teresa —dijo Gabi—, yo en cambio pienso que hay que chutarlas antes de que a uno llegue a ocurrírsele llevarlas a cuestas, casos se han visto; pero, en fin, cada cual es libre de hacer con sus pies lo que le dé la gana.

Candelaria no dijo nada porque no estaba de humor para disentir con nadie. Además, ya sabía que a su madre se le podía hablar mal de lo que fuera, excepto de las piedras con ojos, del bicarbonato y de Dios. Aprovechó la caminata mañanera de Gabi para seguir buscando el manuscrito. Por la noche había pensado en sitios más audaces como dentro de la almohada, debajo de las tablas levantadas del suelo y entre las hojas secas acumuladas en los rincones. Pero su mente no parecía tan audaz como la de Gabi, porque el manuscrito no estaba en ninguno de esos lugares.

Se topó con el bolso de piel camuflado entre la hojarasca y le tembló la mano para abrirlo, no porque pensara que el manuscrito estuviera en un lugar tan obvio, sino porque un bolso es lo más personal que puede cargar una persona. En él reposan las cosas que uno considera tan importantes como para no salir sin ellas a ninguna parte. Y Candelaria ya había aprendido la importancia de la privacidad, al punto de haber instalado en la puerta de su cuarto ese aviso que decía: «No entre sin tocar».

El respeto por las cosas del otro era algo que su padre le había inculcado desde que tenía memoria, pero en ese momento dudó si de verdad era tan importante o si él lo había magnificado. Recordó que si había algo que lo pusiera furioso era que los demás metieran las narices en sus cosas. «No sé qué diablos es lo que estás escondiendo», le gritaba a menudo la madre durante esas discusiones que terminaban con puños en las paredes. Pero él nunca contestaba, o por lo menos no lo hizo ninguna de las veces en que ella estuvo escondida escuchando tras la puerta.

Aun así, con el mal sabor en la boca que le causó el recuerdo de esas peleas, abrió el cierre del bolso despacio, muy despacio, como si al hacerlo de esa manera le restara culpabilidad al hecho de estar metiendo la mano en un bolso ajeno. Hasta cerró los ojos cuando lo tuvo abierto de par en par y, al abrirlos, se dio cuenta de que estaba lleno de fajos de billetes amarrados con cauchos de colores, de esos con los que las mujeres se sujetan la cola de caballo. También encontró varios frascos llenos de esa crema con la que Gabi solía taparse la mancha que tenía en el pecho, aquella que delineaba con precisión el mapa de «alguna parte».

Agarró un fajo y se dio cuenta de que los billetes estaban relucientes, parecían recién salidos de la impresora, tanto que se le ocurrió pensar que podrían ser falsificados. Se sintió mal por pensar esas cosas de Gabi, pero dadas las últimas circunstancias, ya sabía que de ella podía esperarse cualquier cosa. Se llevó el fajo a la nariz para aspirar su aroma, por esa manía inexplicable de oler las cosas que parecen nuevas. Había tantos fajos que si llegara a tomar uno, seguro que Gabi no notaría su ausencia. Dudó. Lo metió de nuevo en el bolso y cuando lo estaba cerrando lo volvió a sacar, no para llevarse al bolsillo el fajo entero, sino tan solo unos cuantos billetes que escondería bajo su colchón, porque, después de todo, ya había renunciado a la creatividad en lo que a escondites novedosos se refería.

El resto del día lo pasó evitando a Gabi y notó que cuanto más la evitaba, más parecía interesarse Gabi en ella. Se preguntó si sospechaba del robo o si acaso la indiferencia era la fórmula para atraer a las personas. Deseó que fuera lo segundo y también deseó no haber tomado el dinero porque, por alguna razón, no podía pensar en otra cosa y ya estaba cansada de cargar con ese pensamiento tan recurrente. También se preguntó si el peso de la culpa se incrementaría de haber tomado el fajo entero, o si, por el contrario, disminuiría si hubiera tomado tan solo un billete. Pero se quedó sin saber la respuesta porque esa misma noche, mientras contaba inútilmente los travesaños del techo en un intento por dormir, decidió devolver todo el dinero que había robado. Y esa fue la única forma que encontró para conciliar el sueño.

A la mañana siguiente se asomó al cuarto de Gabi dispuesta a devolver el fajo que llevaba en el bolsillo, pero antes de entrar la vio sacudiendo las hojas secas con un desespero poco habitual en ella. Se disponía a echar reversa cuando la oyó decir:

—Ven, cariño, ayúdame a encontrar algo.

Candelaria se puso roja porque ese era el color que la delataba cada vez que sentía vergüenza. Entró despacio, convencida de que lo que Gabi andaba buscando eran los billetes. Se le hizo un hueco en el estómago cuando sintió los ojos sobre ella y se puso aún más roja de solo imaginar lo que podría estar pensando.

—¿Pasa algo, cariño?

—No sé, dígame usted...

—No encuentro a Anastasia Godoy-Pinto. Debe de estar brava porque su merienda desapareció y anoche no pude encontrar ningún ratón. O ellos son más rápidos o yo me he vuelto más lenta...

—Tal vez salió a buscar la merienda por sí misma —dijo Candelaria.

—Ella está domesticada y nunca ha hecho algo así. Para eso estoy yo.

—Siempre hay una primera vez para revelarse, ¿no cree? —preguntó Candelaria.

—Yo lo que creo es que la domesticación no tiene reversa..., por eso hay que andar con cuidado en esta vida, siempre habrá alguien intentando domesticarnos.

Candelaria suspiró al saber que Gabi no había descubierto el robo. Se metió las manos en los bolsillos para acariciar el fajo de billetes que pronto dejaría de ser suyo. Antes de salir se recostó en el umbral de la puerta como quien no quiere irse. En realidad estaba esperando a que ella saliera para hacer la devolución. Miró a Gabi y Gabi la miró a ella. Comenzó a sentirse incómoda, porque quien lleva un pecado a cuestas siempre imagina que todas las miradas son acusatorias. Fue por eso y nada más que por eso, por lo que desvió la mirada al techo.

—¡Ahí está! —dijo Candelaria señalando uno de los travesaños de madera.

—Quién sabe cuánto tiempo ha estado ahí encaramada —dijo Gabi poniéndose de pie—, y yo buscándola... Bajá, desgraciada, bajá —le dijo, pero Anastasia sacó la lengua y no quiso moverse ni un solo milímetro.

—Y eso que está domesticada —dijo Candelaria con tono burlón.

—A veces pienso que ella es la que me tiene domesticada a mí —dijo Gabi sonriendo; igual no le insistió mucho en que bajara porque ya estaba acostumbrada a que la única que no le hiciera caso fuera la serpiente. Tal vez eso era lo que le gustaba de Anastasia: que se atrevía a llevarle la contraria, aunque dependiera de ella hasta para algo tan necesario como alimentarse.

Tomó el cuaderno de apuntes, aquel que siempre reposaba sobre el nochero. Salió excitada, hojeando las notas escritas con su puño y letra, balbuceando acerca de las características de una flor somnífera que recién había descubierto y que iba a revolucionar su manera de proceder. A Candelaria le sonó rara la palabra *proceder*, pero no supo si fue porque Gabi la acompañó con un guiño en el ojo y una sonrisa estúpida, o porque cuando una mujer como ella «procedía» siempre había consecuencias que lamentar. Igual no le prestó mucha atención, porque allí sobre la mesa de noche estaba el manuscrito. Lo miró sin parpadear unos segundos. Sintió la sangre circulando por las venas, el aire tibio entrando y saliendo por su nariz y esa emoción que se siente cuando al fin se satisface un deseo. Quería agarrarlo con sus dedos gordos y encerrarse en el cuarto a leerlo. Se preguntó si eso era un robo y, para su tranquilidad mental, se respondió que no, que tan solo era un préstamo.

Allí estaba, a la vista, sin nada que impidiera agarrarlo, en el mismo lugar de siempre, solo que ya no andaba oculto bajo el libro de apuntes botánicos. Con partículas de polvo y rasguños en la cubierta, con las últimas huellas dactilares de Borja seguramente aún impresas en el cuero. Con las hojas arrugadas y la tinta corrida por el trajín y por los años. A seis pasos de distancia, a ciento ochenta hojas de vaciar el contenido dentro de la cabeza, a cinco horas de lectura si se evitaban distracciones. No lo consideró un robo, no, ella no era una ladrona. Lo intentó con el dinero, es cierto, pero había fallado en su primera incursión delictiva. Solo sabía una cosa: iba a devolverlo apenas lo leyera, así como devolvería el dinero. Pero, en este caso, lo realmente importante no era lo que sabía, sino lo que ignoraba. ¿Qué era lo que ignoraba?

Que su vida no volvería a ser la misma nunca más.

Y que por primera vez en su existencia entendería el verdadero significado de las palabras *nunca más*.

La turbieza del estanque debió alertarla, pero no lo hizo. O la putrefacción del cuerpo de Emilio Borja, que ya se andaba pudriendo bajo tierra desde hacía unos días. O la muerte sucesiva de conejos. O de abejas. O la huida misma de las mariposas. Todo alrededor de Candelaria parecía estarla preparando para lo que iba a ocurrir pronto, como si uno pudiera prepararse para algo así. Una vez que las cosas pasan es fácil rastrear las señales, atar los cabos, dar sentido a las premoniciones. Pero después de que ocurren, por lo general, ya no hay nada que hacer.

Si a Anastasia Godoy-Pinto no le hubiera dado por las alturas, Gabi no le habría pedido el favor de que le ayudara a buscarla y luego no se habría marchado con su cuaderno de apuntes botánicos bajo el brazo, dejando la habitación lo suficientemente solitaria para que Candelaria pudiera devolver el dinero y agarrar el manuscrito. Y si nada de eso hubiera pasado, no habría podido tomarlo a manera de préstamo ni leer sus ciento ochenta hojas durante cinco horas seguidas mientras rezaba, entre párrafo y párrafo, para que Gabi no la descubriera.

Nunca había leído tanto ni tan rápido ni con un interés medianamente parecido. En el manuscrito, Borja confesaba en primera persona un asesinato tan brutal como literario que lo llevó a ser buscado con igual interés durante el resto de su vida por la policía y por las editoriales, convirtiendo la historia —su historia— en un libro de culto y al autor —Emilio Borja— en un personaje más que deseable para los unos y para los otros. Todo ello estaba ahí consignado con lujo de detalles. El diccionario tenía toda la razón, debería consultarlo más a menudo, pensó. El libro entero la cautivó, y eso que aún no llegaba al final en donde leyó la frase que cambiaría su vida. Una sola frase, dos líneas, dieciocho palabras escritas por Emilio Borja: el mismo al que ella había rozado la mejilla segundos después de su muerte, el mismo al que se estaban comiendo los gusanos en algún lugar de Parruca, el mismo cuyas huellas dactilares aún reposaban sobre la cubierta de cuero que ella todavía tenía entre las manos. Ese mismo había escrito, con su puño y letra, en la parte posterior del manuscrito: «Este libro está basado en una historia de la vida real y fue escrito donde cantan las ballenas».

Fue esa frase, esa última frase, la que le quedó sonando. Removió recuerdos previos dentro de su cabeza. Hizo eco aquí y allá. Lo que antes eran notas sueltas, de repente parecieron formar una melodía. Toda esa información revoloteó un buen rato frente a sus ojos. Primero todo estuvo muy difuso, como cuando uno entra en un lugar oscuro tras una caminata bajo el sol y tiene que esperar unos minutos a que se aclare la mirada. La verdad siempre estuvo frente a ella, como el manuscrito en el nochero o la serpiente enroscada en el travesaño del techo. Tal vez las cosas siempre están ahí, solo que no sabemos verlas.

Tobías supo esa verdad desde el primer momento. Estaba segura. Llevaba dos generaciones de sapos y una de mariposas extrañando a su papá, porque su hermanastro le había ocultado esa información. Recordó que ante sus preguntas, él a menudo bromeaba con que no sabía adónde se había marchado. «Seguro a buscar ballenas que canten de verdad», le dijo alguna vez en tono de burla. Pues resulta que sí existía un lugar con esas características. Borja fue allá para esconderse y escribir el libro, y algo le decía que su padre estaba en ese mismo sitio. Otra corazonada. Tenía que hacerle caso, en especial ahora que la primera la había llevado hasta este punto.

«Es más cómodo juntarse con los semejantes», le dijo un día su padre. Recordaba esa conversación al pie de la letra y se sintió como una idiota por no haber comprendido antes las cosas: «Los zorros con los zorros, las abejas con las abejas, los enfermos en hospitales, los locos en manicomios, los esclavos en oficinas, los artistas en colonias». Tendría que averiguar si existía una colonia de artistas cerca del lugar donde cantan las ballenas, pero ¿dónde cantan las ballenas? ¿Existe un lugar así?, se preguntó mientras la embargaba la inquietante sensación de que todos se habían burlado de su ingenuidad en sus propias narices. Ese pensamiento le revolvió la sangre.

Salió furiosa de su cuarto, devolvió el manuscrito al mismo lugar de donde lo había tomado y apuró el paso para buscar a Tobías. Quería verlo y volverle a preguntar lo mismo, para no olvidar cómo luce una mirada que alberga verdades a medias. Para aprender a diferenciar las certezas de las burlas. Lo encontró acostado entre la hierba, mirando la pareja de águilas que, a esa hora, surcaba el cielo. Estaba tan quieto que parecía muerto.

—¿Dónde está el papá? —le preguntó.

—Te he dicho mil veces que no sé, que seguro se fue a buscar ballenas que canten de verdad...

—¿Y dónde están las ballenas?

—Pues en el mar.

—El mar es muy grande, Tobías, debe haber un lugar exacto.

Y fue la risa, fue la maldita risa que dejó escapar Tobías la que precipitó los sucesos tan desafortunados que habrían de tener lugar un instante después. La risa que es sinónimo de felicidad estaba a punto de significar exactamente lo contrario. Candelaria conocía bien la forma en que Tobías se reía y estuvo segura de que esa risa que se asomaba entre los labios no pretendía expresar alegría sino burla. Era la risa del que disfruta paladeando un trozo de información que se tiene en la punta de la lengua y que es justo la que el otro necesita saber. Sí, fue esa risa insinuada detrás de la máscara, con un diente de menos y una intención de más, la que estaba a punto de cambiar las vidas de ambos.

Candelaria se agachó e intentó arrancarle la máscara. Forcejearon. Él se puso de pie y le asestó un puño en la quijada. Ella lo empujó contra aquella piedra filosa que se le encajó en la parte de atrás de la cabeza. Un hilo de sangre le bajó por la parte posterior del cuerpo dejando constancia del recorrido en su camisa blanca. Lo vio deslizar las yemas de los dedos por ese camino tibio que le bajaba por la espalda y, cuando las vio manchadas de rojo, puso esa cara de angustia que Candelaria conocía tan bien, la misma que siempre ponía nada más ver una gota de sangre.

Se estaba tocando la quijada para evaluar la magnitud del golpe cuando Tobías se abalanzó sobre ella con toda la furia de su cuerpo. Ambos se fueron al suelo. Estaban tan cerca que el uno absorbía el aire que desechaba el otro. El pico largo y ganchudo le rozaba la boca. Él le apretó el cuello y le acarició las mejillas con sus dedos rojos y viscosos. Ella se fue quedando sin aire bajo la fuerza de la mano que la oprimía. Empleó el último aliento en darle una patada que lo obligó a soltarla. Candelaria aprovechó para salir corriendo y Tobías, aunque herido, salió a perseguirla.

Un rastro rojo dejaría constancia del recorrido que para él fue corto. Candelaria, en cambio, siguió corriendo, aunque hacía rato que nadie la perseguía. A medida que avanzaba, iba plantando pepitas rojas con los chochos del collar que se le había reventado en la contienda. Cuando se detuvo, aún sentía en su cuerpo los efectos de la adrenalina que la invitaban a seguir huyendo. Miró a su alrededor. Nunca se había sentido tan sola en la vida. Muy cerca estaba enterrado Borja.

Deshizo sus pasos con cautela ayudada por el reguero de las semillas rojizas de su collar. Pensaba que Tobías, escondido entre los arbustos, podría asaltarla en cualquier momento. Andaba despacio mirando para todos lados, sintiéndose amenazada por el movimiento de las ramas, por los animales escondidos entre el follaje, por su propia sombra. No habría podido decir qué sonidos flotaban a esa hora en el aire de Parruca, porque ella solo oía los latidos de su corazón dándole golpes en el pecho. Sintió la quijada entumecida. Tenía la boca seca y la cara tirante por los dedos ensangrentados con los que Tobías le había marcado la piel. En la huida no tuvo la precaución de mirar dónde pisaba y no tardó en darse cuenta de que se había rasgado los pies con el borde de las piedras y las ramas caídas de los árboles. Sin embargo, no sentía dolor, solo una angustia que iba en aumento y el pum pum pum de su corazón, desbocado como un caballo salvaje.

El camino de chochos confluyó con el camino de sangre que había dejado su hermano, justo frente al estanque. Vio el borde de mármol teñido de rojo. El agua estaba inusualmente quieta. Percibió algo flotando. Cerró los ojos porque no deseaba ver qué era. Los apretó con fuerza, porque una cosa son los deseos y otra muy diferente la realidad. Y su realidad estaba frente a ella, flotando sobre la superficie turbia del agua. Intuía lo que había pasado, esas cosas se saben antes de que uno pueda verlas con los propios ojos. Su realidad tenía la espalda ensangrentada al aire. No se le veía la cara ni la ridícula máscara de águila, pero sin duda alguna era Tobías. Aunque su mente tratara de convencerla de lo contrario, de que a los muertos hay que verles la cara para poder reconocerlos. Como si un hermano no pudiera identificarse por la planta del pie o por la curvatura de la espalda, por mucho que ella intentara marcar distancia refiriéndose a él como hermanastro. Nada se movía, salvo los cadejos de pelo que parecían hebras de maleza y un par de sapos que nadaban a su alrededor. Se veían rojizos. Aún estaba sangrando. Las sanguijuelas, alentadas por el festín, comenzaban a colonizarle la cabeza a la altura de donde se había golpeado, primero contra la piedra y luego contra el borde marmóreo del estanque en el que, finalmente, se había ahogado.

Petrificada como las ballenas que en ese momento la observaban con sus ojos de granito, abría y cerraba los ojos, una y otra vez, pretendiendo que al abrirlos las cosas lucieran diferentes: menos sangrientas, menos crudas, menos muertas.

Luego empezó a temblar y le fallaron las piernas, y cayó al suelo y se lastimó las rodillas y las palmas de las manos sin apenas darse cuenta. Después empezó a sentir que se incendiaba por dentro. Puro fuego, puro ardor, puro dolor. En ese mismo fuego ardieron sus lágrimas y al expulsarlas quemaban tanto que sentía los caminitos que trazaban durante el recorrido. Ni siquiera se acordó de contar. No siempre vale la pena intentarlo. Sacudió la superficie del agua nada más que por ver el cuerpo en movimiento y pretender que continuaba con vida. Intentó saltar, pero sintió que estaba ante un abismo sin fondo. En ese instante exacto podría situar el pánico al agua estancada que habría de acompañarla en adelante. Gritó y los pájaros abandonaron las ramas de los árboles. Gritó y el manzano dejó caer al suelo sus frutas. Gritó y las nubes densas se dispersaron en el cielo de la misma forma como se disolvían ante los balazos del señor Santoro.

—¡Lo maté, lo maté!

Gritaba chapoteando con las manos heridas en un charco de agua sangre. Y mientras más gritaba, más se desgarraba por dentro. Y mientras más se desgarraba por dentro, más quería seguir gritando.

La primera en aparecer fue Gabi. La rodeó por detrás para contener el temblor de su cuerpo, para apaciguar el desgarro de sus gritos. Santoro fue quien se lanzó al agua y extendió el cuerpo inerte de Tobías en el borde del estanque. Tenía los labios morados y los ojos abiertos, asustados, como quien es consciente de su propia partida. Teresa apareció mientras Santoro intentaba reanimarlo con masajes en el pecho y respiración boca a boca. Estaba más pálida que él, con los labios morados y los ojos abiertos y asustados.

Santoro trató de reanimarlo una vez, lo intentó muchas veces, porque al suspender la maniobra, Candelaria le imploraba que siguiera intentándolo, y él seguía nada más que por alimentarle la esperanza, porque a veces toca seguir, aunque uno sepa que es en vano. Sin embargo, una vez que el señor Santoro suspendió la reanimación, ella continuó masajeándole el pecho, primero con una fuerza precisa y luego con golpes cargados de una violencia que nadie le conocía. Tobías se contraía con cada golpe y después se apaciguaba al contacto de los labios que le insuflaban aire, entonces volvía a golpearlo aún con más fuerza, nada más que para volver a sentir la ilusión del movimiento.

—La máscara. ¡La máscara! —gritó histérica al percatarse de que no la tenía puesta.

Y como todos sabían que Tobías nunca aceptaría estar sin su máscara se pusieron a buscarla. Nadie pudo nunca encontrarla. «Debe de estar en el fondo, sí en el fondo», dijeron todos para tranquilizar a Candelaria, a sabiendas de que por el material con el que estaba fabricada tendría que estar flotando.

Candelaria alzó la mirada, por ver otro color diferente al rojo, por serenarse con la vastedad del cielo. En ese preciso momento, tres águilas rasgaban la monotonía de tanto azul. Planeaban sin esfuerzo, dejándose llevar por la inercia del viento. Planeaban tranquilas, insertándose con habilidad en las corrientes de aire, con ese vuelo firme de quien se sabe dueño del cielo.

—Vamos a avisar a la policía —le dijo Santoro al cuervo, que reposaba sobre una rama. El pajarraco estaba tan quieto que tuvo que mirarlo dos veces. En el acto, arrugaba la nariz y la piel del borde de los ojos para tratar de enfocarlo mejor con el fin de descubrir la causa del letargo en que se hallaba sumido, tan cabizbajo que el pico alcanzaba a rozarle las patas.

—¡No! —gritó Gabi—. ¡La policía no! ¡Ni riesgos!

—¿Sabes, Edgar? —le dijo Santoro al cuervo para que Gabi oyera—, yo puedo hacerme el de la vista gorda con un muerto, pero con dos me queda moralmente muy difícil. Habrase visto, enterrando a la gente por ahí como si fueran perros...

Candelaria seguía sentada al pie de Tobías. Le agarró la mano un rato hasta que estuvo tan fría y tiesa como una rama seca. Pronto el blanco de su piel ya no era blanco sino morado, de una intensidad mayor en los labios y las uñas. Don Perpetuo descendió al sentir el alboroto y se ubicó entre el hombro y la cabeza del muerto para acicalarle las hebras de pelo mojado. Era algo que hacía a menudo para demostrar afecto. Candelaria intentaba seguir el hilo de la conversación entre Santoro y Gabi, pero las palabras llegaban a sus oídos distorsionadas, como cuando uno está dentro del agua y apenas percibe la bulla exterior. Su propio cuerpo le pesaba más de lo que podía sostener, parecía llevar el mundo a cuestas. Los pensamientos deambulaban perdidos e inconexos y a cada rato tenía que volver la vista hacia Tobías para convencerse de que era su cuerpo el que estaba allí tendido, de que se había muerto. Y entonces se quedaba mirándolo, detallándose cada centímetro de su piel, tratándose de convencer de que no volvería a verlo nunca más.

Nunca más. Qué palabras tan fuertes cuando uno llega a comprender lo que significan en el sentido más rotundo: «No volveré a ver a mi hermano nunca más». Las decía a menudo, para expresar cosas sin importancia: «Nunca más le pondré cascabeles a los conejos», «Nunca más tocaré un sapo». Parecía que apenas en ese instante fue consciente de lo que significaban realmente. Y no quería aceptarlo, porque ahora esas dos palabras contenían una verdad ineludible. Lo otro eran puros amagues: seguramente volvería a disfrutar del sonido de los cascabeles y quizá también del tacto de los sapos en la mano. Pero a Tobías, en cambio, nunca más lo volvería a ver. Y ese *Nunca más*, de repente, no fue jamás tan real y tan certero. Ese *Nunca más* era lo único definitivo que existía en su vida.

Sintió náuseas y se fue corriendo a su cuarto en busca de un lugar en el cual sentirse tranquila. Estaba harta de ver amenazas por todas partes. En cambio, el interior de su cuarto era un sitio conocido: las mismas cuatro paredes lo delimitaban y las mismas dos ventanas por las que se filtraba un pedazo de mundo. Sabía que el techo estaba compuesto por doce travesaños y el suelo por veinticuatro baldosas. Su padre le había enseñado las tablas de multiplicar en ellas.

Fue en busca de calma, pero se topó con el espejo. Se miró sin parpadear un largo rato hasta que le devolvió una silueta difusa en la cual le costó reconocerse. Aún tenía en la cara las marcas de sangre de los dedos de Tobías, esos dedos que ya no volverían a tocarla. Empezó a llorar sin hacer ni el más mínimo intento de contar hasta treinta. Jamás lo había conseguido y no creía que ese fuera un buen día para intentarlo. Además, nunca había tenido una razón tan válida para llorar. Pensó en la vez que le preguntó a Gabi si todo sería siempre así de malo. «A veces es peor», le había contestado. Miró alrededor y notó que las botellas de aguardiente aún contenían las ramas en las que había puesto las crisálidas. Ahora estaban resecas y sin una sola hoja. Fuera de sí, agarró una de las botellas y la lanzó contra el espejo. Vio cómo su imagen se deshacía en mil fragmentos que cayeron al suelo. Se encontró mirándose en ellos, mil ojos acechándola al mismo tiempo. Acorralada en esa multiplicidad de visiones, no tuvo más remedio que apurar la salida.

Cuando regresó al estanque, se percató de que su madre seguía pasmada en el mismo lugar. Ni siquiera movía los párpados. Tenía la mirada opaca y húmeda. La saliva se le escurría de la boca sin que ella hiciera ningún intento por retenerla. Al fondo Candelaria oyó que Santoro y Gabi seguían discutiendo si llamar o no a la policía. Se interesó en la conversación. Era verdad que no quería lanzar a su hermano en un hueco sin ninguna ceremonia. Ya se había sentido lo suficientemente mal cuando actuaron así con el cuerpo de Borja. Y eso que Borja no significaba nada para ella. No podía permitir que a su hermano le hicieran lo mismo.

—Hay que avisar a la policía.

—Pero, cariño... —dijo Gabi.

—Lo siento, yo no soy como usted, quiero hacer las cosas bien.

Para no correr el riesgo de recibir una contraorden, Santoro salió en ascenso hasta la cima de la montaña en busca de señal para hacer la llamada. Cuando regresó iba comentando con Edgar que la policía estaba muy ocupada y solo vendría al día siguiente. Mencionó que había recibido instrucciones de no mover el cuerpo para no alterar la escena. Gabi fue por una sábana para cubrir al muerto, que parecía deformarse con cada minuto que pasaba. El desencajamiento de su boca le alteraba la expresión habitual del rostro y había que hacer un gran esfuerzo para mirarlo sin perder la compostura. Tanto odiar la máscara, pensó Candelaria, sin embargo, en ese momento habría dado lo que fuera por cubrirle la cara con ella. No estaba segura de poder aguantar hasta el otro día.

Pensó en la relatividad del tiempo, en lo eterna que sería la espera. De pronto, se acordó de su padre. Le pareció extraño que no se le hubiera pasado por la cabeza. Antes pensaba en él cuando estaba en problemas y ahora que andaba inmersa en un suceso tan desafortunado, no se le había pasado por su mente ni un segundo. Trató de imaginar cómo reaccionaría ante la noticia. Tobías sería siempre su hijo. Y él siempre sería su padre. Podía esconderse, podía huir el resto de la vida, podía no aparecer nunca más. Incluso ahora que Tobías estaba muerto seguía siendo su padre. Aunque pasaran los años y los siglos, estarían inevitablemente unidos por un lazo de sangre que nada ni nadie podría cortar. Para no seguir pensando en eso se puso a discutir con Don Perpetuo, que insistía en descubrir el rostro de Tobías jalando la sábana con el pico. Tal vez las aves percibieran cosas que a ella se le escapaban. O quizá no fuera más que un pajarraco estúpido, incapaz de darse cuenta de que Tobías estaba muerto.

A la hora de siempre, el guacamayo se fue a dormir a la araucaria. Su particular forma de medir el tiempo era de una exactitud desconcertante. Sabía a qué horas se pondría oscuro y cuándo el sol estaba a punto de salir de nuevo. Anunciaba la lluvia antes de que se impusiera y alertaba sobre la intensidad de los vendavales con la histeria de sus alaridos. Desde la rama en la que solía posarse tenía una vista privilegiada sobre ese bulto blanco al que Candelaria finalmente había podido cubrir por completo con la sábana. Era tan blanca que la siguió viendo cuando la noche se tragó el paisaje entero con su negrura, aunque pronto dejó entrever las manchas rojas producidas por los restos de sangre que aún no se secaban. Luego encendió velas y rodeó el cuerpo de su hermano, porque de esa manera evitaría que los zorros merodearan alrededor.

Acostó a la madre, quien seguía sin decir ni una sola palabra, y luego se fue a intentar dormir, pero cuando entró en su cuarto se encontró los fragmentos del espejo reflejando todos esos ojos —sus ojos— desperdigados por el suelo. No paraban de observarla. Se lavó las marcas de sangre que aún tenía en la cara, el desagüe se tragó sin compasión el agua sanguinolenta y con ella, las últimas huellas dactilares de Tobías. Al tocarse la quijada sintió dolor, pero menos del esperado, porque cuando se lleva un dolor tan grande por dentro, todos los demás se minimizan.

Regresó con su madre y se tumbó junto a ella. Se miraron sin decirse nada y estuvieron así un buen rato, con tantos sentimientos atorados en la garganta y tanta incapacidad para expresarlos. Debería poder hablar con su madre de esas cosas: de la muerte, del padre, de las razones de su ausencia, de los motivos de Tobías para no haber partido junto a él, pero justo en ese momento, mirándola a los ojos, cayó en la cuenta de que ellas nunca hablaban de nada trascendente. No conocía a su madre y su madre no la conocía a ella. Se tenían cariño por la fuerza de la cercanía, se acompañaban, se cuidaban, pero no se conocían en absoluto. A veces la gente más cercana es justo la que menos conocemos. Se giró para quedar de espaldas e intentó dormir con la sensación inquietante de estar al lado de una extraña.

Los zorros aullaron sin cesar, con ese quejido lastimero y casi triste que resonó desde lo alto de la montaña. A cada rato Candelaria se despertaba por el sobresalto de sus propias pesadillas y salía al balcón para vigilar el cuerpo de su hermano. Las circunstancias de su muerte daban vueltas en círculo sobre su cabeza. Las reconstruía y las destruía, una y otra vez, tratando de imaginar los mil desenlaces diferentes que podrían haber tenido lugar. Sin duda, todos eran mejores. El aire estaba tan quieto que las velas permanecieron encendidas, consumiéndose lentas. Fue una noche tan insoportablemente larga, que todos los renacuajos y crisálidas del mundo habrían alcanzado a transformarse.

El titilar de las velas era débil como el de los cocuyos cansados y dejaba apenas entrever, a lo lejos, ese bulto blanco con manchas rojizas en el que se había convertido Tobías. Al filo del amanecer, extenuada por la recurrencia de sus pensamientos, bajó a la cocina por un vaso de agua, y al pasar por el cuarto de Gabi se asomó. La cama estaba vacía. Entró. No estaba el bolso de piel ni los tacones ni la serpiente ni el manuscrito, pero eso no importaba porque tenía grabadas en su mente las únicas palabras que necesitaba saber y entonces las dijo en voz alta para asegurarse de ello:

—Este libro está basado en una historia de la vida real y fue escrito donde cantan las ballenas.

Se acercó y rozó las sábanas de Gabi con el dorso de la mano. Aún estaban tibias. Supo que estaba huyendo. Pensó en alcanzarla y pedirle que no la abandonara, que aún necesitaba su presencia, que entre ellas aún no debería haber un final. Pero luego se acordó de que algo así no podía pedírsele a nadie y menos a la mujer que le había dicho que los finales no eran más que nuevos comienzos. Si crecer era aceptar que todo tiene un final, ella había crecido un poco a raíz de los últimos sucesos. O mucho. Quizá un nuevo comienzo estaba esperándola en alguna parte.

Salió al empedrado, recogió algunas manzanas del suelo y las mordisqueó camino al estanque. Don Perpetuo seguía empeñado en descubrir el cuerpo y casi lo había conseguido cuando llegó Candelaria. Habría querido no verlo, porque esa sería la última estampa que le quedaría guardada en la memoria. Ahora, cuando pensara en su hermano, tendría que lidiar con esa imagen que logró removerle las tripas y expulsar lo poco que tenía en el estómago. Toda una vida en común llena de recuerdos y de momentos memorables para terminar acordándose de esa forma tan desagradable que tiene la muerte de apropiarse de todo lo que alguna vez estuvo vivo.

Santoro, que era madrugador, se había enterrado después de poner una malla al pie del alambrado en donde el chocho trepador crecía con la misma determinación de las malas hierbas. Candelaria se quedó pensando de qué diablos intentaba protegerse el señor Santoro, pues ningún cerco parecía suficiente. Vio al cuervo dormitando en la rama de un laurel, con un desmadeje de su cuerpo muy impropio para esa hora del amanecer en que las aves están singularmente activas. Fue a ofrecerle una manzana y él la recibió más por costumbre que por ganas. Mientras lo observaba mordisquear las pepitas con desgano, llegó a plantearse la posibilidad de pedirle al señor Santoro que la acompañara a buscar a su padre. Para ello, sin duda, tendría que seguir ganándose la confianza del cuervo. Le ofreció otra manzana, pero no quiso recibirla.

La mañana transcurrió entre la pelea con Don Perpetuo por mantener el cuerpo de Tobías cubierto y, más tarde, cuando salió el sol y la sangre reseca se volvió una costra, la lucha fue por encontrar la manera de salvaguardarlo del alcance de los rayos solares. Se puso de pie para hacerle sombra con su propio cuerpo, aterrada por la posibilidad de que se descompusiera. La sombra primero fue alargada y débil, pero al mediodía, adquirió una intensidad de la que nunca había sido consciente. No supo de dónde provenía la fuerza de su sombra, de dónde la contundencia de sus contornos. No supo por qué estaba entera y decididamente compacta, tan diferente de la forma en que se estaba sintiendo, así fragmentada como los pedazos de espejo del suelo de su cuarto.

Se asomó al estanque para rociar un poco de agua que mantuviera fresco al cadáver y se quedó mirando la superficie del agua, como si fuera la primera vez que la observara. Era oscura y su quietud le recordó a los animales salvajes antes de devorar a sus presas. Se sintió tan amenazada que no pudo tocarla ni con la yema de los dedos. El agua en la que siempre había sido tan feliz, ahora era la fuente de sus miedos.

Las sirenas rompieron el letargo del mediodía con la estridencia de su sonido. Dos policías gordos se bajaron de la camioneta. Severas gotas de sudor se descolgaban de las sienes hasta que terminaban escondiéndose dentro de sus camisas. Eran tantas y tan copiosas que ya no hacían ningún esfuerzo por limpiarlas. Sus ropas mojadas daban la sensación de que se habían metido bajo la ducha sin tomarse el trabajo de quitarse la ropa. Candelaria notó que la fisionomía de ambos estaba llena de similitudes, tal y como ocurre con las personas que pasan mucho tiempo juntas. Se acordó de su padre y la teoría de las colonias y entonces concluyó que, ante sus ojos, tenía un buen ejemplo de ello.

—Buenas tardes, señorita —dijeron casi al unísono. Candelaria se sorprendió no tanto por el coro sino por el hecho de que ambos, al mismo tiempo, la hubieran tratado de señorita.

—Fuimos informados de un deceso. ¿Hay algún adulto responsable con el que podamos hablar?

—Yo.

—Verá, señorita, preferiríamos hablar con alguien más adulto —dijeron riéndose a la vez.

—Yo también.

—¿Dónde está su madre?

—Debe de estar vomitando o hablando con las piedras.

—¿Y su padre?

—Está buscando ballenas que canten de verdad. Las que tenemos acá nunca lo han conseguido.

—¿Dónde está la persona que llamó ayer para denunciar el suceso?

—Supongo que el señor Santoro está enterrado en algún sitio. Si estuviera toldado el cielo, diría que está atrincherado disparándole a las nubes, pero hoy no es el caso.

—¿Podemos hablar con él?

—Si lo encuentra sí, aunque le advierto que toda conversación debe hacerse a través de Edgar.

—¿Quién es Edgar?

—El cuervo del señor Santoro.

—¿Quién es el muerto?

—Un águila.

—¿Un águila? —preguntaron a la vez—. Nos habían dicho que era un joven. Mire, señorita, estamos muy ocupados para este tipo de bromas, usted parece que...

—Es que mi hermano se creía un águila —interrumpió Candelaria.

—¿Y se puede saber qué le pasó al águila, digo, a su hermano?

—Creo que yo lo maté.

Candelaria advirtió que los policías no sabían si reírse o enfadarse, quizá lo primero porque a leguas se notaba que tenían los labios tensos como cuando se reprime una sonrisa. Los vio lanzándose miradas con el fin de transmitirse códigos que solo ellos entendían. Sabía bien que cuando uno conoce bien a una persona, basta una mirada para adivinar sus pensamientos.

—De verdad, señorita, necesitamos hablar con el tal señor Santoro. Confiamos en lo que usted dice, por supuesto, ni más faltaba, es solo que el protocolo nos exige hablar con la persona que reportó el suceso —dijeron a dos voces—. También necesitamos ver la escena y tomar algunas fotos antes de levantar el cuerpo.

—Adelante, mi hermano está por aquí —dijo dirigiéndolos al estanque—, y en cuanto al señor Santoro, basta llamar al cuervo a gritos. ¡Edgar, Edgar! —gritó—. Quién sabe dónde anda, hace unos minutos estaba por ahí.

Don Perpetuo había levantado la sábana nuevamente y seguía acicalando las hebras de pelo a Tobías. Uno de los policías intentó cubrir el cuerpo y recibió un picotazo. Ambos gritaron al mismo tiempo.

—Discúlpelo —dijo Candelaria—, ha estado un poco confundido. Tuvo usted suerte. Ese pajarraco tiene tanta fuerza en el pico que habría podido arrancarle el dedo si hubiera querido.

El policía se puso a mirarse el dedo, tal vez imaginándose su mano sin él. Luego preguntó:

—¿Por qué hay tanta sangre? Nos habían dicho que se trataba de una muerte por ahogamiento.

—Antes de ahogarse, Tobías se golpeó la cabeza.

—¿Usted lo golpeó?

—Yo lo empujé, el golpe se lo dio la piedra.

—Apuesto a que estaban jugando...

—No, él me golpeó en la quijada y luego intentó asfixiarme. ¿Sabe?, últimamente le costaba hacer cosas tan sencillas como controlar su fuerza, batir sus alas o distinguir los sueños de la realidad. Culpa de los hongos.

—Mire, señorita —dijeron bostezando a la vez—, nosotros estamos muy ocupados y, además, ya es hora del almuerzo. No tenemos tiempo para estos disparates. Exigimos la presencia de un adulto.

No habían terminado de pronunciar la frase cuando apareció Santoro. Tenía el cuerpo lleno de tierra y una bola de plumas negras entre las manos.

—¡Quieren envenenarme! —dijo con una voz tan lasti-
mera que a Candelaria le costó reconocerla.

Los policías resoplaron como caballos. Candelaria se acercó para ver mejor a Edgar: no estaba asentado en sus patas,
tenía los ojos cerrados y un leve temblor lo sacudía por momentos.

—¡Hagan algo! ¡Quieren envenenarme!

—Señor, por favor, cálmese, el que está envenenado es
el ave.

—Por eso, por eso.

Candelaria no supo si fue el hambre el que obligó a los
policías a actuar con premura. Tal vez la negligencia propia
de esas colonias que les otorgan a sus integrantes autoridad
sin merecerla. A lo mejor tuvieron claras las cosas luego del
testimonio que ella había rendido. Aunque lo más seguro era
que no. Si hubiera mentido, le habrían otorgado mayor cre-
dibilidad a sus declaraciones. Ese día aprendió que en la vida
también hay que aprender a mentir en su justa medida. Advirtió que no la habían tomado en serio y eso la indignó,
pero luego cayó en la cuenta de que a Santoro tampoco lo
habían tomado muy en serio que digamos. Menos mal que a
su madre no le había dado por asomarse en ningún momento. Lo cierto es que tomaron un par de fotos. Tobías debió
de ser el único muerto fotografiado con un guacamayo a su
lado. No hubo forma de alejarlo. Si la situación no fuera tan
trágica, habría sido hasta chistosa, pensó Candelaria.

—El paso a seguir es llevarnos el cuerpo, hacerle una
autopsia y abrir una investigación —dijeron ambos policías
al mismo tiempo, todo un parlamento gastado de tanto re-
petirse.

—¿Investigación? —preguntó Santoro.

—Claro, aquí hubo un muerto, nuestra función es encontrar al culpable y hacerle pagar por los hechos, si es el caso.

—¿Estamos hablando de dinero o de cárcel? —preguntó Candelaria, esta vez aclarándose la garganta.

—Pues normalmente se paga con cárcel —dijeron al unísono mientras intercambiaban miradas—, aunque escuchamos propuestas...

—El señor Santoro siempre tiene propuestas interesantes en el bolsillo —comentó Candelaria, así como quien lanza una frase al aire a la espera de que un tercero se dé por enterado.

—Somos todo oídos —dijeron los policías mirando al señor Santoro.

Como el señor Santoro no reaccionó, Candelaria se acercó y comenzó a acariciarle las plumas al cuervo moribundo y dijo:

—Edgar, ¿verdad que el señor Santoro tiene una propuesta en el bolsillo?

Santoro se hurgó el pantalón que todavía estaba lleno de tierra y sacó una de las pepitas de oro. A los policías les brillaron los ojos. Tenían una sonrisa amplia, de esas que no caben en la boca. Uno de ellos la tomó y comenzó a sopesarla. Luego la mordió con los dientes y dictaminó:

—Veinticuatro quilates. Nada mal. El único problema es que somos dos —dijo metiéndose la pepita al bolsillo.

—Edgar, ¿verdad que el señor Santoro tiene una propuesta adicional?

Santoro suspiró y hurgó de nuevo en el bolsillo. El otro policía le arrebató la pepita apenas la vio y dijo:

—Parece que aquí lo que tenemos es un caso común de ahogamiento. Pobre muchacho, por eso es importante aprender a nadar.

—Sí, muy importante —dijo Candelaria.

Envolvieron a Tobías como una momia, sorteando los picotazos de Don Perpetuo, y lo montaron sin ninguna ceremonia en la parte de atrás del carro.

—Sugiero que lo crememos —dijo uno de los policías—, de esa manera nos ahorramos la explicación de la sangre.

—Le haremos llegar las cenizas. No nos parece que usted tenga manera de ir a recogerlas. Como la vida de su hermano ha llegado al final, estamos pensando que a lo mejor quiera decirle unas palabras a manera de despedida.

—No creo en finales —dijo Candelaria.

Los policías se miraron contrariados, tratando de adivinar si ellos tenían tan claras las cosas en la vida, por lo menos en lo que a finales se refería.

—Por cierto —dijeron sacando unos afiches de la gaveta del carro—: ¿conocen a esta mujer? Creemos que puede andar por esta zona.

Candelaria miró con detenimiento la foto impresa. Era Gabi, aunque en el afiche tenía el pelo rojo encendido y figuraba con otro nombre diferente. Vio los ojos de Santoro abiertos como boca de cañón. Lo vio tomar aire e impulso para hablar, pero antes de que pudiera hacerlo dijo:

—No, nunca la hemos visto.

—Si llegan a verla, llámennos —dijeron a la vez—. Es muy peligrosa.

Una especie de neblina envolvió el aire de Parruca en los días subsiguientes a la muerte de Tobías y la partida de Gabi. O por lo menos eso le pareció a Candelaria mientras deambulaba sin rumbo entre los árboles. A ratos, cuando precisaba descanso, decidía tumbarse bajo las ramas. Solía encaramarse en ellas hacía apenas unos años, pero ahora le parecían inalcanzables. Todo lo veía diferente y fuera de lugar. Todo opaco y difuso. Todo desdibujado por fuera de los contornos que ella creía conocer tan bien. A menudo se perdía en sus ensoñaciones y se le venían a la mente recuerdos de esos días felices al lado de su padre, cuando Parruca no era un lugar sino una canción. Esa época en la cual los conejos batían sus cascabeles para componer melodías y las columnas de madera hablaban con los demás árboles del bosque. O cuando la promesa del canto de las ballenas estaba en un baldado de agua salada, los espíritus buenos se colaban por los vitrales y los aguacates crecían en los mangos, en los dragos, en todos los árboles.

Ahora esas mismas cosas le parecían tan disparatadas que le costaba imaginar que alguna vez las había creído. Pensó en su padre y se le ocurrió ir a mirar la foto que mantenía expuesta en el vértice de la ventana, atrapada entre el vidrio y el marco de madera. Necesitaba saber que a él no se lo estaba imaginando. Recordaba bien cuando su madre se la tomó. En ella, él estaba sosteniéndola con sus brazos de acero, largos como trampolines, para catapultarla al agua. Le sorprendió la claridad de la antigua piscina. Podía verse el fondo azul y la manera como los rayos del sol se descomponían en una luminosidad que cegaba la vista. Ahora, en cambio, era un abismo turbio al que nunca más sería capaz de asomarse. Volvió a mirar la foto y, esta vez, le pareció que los brazos de su padre eran delgados, sin ninguna gracia en particular. Tal vez su padre no era más que un hombre corriente, pensó. Un hombre como todos los demás.

Luego se le detalló la cara a esa niña de la foto y le pareció a la vez familiar y extraña. Su risa era tan genuina que casi podía oírla. Había perdido práctica en el acto de sonreír. Se palpó los labios como si quisiera asegurarse de que seguían siendo tan elásticos como para que cupieran sonrisas de considerable longitud. Era curioso, su antigua forma de estar en el mundo le gustaba más que la de ahora, pero aun así no sentía ningún deseo de regresar atrás. Bajó la vista y encontró su propia mirada en los fragmentos de espejo que aún no había recogido. Se sintió un poco como su madre y salió en busca de una escoba para barrer de un tajo todos esos ojos.

Santoro se resguardó en su fortaleza: en la malla, detrás del alambrado, al otro lado del cristal a prueba de balas. Ya no salía ni para enterrarse, pero a cada rato llevaba el balde lleno de tierra para meter los pies en él. Y ante la amenaza de tormenta, disparaba a través de un orificio que había dejado en la ventana para tal fin. Candelaria notó que solo salía para recolectar frutas de los árboles. No comía ninguna otra cosa cuyo origen no fuera susceptible de comprobación por parte de Edgar, pero el problema era que el cuervo no podía comprobar nada, ciertamente estaba enfermo y bajo de apetito.

Santoro andaba más callado que de costumbre, menos activo, mantenía el cuervo enfermo sobre la palma de su mano y a cada rato le susurraba: «Esa maldita serpiente se las va a ver conmigo. Y la dueña también. Aunque me cueste distinguir quién es la una y quién es la otra». Candelaria no pudo evitar que se le escapara una sonrisa porque sabía que Anastasia Godoy-Pinto no era venenosa y, por otro lado, estaba segura de que Gabi ya estaba muy lejos. Tal vez hubiera robado otro carro. Y es posible que su nombre ya no fuera Gabi y que estuviera estrenando tacones que algún zapatero le había fabricado a la medida. Los rojos habían cumplido de sobra su cuota de pasos.

La madre no se paró de la cama en unos buenos días. Eso no extrañó a Candelaria. Lo raro hubiera sido lo contrario. Por eso se puso alerta cuando, de manera espontánea, empezó a salir para tomar largos paseos. Evitaba el estanque a toda costa y no propiamente porque ya no creyera en los beneficios de las sanguijuelas. Lo que pasaba es que le había vuelto a dar por la recolección de piedras.

Se la pasaba todo el día buscándolas y luego las arrumaba sin orden ni control en el interior de su cuarto. A duras penas había por dónde caminar sin tropezarse con alguna. Candelaria no sabía si ayudarle en la búsqueda o sugerirle que se detuviera. Le gustaba verla activa, pero no de esa manera. Se preguntó por qué diablos no podía ser una mujer normal, de esas que tienen amigas de verdad con las cuales poder compartir un café para comentar los asuntos domésticos, lo inteligentes que son sus hijos y lo aburridas que están con sus maridos. Eso era lo que hacía cuando la esperaba a la salida del colegio junto con las demás mamás. Luego se pasaba todo el camino a casa preguntando:

—¿Es verdad que Juanita es un genio en matemáticas? ¿Y que a Lucía van a adelantarla de curso?

—No, mamá, Juana es una tarada igual que su mamá. Y a Lucía, como la molestan tanto por ser bizca, van a pasarla de salón, no a adelantarla.

—Esas mamás pueblerinas nunca entienden las cosas como son...

—Nadie entiende cuando no quiere. Y tú, ¿qué dijiste de mí y de Tobías?

—Dije que Tobías había descubierto una rana y que lo habían mencionado en el *Science Journal*.

—Cuando el papá contó eso, siempre dudé si era cierto o no...

—¡Ay, hija! De los hombres no hay que dudar nunca. ¡Siempre están equivocados! Igual no sabemos inglés. Y, por fortuna, las pueblerinas tampoco.

La madre estaba tomando una siesta y Candelaria limpiando la cocina cuando notó los movimientos pendulares de la lámpara de araña. Apuró el paso convencida de que era un temblor de tierra. Antes había oído las columnas de madera crujiendo un poco más que de costumbre. Por la carrera no tuvo tiempo de mirar las baldosas, pero estaba segura de que no se habían librado de las nuevas grietas debido al sacudón. Cuando estuvo lo suficientemente lejos para tener una visión general de la casa, notó una leve inclinación hacia el lado derecho. Junto a ella apareció Santoro de repente, con la respiración agitada por la carrera y los ojos tan abiertos que parecían a punto de salir disparados. Candelaria lo imaginó haciendo cálculos mentales para evaluar el daño estructural de la casa mientras se ingeniaba formas de repararla. Pero, en cambio, lo que dijo fue:

—Ahora quieren echarnos la casa encima, Edgar.

Dicho esto, atravesó corriendo la sucesión de obstáculos que había levantado para protegerse, pero paradójicamente, pensó Candelaria, si la casa se fuera al suelo, la guarida que había construido buscando seguridad adicional sería la primera en quedar bajo los escombros. Santoro debió de hacer una reflexión similar porque salió con sus cosas y se fue huyendo con la misma mochila con la que llegó.

Se fue con la ropa de su padre todavía puesta y la pistola seguramente cargada para defenderse de los rayos. Se fue con el cuervo desmadejado entre las manos y con todas sus pepitas de oro en el bolsillo del pantalón. Tras la partida del inquilino, Candelaria se quedó en el empedrado tratando de convencerse de que la nueva inclinación de la casa no daba para preocuparse, que a lo mejor serviría para un mejor desagüe del techo y para evitar los charcos en las baldosas en época de lluvia. En esas vio a su madre salir al balcón con una sonrisa amplia y luminosa. Le salían chispas de los ojos como cuando se recibe una buena noticia, se resuelve un problema complejo o se tiene una idea original.

—Hija, no vas a creerlo, pero las piedras se están moviendo.

El ruido de un motor lejano interrumpió la paz de la mañana. Candelaria se puso alerta. Jamás lo habría admitido, pero en un recoveco de su mente guardaba la esperanza de que fuera su padre. Las partículas de polvo inundaron el aire y fueron a dar sobre su lengua reseca. Esta vez andaba leyendo tendida en la hamaca. Ya no se encaramaba en el techo. Quiso pensar que por falta de costumbre a la nueva inclinación de la casa, pero en realidad subirse al techo había dejado de ser atractivo. A veces, incluso le parecía peligroso. La hamaca se mecía de la manera esperada, tenía la ilusión de controlar la velocidad de los movimientos, en cambio con la casa no sabía a qué atenerse. Observó las sillas y su natural tendencia a desplazarse hacia el lado derecho como si tuvieran vida propia.

No quería moverse de donde estaba, pero el motor se sentía cada vez más cerca y, de pronto, fue innegable que había ido a parar a la parte trasera de la casa. Un encuentro estaba a punto de producirse y ya no estaba segura de querer encontrarse con alguien. Quería ahorrarse el desgaste que implica relacionarse con las demás personas. Extrañaba su vida de antes, el minúsculo grupo que constituía el mundo entero, su pequeño grupo familiar de esas épocas cuando aún se sentían cómodos unos con otros. Ahora estaban incompletos, desarticulados. Iban a la deriva igual que el polvo va a merced del viento. Últimamente la gente entraba y salía de su vida, despojándola de capas que revelaban su interior y que suscitaban comportamientos en los que, a veces, ni siquiera se reconocía. Se preguntó si algún día, tras todas esas capas, la verdadera Candelaria saldría a flote. Pensó en su madre y sus inestabilidades emocionales; en Tobías y sus adicciones; en Santoro y sus miedos; en Gabi y su crudeza. Pensó también en su padre. Todos estaban llenos de sombras. Tal vez nadie tenía una versión final de sí mismo, sino tan solo un camino por delante. Y había que recorrerlo a falta de un mejor plan. Había que recorrerlo, aunque no fuera a ninguna parte.

Cuando el sonido del motor se detuvo, Candelaria oyó a alguien silbando y, de alguna manera, eso la hizo pensar en su padre. No había quien le ganara a la hora de silbar. Solía silbarle a Don Perpetuo todo el tiempo, aunque nunca le hiciera caso. O cuando se pasaba de aguardientes y, debido al exceso de entusiasmo, le daba por tocar el tamboril. Desechó la idea de permitir que un silbido reviviera falsas esperanzas. Se sintió como una niña tonta de esas que esperan cosas imposibles. Si se puso de pie fue por descubrir el origen de esa melodía que se parecía tanto al canto de los pájaros. Caminó hasta la parte de atrás en donde vio parqueado un carro desconocido.

Se detuvo a una distancia prudente para observar al hombre que había llegado en él. Era alto y corpulento. No paraba de silbar mientras se miraba en el espejo retrovisor para peinarse el pelo y verificar que la raya al lado estuviera bien hecha. Cuando terminó, siguió silbando a la vez que sacudía con un trapo el polvo acumulado por el carro durante el camino. Lo dejó tan brillante que habría podido mirarse en las latas como si fueran espejos. De su garganta salían melodías iguales a las de los sinsontes y los caciques candelas. Imitaba el repiqueteo de las guacharacas y lo empataba con la delicadeza de los turpiales. Algunos pájaros le contestaban desde algún lugar impreciso entre los árboles y él volvía y replicaba hasta que se embarcaban en complejas conversaciones. Candelaria estaba fascinada porque nunca había conocido a nadie que pudiera imitar el canto de tantos pájaros. Tal vez sí había alguien que le ganara a su padre a la hora de silbar y era ese desconocido que ahora mismo estaba en la parte trasera de la casa.

Lo observó en silencio y pensó en lo mucho que habían cambiado las cosas. Antes Parruca recibía a sus visitantes con una melodía y ahora eran los visitantes los que tenían que componerla con sus propios medios. Se acordó de los conejos, pero cuando miró alrededor no vio ni uno. Llevaba mucho tiempo sin verlos ni oír el tintineo de sus cascabeles.

—¡Mírate, pero si pareces un cardenal guajiro! —dijo el hombre cuando la descubrió—. Hoy es mi día de suerte, los cardenales son aves solitarias y saben esconderse muy bien, a pesar de lo rojizo de su plumaje.

Candelaria intentó saludar y poner su mejor cara, aunque había algo en el visitante que hacía que saliera a flote la faceta tímida que tanto odiaba. Trató de sobreponerse al rojo que le encendía las mejillas, aunque el hecho de que eso fuera justo lo primero que él notó, no hizo sino teñírselas con más intensidad. Tal vez fueron los ojos del color de las almendras los que la pusieron así. No dejaban de mirarla con una extraña mezcla de curiosidad y complacencia. Parecía un hombre fiable, a lo mejor porque iba muy bien afeitado y llevaba ropa limpia y medias decentes que le combinaban bien. Su madre lo aprobaría, siempre andaba fijándose en las medias de todo el mundo. A menudo decía: «Saber llevar bien los calcetines es una habilidad que muy pocas personas consiguen». Por otro lado, los zapatos que tenía puestos no solo combinaban con las medias, sino que estaban tan limpios que parecían recién comprados. Solo verlos la hizo sentir mal por el hecho de andar descalza, en especial cuando sintió que el hombre le clavó los ojos en sus pies.

—Disculpe, andaba en el río —mintió.

—No hay de qué disculparse, mi cardenal, al fin y al cabo...

—Me llamo Candelaria.

—Como venía diciendo, mi cardenal, nunca he visto un ave con zapatos.

No bien se disculpó por los zapatos cuando cayó en la cuenta de que tenía muchas otras cosas por las cuales disculparse. La trenza deshecha, por ejemplo, la obligó a pensar en cuántos días llevaba sin peinarse, pero no fue capaz de calcularlos. Él, en cambio, tenía la raya al lado recién retocada y no había que acariciarle el pelo para adivinar su suavidad. Era oscuro y brillante, ligeramente ondulado, ni muy largo ni muy corto. Se notaba que jamás fallaba en la cita con el peluquero. Apenas pensó en eso, advirtió que ella nunca iba a la peluquería. No por nada en particular, simplemente era algo que no se le había ocurrido antes. Su madre le cortaba el pelo y le hacía la trenza. Eso solía parecerle más que suficiente aunque, justo en ese instante, se le ocurrió pensar en cómo se vería con el pelo cepillado o con un corte de pelo menos convencional. Con disimulo se quitó el caucho que le sujetaba la trenza y se pasó los dedos entre los cadejos de pelo con el fin de deshacerla.

Intentó calcularle la edad a sabiendas de que nunca atinaba. En especial con los hombres. Lo único que tuvo claro es que no era tan joven como Tobías ni tan viejo como su padre. Según su parecer, tenía una edad intermedia entre sus dos únicos puntos de referencia, pero eso no indicaba casi nada, porque la brecha entre esos dos puntos era muy amplia. Notó los brazos definidos y le dieron ganas de tocárselos. Pensó en toda esa ropa que había comprado con Gabi y que ahora reposaba en algún tablón de su vestier a la espera de ser estrenada. Lo pensó porque llevaba puesta una camiseta sin ninguna gracia y unas bermudas que había heredado de su hermano. Todavía le quedaba ancha y tenía que estársela acomodando en la cintura porque se le escurría al caminar. Sabía que era preciso invitar a pasar al recién llegado y hasta ofrecerle un cuarto, en especial ahora que todos los demás inquilinos se habían ido, pero el solo hecho de pensar en tenerlo cerca todos los días la hizo ponerse aún más roja que un cardenal de verdad. Deseó convertirse en uno para salir volando a esconderse entre el follaje.

—¿Sabías que los vencejos reales pueden volar doscientos días sin parar? ¿Te imaginas? ¡Hasta duermen en el aire! —dijo el hombre.

—¿Pueden volar más que las gallinas japonesas?

—Pero ¡qué dices! Cualquiera vuela más que una gallina. Esas pobres tienen alas que no les sirven para nada.

—¿Y qué hay de las palomas mensajeras que no regresan?

—Todos tenemos derecho a perdernos alguna vez, ¿no crees? —Candelaria se quedó rumiando esas palabras mientras se acomodaba distraídamente el pelo—. Por cierto —continuó—, cuando la policía se enteró de que venía para acá, me pidió el favor de entregar esto —dijo extrayendo del carro una caja de madera de esas en la que se depositan las cenizas de los muertos—. Aseguraron que ahí hay un águila. ¿Puedes creerlo? No paraban de reírse. A esos policías puede uno acusarlos de lo que sea excepto de falta de imaginación.

—No es un águila. Es mi hermano —dijo Candelaria abriendo la caja.

—Disculpa, no lo sabía —dijo el hombre inclinándose para husmear en el interior.

—¿Y de qué más se rieron? —preguntó Candelaria cerrándole la caja en las narices. El golpe levantó un polvillo fino que se quedó suspendido en el aire. Ambos estornudaron a la vez.

—Del guacamayo que salió en el periódico. Por favor, dime que el guacamayo sí existe. A propósito, mi cardenal, ¿puedo seguir llamándote así?

—¿En el periódico?

—Sí..., tanto buscarla..., no sé si sabes que el *Ara ambiguus* está a punto de extinguirse. —Hizo una pausa en la que dejó salir un suspiro largo y sostenido, luego empezó a tirarse del pelo con una fuerza que a Candelaria le pareció excesiva y prosiguió—: El caso es que justo cuando iba a marcharme del pueblo, vi la noticia de un ahogado. En la fotografía figuraba su cuerpo cubierto por una sábana blanca teñida de sangre. Cuando vi ese bulto inerte custodiado por el guacamayo, fue cuando me dije: «Facundo, lo encontraste». Lo siguiente fue ir a la estación de policía para averiguar dónde habían tomado la foto.

—Se llama Don Perpetuo —dijo Candelaria agarrando la caja de madera—. Y mi hermano se llamaba Tobías, ¿no mencionaron su nombre en el periódico?

Abrió de nuevo la caja y tocó con la yema del dedo índice las cenizas blancuzcas. Eran tan finas que se quedaban pegadas a la piel. Acercó la nariz y percibió el nuevo olor que había adquirido su hermano. No podía creer que tanta vida terminara reducida a semejante espacio tan diminuto.

—¿No crees que esta caja es muy pequeña para un águila? —preguntó Facundo.

—Muy pequeña —dijo Candelaria—, habiendo tanto cielo...

—No sé si sabías que cuando las águilas son adultas el pico se les curva más de la cuenta y se les dificulta alimentarse —dijo Facundo—, fuera de eso, pierden dureza en las garras y no pueden agarrar bien a sus presas. Y como si lo anterior no fuera suficiente —prosiguió—, las plumas de las alas se engrosan y se vuelven tan pesadas que les cuesta volar.

—¿Y entonces se mueren? —preguntó Candelaria.

—Y entonces deciden.

—¿Deciden?

—Verás, unas eligen quedarse así hasta que se mueren de hambre; otras, en cambio, vuelan hacia los riscos de piedra y comienzan a golpearlos con el pico hasta que se lo arrancan. Cuando les sale uno nuevo y fuerte lo usan para desprenderse, una a una, las garras debilitadas y las plumas viejas. Es un proceso de renovación que dura cinco meses.

—Suena muy doloroso...

—Es muy doloroso, pero las que deciden hacerlo pueden llegar a vivir setenta años; las que no, apenas cuarenta.

—¿Y usted cree que vale la pena hacerlo? —preguntó Candelaria.

—Yo lo que creo —dijo Facundo— es que ese tipo de decisiones tiene que tomarlas cada uno.

Los dos alzaron la mirada al mismo tiempo. El cielo estaba tan azul que parecía recién pintado. La calidez del ambiente se sentía como una caricia de esas que llegan hasta los huesos. El silencio era hipnótico, casi sagrado.

—¿Sabías, mi cardenal, que el cóndor de los Andes es una de las aves que más alto vuela? Si hubiera uno sobrevolándonos, estaría tan arriba que no alcanzaríamos a verlo. En cambio, él con sus ojos potentes sí nos vería como dos punticos insignificantes.

—Tal vez eso somos —dijo Candelaria.

—Todo depende de dónde se mire, mi cardenal.

—¿Tiene usted buen equilibrio, Facundo?

—Bueno, no soy propiamente un flamenco, ya lo quisiera, no se puede ser más elegante y más rosado en esta vida. Aunque no siempre son así. De hecho, mientras alcanzan la madurez, no tienen ninguna gracia, pero ¿sabes qué es lo mejor de la adolescencia? Que se acaba, y es entonces cuando obtienen ese maravilloso tono rosado.

Candelaria se quedó callada mirando hacia ese punto invisible que uno mira cuando está pensando en algo importante. Ella, mientras se acomodaba las bermudas, estaba pensando en los flamencos, en su falta de gracia, en que todo tiene un fin, incluso la adolescencia. Facundo prosiguió:

—¿Por qué preguntabas por mi equilibrio?

—Ya verá usted, la casa tiene un ligero desbalance. Nada de qué preocuparse.

—La casa es lo de menos. A mí lo único que me importa es el guacamayo. ¿Me lo presentarás?

—Es usted el que tiene que presentarse a Don Perpetuo y no al revés. ¿Sabe? Es llevado de su parecer y cuando alguien no le gusta, se encarga de demostrarlo. A uno de los policías casi le arranca un dedo.

—¡Es verdad! —dijo Facundo sonriendo—, lo tenía vendando, por eso me pidió el favor de traer hasta acá la caja de madera.

—¿Y se la entregaron así sin más?

—O la credencial de biólogo interesado en salvar una especie de la extinción es muy convincente, o ellos son muy perezosos. Creo que lo segundo porque, al final, hasta se tomaron el trabajo de sacar un mapa y enseñarme el camino. Ahí fue cuando pensé en lo cierta que es esa frase de Rumi que dice: «Aquello que estás buscando te está buscando a ti». ¿No crees, mi cardenal?

Candelaria no contestó.

—¿No crees, mi cardenal? —volvió a preguntar, pero Candelaria no contestó porque estaba dándole vueltas a la frase mientras pensaba que, a lo mejor, a ella nadie la estaba buscando porque ella tampoco estaba buscando a nadie.

—Puede llamarme cardenal —dijo Candelaria al cabo de unos segundos—, me encantan las aves. Sígame, voy a mostrarle la casa.

Empezó a caminar y rápidamente se dio cuenta de que Facundo a menudo se quedaba atrás, a pesar de los intentos por mantenerlo andando a su lado. Al cabo de un rato notó que de la desbordada locuacidad que demostró a su llegada había pasado al mutismo absoluto. «Me está mirando el trasero», pensó mientras trataba de mantener las bermudas en su lugar y se lamentaba por no llevar puesto un vestido decente. Sin embargo, la reticencia a usar vestidos era algo de lo que se sentía orgullosa en el pasado. No le gustaba ponérselos porque con ellos no podía subirse a los árboles ni perseguir conejos ni encaramarse en el techo. Aunque, pensándolo bien, hacía días que no realizaba ninguna de esas actividades. El silencio de Facundo se volvió tan incómodo que no pudo evitar girar la cabeza en su búsqueda. Después de todo no estaba mirándole el trasero, sino un naranjo plagado de flores de azahar. Tenía los ojos muy abiertos, como si de esa manera pudiera abarcar más con la mirada.

—Nunca había visto tantos colibríes en mi vida —comentó—. Y mira que es difícil..., son mis segundas aves favoritas.

—Apúrese —dijo Candelaria interrumpiéndolo—. No tenemos todo el día.

Paradójicamente, lo que la molestó fue que no la estuviera mirando. Aunque si lo estuviera haciendo, también se habría molestado. De un tiempo para acá podía llegar a molestarse por cosas tan contradictorias como esas.

Aceleró el paso con el fin de obligar a Facundo a caminar más rápido, pero él solo parecía interesarse en los pájaros. Los observaba con una actitud que rayaba en la reverencia. Con una fascinación que en otra persona le habría parecido maravillosa, pero en él no. ¿Cómo podía un estúpido pájaro robarse toda la atención?

Lo esperó de pie sobre el empedrado. Le pareció que tardaba horas. Miró alrededor casi deseando que Don Perpetuo no estuviera por ahí para que no le robara el protagonismo. Luego reparó en la maleza que había vuelto a crecer entre las piedras y se acordó de Tobías. Aún lo llevaba entre las manos. Abrió la caja, como si al hacerlo pudiera sentir de forma más latente su presencia. Quería hablarle sobre la persistencia de la maleza, pero se calló ante la posibilidad de que Facundo la viera hablando con algo tan inanimado como un pedazo de madera, eso era algo muy propio de su madre, no de ella, así que cerró la caja de golpe. Mientras esperaba se puso a mirar la fila de hormigas arrieras que cruzaba el empedrado, unas detrás de otras, sin detenerse jamás, sin atreverse a cuestionar el orden establecido que las hacía andar siempre de la misma manera. Pensó en qué pasaría el día en que cada hormiga decidiera salirse de la fila y seguir el camino por su cuenta.

Cuando Facundo llegó, pasó de largo con esa actitud que oscila entre el asombro y la expectación y que impide concentrarse en otra cosa que no sea el objeto que la desencadena. Atravesó la puerta despacio como si estuviera cruzando un portal hacia otro mundo y, una vez dentro, su excitación aumentó a medida que iba descubriendo cada rincón de la casa. Justo a esa hora el sol chocó de frente contra los vitrales y la cúpula del techo pareció encenderse como una antorcha. Caminó con respeto entre las raíces haciendo enormes esfuerzos por no pisarlas. Admiró el limonero, al cual no le cabía ni un solo limón más, y luego se detuvo frente al árbol de mangos, que había crecido lo suficiente para obligar a alguien a pensar en qué hacer cuando sus ramas superiores llegaran a la parte más alta de la casa.

—Hay que hacer un hueco en el techo —dijo. Y Candelaria pensó que Facundo era un hombre con el cual podría llegar a entenderse—. ¿Sabes cómo me siento, mi cardenal?, como un pájaro recién liberado de la jaula en la que ha vivido toda su vida. Este lugar es lo más parecido a la libertad.

—¿Libertad? —preguntó Candelaria.

—Sí, nunca había visto un entorno con tan pocas restricciones.

—¿Pocas restricciones?

—Bueno, de momento, el único límite que veo es el techo, pero estoy seguro de que podremos solucionarlo.

Candelaria se puso a mirar alrededor preguntándose cómo ambos podían percibir cosas tan diferentes respecto a un mismo lugar.

El solo hecho de subir por las escaleras les tomó una gran cantidad de tiempo, porque Facundo alucinaba con las enredaderas que habían colonizado la baranda. Se detalló cada movimiento realizado por los tentáculos vegetales para entretejer una estructura que les permitiera seguir ascendiendo. Cada brote era una especie de escala para el siguiente y este para el de más allá. La puerta del cuarto de la madre estaba entreabierta y Candelaria la golpeó con suavidad antes de entrar, casi deseando que su madre estuviera dando un paseo. Desde fuera Facundo alcanzó a ver un par de piedras redondas y negras que lo hicieron exclamar:

—¡Pero si parecen huevos de la gallina de Java!

—Son de mi madre —dijo Candelaria, con cierto alivio, al percatarse de que el cuarto estaba vacío.

—De manera que pertenecen a la reina madre. Es extraño que una reina salga de su colmena, ¿dónde está?

—Buscando más —dijo Candelaria.

—Las reinas nunca tienen suficiente —dijo Facundo mientras tomaba algunas de las piedras para observarlas de cerca. Cuando las depositó nuevamente en el suelo salieron rodando—. ¿Sabes por qué la casa está inclinada, mi cardenal?

—Por el temblor de tierra, supongo.

—No, es porque los armadillos sacudieron las bases. Ciertamente no son muy firmes porque la madera estaba verde cuando las instalaron, eso se nota a simple vista.

—¿Y eso es bueno o malo?

—Eso es lo que es. ¿Sabes? Con los animales no puede uno pelearse. Ellos estaban primero. Por eso andan por ahí sin complejos, como si el mundo les perteneciera. En cambio, nosotros siempre andamos imponiéndonos porque sabemos que nada ni nadie nos pertenece. —Candelaria se quedó mirándolo como si hubiera acabado de darse cuenta de que el sol sale de noche, y él, percibiendo su contrariedad, le preguntó—: ¿No me crees?

—Sí, solo que no lo había visto de esa manera —dijo, y se sumió en un largo silencio.

—¿Por qué tan callada? ¿Qué piensas, mi cardenal?

—Que el sol sí sale de noche, solo que en el otro lado del mundo donde no alcanzamos a verlo.

La presencia de Facundo en Parruca trajo una calma que hacía rato había dejado de percibirse en la propiedad. Sus carcajadas reverberaban como una melodía de las que solían invadir la casa en los tiempos más felices. Candelaria notó el impacto, incluso, en el estado de ánimo de su madre. Le bastó mirar a Facundo una sola vez para otorgarle el mismo valor que a las pepitas de oro con las que el señor Santoro solía pagar el arriendo del cuarto. De repente era una mujer participativa y animada. Por él, se paraba de la cama a preparar sus mejores recetas con ingredientes recién cogidos de la huerta. Adoraba gritar su nombre: «¡Facundo, Facundo!», y luego verlo correr hacia ella para ayudarla con lo que le pidiera. Desde agarrar las frutas más altas de los árboles, abonar las plantas y poner bananos por todas partes para atraer pájaros, hasta quitar las babosas de las lechugas y demás vegetales de la huerta. Lo de las babosas era una pelea de nunca acabar. Se sentaban los tres juntos a quitarlas con la mano y a meterlas dentro de una bolsa que luego incineraban.

—Ya tengo suficiente con tener que compartir las lechugas con las guacharacas —dijo la madre como una manera de explicar tal exterminio masivo al que sometía a las pobres babosas.

—Si seguimos esa misma lógica, tendríamos que exterminar también a las ardillas, pues me parece más grave tener que compartir los aguacates —comentó Candelaria con el fin de hacer quedar mal a su madre ante Facundo.

—Cómo diablos vas a comparar a una babosa con una ardilla, hija. Las babosas ni deben sentir, son pura baba y ya. De ahí su nombre: ba-bo-sa.

—Cómo vas a comparar una lechuga con un aguacate, mamá.

—A ver, a ver —mediaba Facundo—, aquí lo que tenemos es un problema de apreciación estética y gastronómica. ¿Por qué matamos a las babosas y en cambio admiramos a las ardillas? La respuesta es nos gustan más los aguacates que las lechugas y nos parecen más hermosas las ardillas que las babosas. Adoramos la belleza porque no necesita explicaciones.

Y así, cada vez que Facundo intervenía los tres se quedaban callados y la discusión moría de muerte natural.

Cuando menos pensaron, se habían convertido en una pequeña familia, en la cual Facundo jugaba un papel neutral: a sus treinta años era muy joven para actuar como un padre, pero muy adulto para ser un hijo. Era de un entusiasmo casi infantil para muchas cosas, pero en otras demostraba la sabiduría y capacidad de mediación de un hombre mayor. Se mantenía en la comodidad de los puntos medios porque sabía arreglárselas para entenderse con ambos extremos y para darle a madre e hija la atención que cada una demandaba. Si la madre quería recoger piedras, Candelaria le proponía llevarlo a ver los nidos de los gulungos, y si Candelaria era quien deseaba salir a caminar, a la madre le daba por preparar el almuerzo más elaborado que se le pasara por la mente con el fin de retenerlo cerca de la casa. Rivalizaban de manera constante, pero Facundo se las arreglaba para que ninguna se diera por ganadora.

Ambas parecían necesitar la compañía de Facundo de la misma manera como los árboles necesitan el sol. Ninguna habría sabido explicar el magnetismo que ejercía sobre ellas. Simplemente querían más. Más conversaciones, más caminatas, más preguntas que las pusieran a pensar. Y al obtenerlas se daban cuenta de que querían aún más. Más atención, más halagos, más cuidados. Ambas demandaban lo que hacía rato habían dejado de tener. Y al obtenerlo, parecían florecer y expandirse y abarcar. Trepaban con el mismo ímpetu de las enredaderas, que desconocen el agobio de la baranda a la cual se aferran ante la imposibilidad de la baranda de expresarlo. Eran invasivas y demandantes. Como la lluvia que no pide al pasto permiso para derramarse sobre él. Facundo respondía a todas esas demandas porque ellas, a su vez, respondían a las suyas. Si brindaba atención era para obtenerla, si ofrecía cuidados era porque sabía que los obtendría de vuelta. Era huésped y parásito al mismo tiempo. Todos lo eran de alguna forma y, por eso, el triángulo funcionó desde el primer día. Seguiría funcionando mientras cada punta tirara con fuerza hacia su lado con el fin de satisfacer las propias necesidades.

El entusiasmo de Facundo era contagioso. Se mantenía impecable y limpio. Sus pantalones no tenían jamás arrugas porque él mismo los planchaba antes de ponérselos. Todas sus camisas parecían recién compradas y, al final del día, seguían viéndose tan limpias como en la mañana. No importaba que se hubiera subido a los árboles para coger frutas, instalar nidos o estudiar a Don Perpetuo en su estado más natural. Daba la sensación de que ni siquiera sudaba. Y eso que hacía lagartijas todo el día para conservar la firmeza de sus músculos. Hasta las suelas de los zapatos se empeñaba en limpiar. Lavaba ropa antes de que se ensuciara, se bañaba sin falta antes de vestirse y otra vez en la noche antes de meterse en la cama. Su mayor obsesión era el pelo, a cada rato se lo tocaba con las manos y no podía pasar por una ventana sin contemplar su propio reflejo para comprobar que todos los cadejos estuvieran en su sitio. Candelaria, que era la encargada de barrer, empezó a notar que había por toda la casa más hebras de pelo de Facundo que de ella, lo cual era difícil, pero cuando intentó hacer una broma al respecto no fue muy bien recibida por Facundo.

Comenzó a esforzarse en mantener sus uñeros a raya cuando se detalló las manos de él. Eran casi femeninas de lo suaves y bien arregladas que las mantenía. Empezó a sentir vergüenza del vello de sus piernas, porque él no solo llevaba su barba perfectamente afeitada, además se depilaba todo el cuerpo. Nunca había visto a un hombre hacer eso, creía que era un asunto reducido al universo femenino y a los nadadores profesionales. El caso es que Facundo parecía no poder ver ni un solo pelo asomándose, porque iba corriendo a quitárselo con una manía casi enfermiza, y ese hecho le hizo pensar que tal vez el vello estaba mal visto y que ella también debería empezar a retirarse el suyo. Le pidió permiso a su madre para depilarse, no porque le importara su opinión al respecto, sino porque necesitaba cuchillas. También le entró una excesiva preocupación porque la ropa le combinara de solo ver la forma tan acertada como él combinaba la suya. Era osado, pero jamás cruzaba la raya que podría alejarlo del plano estético para ubicarlo en el plano de la extravagancia.

Candelaria empezó a echar de menos el espejo, pero nunca quiso admitirlo y tampoco nadie se lo preguntó. Se miraba entonces en el espejo del vestier de su madre y, de tanto frecuentarlo, terminó por medirse ropa de ella solo para descubrir que ya comenzaba a servirle. Pasaban horas allí encerradas probándose ropa y contándose cosas sin importancia. Nunca hablaban de Tobías ni del padre. Era como si jamás hubieran existido. Candelaria, hasta ese instante, entendió la palabra *matar* como concepto y no como acto. Tanto ella como su madre habían «matado» a los dos hombres de la casa, simplemente dejaron de recordarlos, de hablar de ellos, de mencionar sus nombres. Facundo intentó preguntar varias veces detalles, pero para ese entonces ya ambas eran expertas en desviar la conversación. Ellos ya no eran ellos: eran sombras, eran espectros, eran seres sin nombre.

En la estrechez del vestier jugaban a ser amigas, pero en el fondo, rivalizaban de manera permanente. A veces echaban mano de la vieja estrategia femenina de criticarse como una manera de minimizar la una a la otra.

—Como te descuides no te va a caber el trasero en ningún vestido, hija.

—¿Me estás insinuando que aprenda a vomitar o que debería ponerme vestidos?

—Tal vez antes de preocuparte de tu trasero sería mejor que aprendas a respetar a los demás.

—Me quitaste las palabras de la boca, mamá. Por lo menos estamos de acuerdo en algo.

—Contigo no se puede hablar.

—Ya son dos cosas en las que estamos de acuerdo, tal parece que hemos mejorado.

Facundo madrugaba a instalar micrófonos en los árboles para grabar el canto de las aves. Luego se pasaba el resto del día intentando aprenderse los sonidos que había grabado. En las tardes de lluvia, Candelaria y su madre lo ponían a prueba pidiéndole que imitara a tal o cual pájaro y nunca lograban que se equivocara, ni siquiera cuando ellas le hacían trampa. Sabía más del *Ara ambiguus* que de sí mismo, tanto que siempre recordarían la tarde en que llegó a Parruca y conoció a Don Perpetuo.

Estaba acomodando sus cinco maletas repletas de ropa entre el clóset cuando reconoció uno de los típicos alaridos del ave y salió corriendo como un loco para ubicarlo. Candelaria se fue detrás y, en el camino, deseó que alguien corriera así por ella alguna vez. Y le bastó ver la forma como su madre se puso a mirar a Facundo para saber que ella también añoraba lo mismo. Lo encontraron comiéndose las flores de un guayacán a la par que peleaba con un mirlo patiamarillo que pretendía anidar en una de las ramas. Facundo alzó la mirada y, al verlo, tan alto, tan imponente y tan decididamente verde, se agarró el pelo con las manos. Candelaria notó la contorsión en la cara, el temblor en los labios y luego las lágrimas, pero no dijo nada porque no quería arruinarle ese momento. Pero su madre, que a menudo se quedaba callada cuando tenía que hablar y se ponía a hablar cuando tenía que quedarse callada, tal vez para librarlo del engorro de tener que admitir que estaba llorando, o por pura falta de originalidad en sus comentarios, le dijo:

—¿Le entró un sucio en el ojo, Facundo?

—No, para nada, estoy llorando porque estoy emocionado y si hay algo por lo que valga la pena llorar es por eso, ¿no cree?

—Contemplar las aves es de lo más emocionante —dijo Candelaria para congraciarse con él.

—Es verdad. Pero con las aves pasa lo mismo que con todas las demás cosas de la vida. Basta sentir que uno no puede tenerlas, que se están acabando o extinguiendo, para desearlas aún más. Hay que buscar cuanto antes otro ejemplar y llevarlos juntos a un lugar bajo condiciones controladas para reproducirlos.

—¿Sabe dónde buscar ese otro ejemplar? —preguntó Teresa.

—Sé dónde no buscarlo. Tengo un mapa en el cual marqué todos los lugares de distribución natural de la especie con el fin de visitarlos y comprobar con mis propios ojos si aún quedaba algún ejemplar, pero mi búsqueda llegó a un punto muerto. Ya no queda ninguno.

—¿Ningún lugar en el mapa? —preguntó Candelaria.

—No, ningún *Ara ambiguus*. No existen. Desaparecieron.

—¿Y entonces?

—Y entonces aparecen personas como ustedes con un ejemplar aislado, en un lugar que ni siquiera es nativo para ellos. ¿De dónde lo sacaron?

—Siempre ha estado aquí. Ni siquiera sabía que era tan escaso —dijo la madre.

—Pues mírelo bien, porque al paso que van las cosas va a extinguirse muy pronto.

Y todos se quedaron mirándolo con actitud circunspecta mientras él, orondo y despreocupado, se acicalaba las plumas de las alas. Candelaria se quedó pensando que hay cosas que es mejor no saber para conservar la tranquilidad mental. Ahora, cada vez que mirara a Don Perpetuo tendría que preocuparse y sentirse un poco responsable por su extinción.

Cuando no madrugaba a avistar o a grabar los pájaros lo hacía para trotar o nadar en la quebrada. También le encantaba subirse a los árboles con el fin de estudiar los nidos. Tenía una vitalidad contagiosa, daban ganas de ponerse en movimiento con solo observarlo. Candelaria, a menudo, lo acompañaba porque tenía la sensación de que la belleza natural de las cosas ganaba más encanto cuando él se la hacía notar. Los árboles eran los mismos de siempre, y el río y las flores, pero él de alguna manera lograba que ella los viera diferentes y que hallara hermosura incluso en los insectos más repulsivos, en las larvas, en las grietas de la tierra o en los troncos podridos.

Un día, tras notar que Candelaria siempre lo acompañaba a nadar pero nunca se metía al agua, le preguntó:

—¿No sabes nadar, mi cardenal?

—No. Prefiero asolearme.

—Deberías aprender, sobre todo viviendo aquí con tanta agua alrededor. No querrás que te pase lo de tu hermano... ¿Y cómo vas a agarrar color si ni siquiera te quitas la camisa?

—No me gusta mucho el color del bikini que llevo debajo.

—¿El color o el cuerpo? Porque son dos cosas difere...

—¿Usted abre los ojos debajo del agua? —lo interrumpió con el fin de desviar la conversación.

—Claro, mi cardenal. El agua difumina el entorno de una manera hermosa. Es como estar inmerso en una obra de arte, ¿no crees?

Pero ella no contestó porque nunca había abierto los ojos debajo del agua. Más bien se tumbó sobre una piedra tibia y los entrecerró. Pequeñas gotas la salpicaron cuando Facundo se zambulló en un charco cercano, pero Candelaria no protestó porque estaba segura de que lo había hecho a propósito, y ya sabía que la mejor forma de enfrentar las burlas es ignorar a quien las formula. Mejor intentó concentrarse en los destellos de luz asomándose sobre párpados. Le encantaba la sensación del sol en la piel y la manera como iban adormeciéndose los sentidos a medida que su cuerpo se abandonaba al reposo. Al fondo, oyó el chapoteo del agua que Facundo agitaba con el movimiento vigoroso de sus brazos. Siguió salpicándola con gotas frescas que, en vez de enfadarla, le hicieron sentir nostalgia. Recordó a Gabi y, en general, todos los momentos felices que habían pasado nadando juntas. A ratos un impulso la empujaba a lanzarse al agua, pero, al mismo tiempo, se acordaba de la imagen del cuerpo inerte de Tobías flotando en el estanque y entonces el pánico la obligaba a quedarse inmóvil sobre la piedra.

Intentó controlar la respiración con el fin de minimizar ese sentimiento tan potente, capaz de inmovilizarla y acelerar al máximo los latidos de su corazón, pero solo pudo conseguirlo muchas bocanadas de aire después. Al cabo de un rato advirtió que el chapoteo había dejado de oírse. Abrió los ojos para verificar si acaso Facundo también se había tumbado bajo el sol, cuando lo vio flotando boca abajo. Lo llamó varias veces por su nombre con la inquietante sensación de estar reviviendo exactamente la misma escena de la muerte de Tobías.

Se paralizó un instante que le pareció eterno, solo para comprobar el desmadeje del cuerpo de Facundo y las hebras de pelo sacudiéndose lentamente al son de la corriente. Caminó hasta la orilla decidida a lanzarse, pero apenas sintió el roce del agua en los pies, dio un salto atrás y empezó a llamarlo. Nada. Volvió a intentarlo, asegurándose de aumentar el volumen de sus gritos: «¡Facundo, Facundo!». Fue entonces cuando lo vio levantar la cabeza y tomar una bocanada de aire con toda la potencia que los pulmones le permitían.

—No me gustan esas charlas —dijo mirándolo a los ojos mientras contaba mentalmente: doce, trece, catorce fue lo máximo que aguantó antes de que se asomara la primera lágrima.

Él se acercó con la delicadeza propia de quien se siente culpable e intentó rodearla con los brazos, pero Candelaria empezó a darle puños en el pecho. Facundo le impuso su abrazo con el cuerpo húmedo y pesado. Tenía la piel de gallina, y a Candelaria le gustó sentirla así de vulnerable. La piel se eriza para protegerse, reflexionó, y el solo hecho de pensar que Facundo también necesitaba protección la hizo sentir mejor. Y entonces se rindió a su abrazo y pensó que hacía mucho que nadie la abrazaba de esa manera.

Después del suceso en el río Candelaria se esforzó en demostrar cierto enfado con Facundo y, como resultado, descubrió que esa era una buena forma de capitalizar toda su atención. Ahora era él quien la convidaba a las caminatas y le llevaba mangos maduros. Era él quien le hacía cosquillas en las plantas de los pies, aunque siempre renegara porque los tenía llenos de tierra y la obligara a meterlos en un balde con agua para lavárselos. Por las noches le pedía que jugaran ese juego que le había enseñado su padre que consistía en leerse, por turnos, párrafos de sus libros favoritos. Los de ella siempre eran mejores. Cuando Facundo iba al pueblo a reportar en el laboratorio para el que trabajaba los análisis que estaba haciendo en Don Perpetuo, regresaba cargado de chucherías y regalos para todos.

—Para la reina madre: un cincel con punta de diamante, a ver si les salen ojos a todas las piedras. Para mi cardenal: un bikini tan rojo que los demás cardenales se morirán de la envidia. Para el guacamayo: una lima para las uñas y el pico. Y hablando de Don Perpetuo, tengo una noticia muy importante que darles. Siéntense y traten de tomarla con compostura.

—¿Salieron mal los exámenes? —preguntó Teresa alarmada.

—Ha tenido etapas de depresión. Arrancarse las plumas es algo que hacen ciertas aves cuando están deprimidas y solitarias. Se llama picaje o autodesplumado y se ve a menudo cuando permanecen solas durante largos periodos de tiempo en jaulas o sitios muy reducidos. Unas lo hacen por nerviosismo, otras por pura y física aburrición.

—¿Se va a morir? —preguntó Candelaria, quien últimamente andaba obsesionada con la muerte de todo el mundo.

—Por ahora, parece estar bien, aunque, como he dicho antes, es urgente encontrarle una pareja. Pero eso no es lo que quería contarles. Resulta que, tras analizar los exámenes, llegué a la conclusión de que Don Perpetuo es, en realidad, Doña Perpetua.

Hacer un hueco en el techo es buena idea en teoría, en especial cuando hay un árbol de mangos creciendo en medio de la casa. Pero en la práctica era, a todas luces, una idea descabellada. Literalmente. Encaramado en el techo, Facundo comenzó dando golpecitos tímidos con un martillo y terminó hincando con violencia un hacha, en medio de un ataque de histeria que le hizo agarrarse de los pelos en el sentido más estricto de la palabra. Fue la primera vez que Candelaria lo vio arrancándose el pelo. Se metía la mano con disimulo por detrás de la oreja, no muy cerca del cuello ni de la coronilla para que no se notaran los huecos que él mismo se hacía cada vez que una situación lo desbordaba. Luego, con los cadejos de pelo en la mano, parecía sentirse culpable y ese sentimiento le generaba más ansiedad, lo que, a su vez, hacía que se arrancara más hebras de pelo. «¡Facundo, luego terminamos el hueco!», le gritó Candelaria desde abajo una vez adquirió conciencia de lo que estaba pasando, pero lo que ella no sabía era que dejar las cosas a medias añadía una carga adicional a los ataques de ansiedad y, por lo tanto, aún más ganas de seguirse autolesionando. Si Facundo fuera una guacamaya, le diagnosticaría picaje, pensó.

Candelaria se subió al techo para intentar ayudarle, y al final de la jornada lograron abrir el hueco no sin antes agrietar la cúpula y quebrar algunos vitrales por la vibración del martilleo. Terminaron bañados en sudor y polvo, razón por la cual Facundo sugirió ir a nadar a la quebrada. A Candelaria, en principio, le pareció buena idea, tal vez porque lo era, tal vez porque el calor le impidió acordarse de las razones por las cuales evitaba el agua últimamente. O a lo mejor estaba lista para lucir sus piernas recién depiladas, tan lisas y blancas que parecían de plástico. Estrenó su bikini rojo, aquel que, supuestamente, despertaría envidia en los demás cardenales, pero nadie pudo admirarlo porque se puso una camisa ancha que no dejaba evidencia de cómo le quedaba. Odió los triángulos que le cubrían el pecho porque parecían globos desinflados.

Facundo se lanzó de cabeza en su charco favorito, levantando una infinidad de gotas que brillaron bajo el sol como cocuyos. Ella se quedó en la orilla y apenas sus pies tocaron el agua, se le agitó la respiración y le fallaron las piernas de tal manera que tuvo que sentarse. «¡Al agua, mi cardenal, prometo agarrarte muy fuerte!», gritó él mientras chapoteaba alegremente. Habría dado lo que fuera por aceptar el ofrecimiento de sus brazos, pero lo más adecuado para mitigar el pánico que la estaba consumiendo y evitar la presión de Facundo para que se sumergiera en el agua, fue hacerse la dormida.

Al cabo de un rato oyeron unos quejidos casi humanos. No el tipo de quejido proveniente del afán de ser auxiliado, sino del cansancio de aguantar un dolor o una situación insostenible. Se interrogaron con la mirada, pero como ninguno encontró respuesta en los ojos del otro, decidieron ir a buscar a quien los emitía. Se demoraron un rato porque los quejidos eran precedidos por periodos largos de silencio. Pero aún en el silencio había una insoportable carga de agonía. Al final, fue el olor el que los condujo entre los matorrales. Allí descubrieron un mico agonizante. Alguien le había cortado, varios días atrás, las dos patas de delante y la cola. Lo supieron por la descomposición que exhibía en los muñones y por el enjambre de moscas que merodeaban enloquecidas el festín de la putrefacción. Un par de gallinazos lo estaban picoteando con el fin de arrancarle los pedazos de carne, y el mico los miraba con una mezcla de dolor e impotencia por no poder siquiera darse el lujo de espantarlos para que no lo devoraran vivo.

—¿Vamos a rescatarlo? —preguntó Candelaria.

—Vamos a matarlo.

—Pero... todavía está vivo.

—Por eso mismo.

—Podemos curarle las heridas, no sé, al menos darle otra oportunidad.

—Un mico sin patas y sin cola no tiene ninguna oportunidad en esta vida, mi cardenal. Está sufriendo mucho, basta mirarlo a los ojos.

Y entonces Candelaria lo miró y el mico la miró a ella. Su mirada era casi humana. Había tanta esperanza en esos ojos negros implorando ayuda.

—Ayúdame a buscar un tronco grueso o una piedra —dijo Facundo metiéndose la mano por el pelo.

—No —dijo llorando Candelaria—, mírelo, cree que vamos a ayudarlo.

—Es que vamos a ayudarlo. Lo mejor que le puede pasar es que le acortemos el sufrimiento. Tal vez es mejor que te vayas a casa —dijo mientras agarraba la piedra más grande que encontró.

Candelaria retrocedió. Quería irse y quería quedarse. Optó por alejarse un poco más y cerrar los ojos. Sintió un golpe seco y un quejido. El quejido siguió en aumento y de manera sostenida. Entreabrió los ojos y lo vio tomar la piedra otra vez y alzarla tan alto como sus brazos se lo permitían. La lanzó desde arriba con fuerza, pero no la vio caer porque cerró los ojos de nuevo, justo antes de que le aplastara la cabeza. El quejido siguió oyéndose cada vez más debilitado hasta que cesó por completo.

—Vámonos, mi cardenal, —dijo agarrándola por la espalda.

Candelaria se esforzó en zafarse apenas vio que Facundo tenía salpicaduras de sangre a lo largo del brazo. Ya iban rumbo a casa cuando oyó un quejido muy débil. Sintió un torbellino en el estómago y luego la boca se le llenó de saliva. Facundo se giró al oír las arcadas.

—Tranquila, ya nos vamos para casa.

—No, todavía está vivo, acabo de oírlo.

—Es tu imaginación, mi cardenal, estoy seguro de que está muerto.

—Yo estoy segura de que está vivo.

Se quedó vomitando mientras Facundo fue a cerciorarse. Con el rabillo del ojo lo vio golpeándolo varias veces con la misma piedra y eso no hizo sino hacerla vomitar más.

—Ahora sí, vámonos —dijo.

Candelaria caminó detrás de Facundo y se dio cuenta de que, además de los brazos, también las piernas estaban salpicadas de sangre. Como tenía el pelo húmedo pegado al cráneo pudo detectar los puntos específicos en donde ya no le crecía el pelo. Eran más de los que había imaginado. «Con razón se esfuerza tanto en arreglárselo», pensó.

Se acordó de Gabi en ese momento. Ella habría sabido matar al mico de manera menos sangrienta. Caminaron sin decirse nada. Solo se oía el sonido de los pasos sobre la hojarasca y la respiración agitada de ambos. A Candelaria los ojos del mico se le quedaron encajados en la mente. Si abría los ojos los veía y si los cerraba también. Sacudió la cabeza, como si al hacerlo pudiera lograr que resbalaran sus pensamientos. Pero era imposible. No encontraba la forma de deshacerse de ellos.

Llegó a la casa llorando y se encerró en su cuarto. No salió a cenar. No habló con nadie. A lo lejos oyó la voz de su madre y la de Facundo charlando en la mesa del comedor. Se preguntó cómo podía hacerlo con tal animación después de los sucesos de la tarde. A ella, el mico seguía acosándola con esa mirada humana que tan solo pedía un poco de compasión. Evidentemente había sufrido mucho por los miembros mutilados y, sin embargo, cuando ella lo miró, vio cómo le brillaron los ojos ante la posibilidad de recibir ayuda. Pero lo habían matado, y ella no había hecho nada para impedirlo.

Le costó dormirse y, cuando lo consiguió, sus sueños se tornaron pesadillas en las cuales el mico no paraba de mirarla. Aún no había amanecido cuando lo oyó gemir a lo lejos y no supo si eran gemidos reales o si los había soñado. Se sintió un poco como su hermano. Y luego un poco como su madre cuando tuvo que ir al baño a vomitar y, más tarde, un poco como Facundo cuando se desgarró toda la piel del borde de los dedos hasta que asomaron unas gotas de sangre. Tal vez no había mucha diferencia entre arrancarse la piel y arrancarse el pelo. Se quedó despierta y volvió a oír los quejidos, entonces fue corriendo a despertar a Facundo. Discutieron. La tildó de obsesiva, de demente. Le dijo que era una niña a la que le sobraba imaginación y a ella le dolió más que la tildaran de niña que de paranoica. En esas andaban cuando oyeron otro gemido. Muy lejano, muy apagado, pero ambos lo oyeron.

—¡Carajo! —dijo Facundo—. No sabía que matar a alguien fuera tan difícil.

—Es difícil para los inexpertos —dijo Candelaria acordándose de Gabi—. Voy por una linterna, no podemos dejarlo así —añadió con dificultad para terminar la frase.

Antes de salir Candelaria pasó por la cocina, agarró el cuchillo y, entregándoselo a Facundo, le dijo:

—Tiene que ser en el corazón, el cráneo es muy duro. —Vio la angustia en la cara de Facundo y la mano que le quedaba desocupada hurgándose el pelo.

—No soy capaz, mi cardenal.

—Yo tampoco.

Cada uno se quedó contemplando su propia angustia en los ojos del otro. La hoja afilada del cuchillo brilló en las manos de Facundo. El viento trajo hasta ellos el sufrimiento del mico en forma de quejidos. Eran tan tristes que a ambos se les hicieron charcos en los ojos.

—Vamos —dijo Candelaria.

—Carajo, que no soy capaz —dijo Facundo devolviéndole el cuchillo a Candelaria.

Lo tomó entre sus manos pecosas. Pensó que la sensación de agarrarlo para picar tomates era muy distinta a la de hacerlo para matar a alguien. Parecía más pesado, más afilado. Salieron despacio por dar tiempo a los ojos a acostumbrarse a la oscuridad. Apuraron el paso en la noche negra. No había luna y, de no ser por la linterna, no habrían alcanzado a verse ni las palmas de sus propias manos. El currucutú cantaba a lo lejos sus presagios. La hojarasca crujió bajo sus pasos indecisos. No sabían ni dónde estaban pisando. A medida que avanzaban, los gemidos se oían cada vez más fuertes.

Cuando llegaron al lugar encontraron unos gallinazos dormitando alrededor. Esperaban a que amaneciera para continuar con el festín. Las moscas, enloquecidas, no paraban de zumbar. El olor era aún más insoportable que antes. Candelaria sintió que le temblaban las manos. Alumbraron al mico y le vieron los ojos cerrados y la cabeza deformada por los golpes. Los cocuyos dibujaban líneas en el aire. Facundo pisó un charco de sangre que había alrededor del cuerpo mutilado y entonces se lamentó por las manchas que iban a quedarle en los zapatos. Candelaria acarició al mico con una mano y con la otra apretó el cuchillo sabiendo que no iba a ser capaz de enterrarlo. Ni siquiera sabía el lugar exacto en el que se aloja el corazón. El mico abrió los ojos y la miró. Los cerró, luego volvió a abrirlos y sin dejar de mirarla lanzó un último estertor. Los ojos se le quedaron muy abiertos.

—Ahora sí está muerto —dijo Facundo, aliviado.

—Y lo último que pensó fue que yo iba a enterrarle el cuchillo —se lamentó Candelaria.

—¿Habrías sido capaz, mi cardenal?

—Claro que sí —mintió.

Después de que la madre le tallara ojos a todas las piedras con el cincel que Facundo le había regalado. Después de que ganara unos pocos kilos y las mejillas se le pusieran del color de los hibiscos. Después de que se tiñera el pelo oscuro como las piedras redondas que la miraban desde un rincón del cuarto. Y de que se cortara las puntas resecas y se lo atara en una cola alta y apretada. Después y solo después de todo eso, la madre se puso un día el vestido rojo y se asomó al balcón con una solemnidad que nadie le conocía. El cuerpo firme, la postura erigida y la mirada clavada en un paisaje que, a su vez, parecía mirarla a ella. Las piedras negras en el interior del cuarto la contemplaban desde la retaguardia en contraste con las plantas de afuera que lo hacían desde el frente. Elevada e inalcanzable, ahí en su balcón para observar y ser observada, puso a todo volumen la ópera que, según ella, hacía crecer las plantas.

Había hecho un ayuno de varios días en el que solo consumió alimentos que hubieran brotado de la tierra. Realizó ejercicios de respiración y baños con bicarbonato y ruda. Se frotó todo el cuerpo con los restos de miel que había recolectado tras la invasión de las abejas. Durmió fuera la noche en que hubo luna llena para recargar la energía y equilibrar los polos magnéticos del cuerpo. No tocó ningún aparato eléctrico ni usó luz artificial para iluminar su entorno durante considerable tiempo. Cumplió a cabalidad el voto de silencio y se paró en la cabeza cinco minutos cada hora para oxigenar hasta el último rincón de su cerebro. Después de todo lo anterior, según ella, había logrado la añorada «desintoxicación definitiva» y eso era algo que había que celebrar.

Apenas estaba saliendo el sol y desde el empedrado la luz oblicua de los rayos hizo ver a la madre como si estuviera flotando, o tal vez lo estaba, porque nadie puede sobrevivir a semejante tipo de desintoxicación sin convertirse en un ser etéreo como los dientes de león que flotaban en el aire. Facundo y Candelaria coincidieron fuera para ver qué era lo que ocurría. La música resonaba de tal manera que le hacía eco al eco. Las flores se veían más florecidas y el canto de los pájaros se oía más fuerte. Todos en Parruca parecían contagiados de una ebriedad colectiva. Doña Perpetua se contorsionó de forma tan extraña sobre las ramas de la araucaria que Facundo se asustó al pensar que acaso había asaltado al manzano y devorado las semillas. «Son letales para las aves porque tienen cianuro», explicó, y entonces la que se contorsionó fue Candelaria al acordarse del cuervo y de todas las manzanas que ella le había proporcionado.

Ese mismo día Candelaria vio las primeras gotas de sangre manchando su ropa interior. Tan rojas, tan llamativas, tan escandalosas. Eran solo unas gotas, pero a ella le pareció que se estaba desangrando, que de seguir así no iba a ser capaz ocultarlas. No recordaba de dónde había sacado esa idea tan absurda de ocultar lo inocultable, de sentir vergüenza por algo que ni siquiera estaba en sus manos controlar. Se echó en la hamaca con el jersey a la cintura para que nadie se diera cuenta y cada cinco minutos se metía al baño. Allí se quedaba un largo rato contemplando su propia sangre con una mezcla de asco y fascinación que no alcanzaba a comprender del todo. Pensó en sus compañeras y se preguntó si lo mismo les habría pasado a todas ya.

El misterio de la regla es un gran misterio. Primero ninguna quiere que le venga y luego se convierte es un tema de conversación obligado en el recreo. Se comparten tampones con una generosidad inusitada y cuando hay que pararse de la silla, se le pregunta siempre a la de la fila de atrás si acaso ha habido alguna filtración. A veces, porque se sospecha que la haya, pero por lo general porque se quiere dejar claro ante las compañeras que una ya es mujer y que podría tener manchada la falda del uniforme. Y entonces todas correrían a ofrecerle un jersey para amarrarse en la cintura, pocos temas generan tanta solidaridad entre las mujeres como el de una mancha roja en el lugar equivocado. De pronto, esa es la cuestión más importante del mundo. Hay que sangrar para ser una mujer. Hay que mancharse la ropa interior.

Lo curioso es que hacía tan solo unos meses eran niñas que se ponían nerviosas cuando la compañera de pupitre tomaba sin permiso un lapicero de la bolsita de colores. Unas pequeñas egoístas convencidas de que el mundo entero les pertenecía sin haber hecho aún ningún mérito para apropiarse del más mínimo trozo. Quizá habían visto demasiada televisión o prestado más atención de la que merecían, los discursos de sus madres en los que aseguraban que en algún lugar existía un príncipe azul dispuesto a tender un tapete para que no se les ensuciaran los piececitos. Pero en vez de príncipe les había llegado un sangrado con el que tendrían que lidiar hasta que los príncipes huyeran y ellas estuvieran viejas e invisibles. Un sangrado desagradable que debían ocultar a toda costa del resto del mundo, pero que a ellas, como mujeres, las acercaba un poco y las hacía cuestionarse, por primera vez, las diferencias de género. De un momento a otro, casi todas hablaban de lo mismo, porque eso era lo que diferenciaba a las niñas que fueron de las mujeres en las que se habían convertido. Se saltaban la clase de deportes con la excusa de los cólicos y los dolores de cabeza.

El mundo, de un día para otro, se dividía entre las que ya les había venido la regla y las que no. Y a quienes aún no les llegaba no tenían otra opción que sonreír como tontas en el recreo y preguntarse cuál sería la demora de su cuerpo en demostrar aquello que habría de catalogarlas como mujeres. Solo en ese momento y por esa razón echó de menos el colegio. Ese era un buen lugar para sangrar, era un lugar seguro. Ahora en casa, con Facundo a bordo, no lo era. Hizo cuentas, en diez días cumpliría trece años. «Trece», dijo en voz alta. Era un número que le parecía bonito, aunque la gente se empeñara en decir que traía mala suerte.

Cuando se percató de que no podría ocultar el sangrado por mucho tiempo, subió a contarle a su madre. La ópera seguía sonando. Al entrar se quedó un rato de pie, junto a las piedras, tan inmóvil que parecía una de ellas. No se acordaba de que la geometría de la espalda de su madre fuese tan perfecta. Quizá Facundo tuviera razón y su madre era la reina de la colmena, mientras que ella era nada más que un zángano. Su madre se había deshecho de las demás aspirantes para reinar, se había deshecho del hombre que le sirvió de pareja. Tal vez con la desintoxicación, lo que pretendía su madre era borrar los últimos restos del padre, las migajas del recuerdo.

Candelaria se preguntó si su madre era quien ostentaba el poder dentro de la casa y si la aparente fragilidad tras la que solía escudarse no era más que una de las armas con las cuales manipulaba a quienes vivían a su alrededor. Pensando en eso se puso a admirarle la espalda. Deseó estar así de delgada. Deseó tener esas mismas piernas largas y que, cuando se pusiera un vestido le quedara así de bonito. Cuesta aceptar que los padres puedan ser vitales y deseables. Que sus cuerpos cansados a fuerza de usarse sean capaces de seguir conteniendo aquello llamado belleza. Reparó en lo poderosa que la hacía ver el vestido rojo, en su pelo oscuro y abundante. Candelaria la vio desde atrás concentrada en el balcón divisando el paisaje. Parecía que en cualquier momento iba a salir volando. En momentos como esos su madre se parecía a una canción.

Candelaria la llamó varias veces por su nombre, pero ella no la oía, quizá estaba demasiado concentrada, quizá se debiera al volumen de la música. De repente sintió vergüenza allí de pie percibiendo la sangre caliente que manaba de su interior. Quiso salir corriendo, pero temió encontrarse a Facundo en el camino. No quería que la viera así. No supo por qué le entraron unas ganas inmensas de llorar. Esta vez contó hasta veintidós antes de que asomara la primera lágrima, lo cual era todo un triunfo. Por experiencia sabía que la primera es la que le abre camino a todas las demás. Basta soltarla para que rueden sin control y sin medida. Al finalizar la canción su madre se giró para ponerla de nuevo a sonar y reparó en ella agazapada e indefensa en un rincón. Ahora la mancha era visible y escandalosa. Clavó la mirada en esa mancha sin forma y le dijo:

—Hija, esto solo indica que vienen muchos cambios en tu vida.

—¿Más?

—Sí, lo importante es que no cometas estupideces, la mayoría de...

—¿Como enamorarme? —interrumpió Candelaria, porque de alguna manera tenía asociados los conceptos de ser una mujer y estar enamorada.

—No, como embarazarte —aclaró su madre.

—No quiero que le cuentes esto a nadie.

A la hora de la comida notó que su madre estaba inusualmente excitada. Tras el ejercicio de desintoxicación tenía un apetito extraordinario. Preparó setas rellenas, horneó pan de maíz y sirvió vino, aunque rara vez tomaba. Candelaria, por fin, se andaba estrenando uno de los vestidos que Gabi le había hecho comprar y eso la hizo recuperar parte de la confianza en sí misma. Le habría gustado llevar un tono más alegre, tal vez el amarillo porque era más acorde con su personalidad, pero en ese momento los colores oscuros la hicieron sentir más tranquila.

Nunca se había sentido tan fea como al verse reflejada en la vidriera con ese estúpido vestido que ni siquiera le quedaba. Tuvo celos de su madre. Ella le ganaba en todo. Las cosas no podían funcionar de esa manera, se suponía que era al revés, que las hijas tienen que hacerles sentir nostalgia a las madres de lo que alguna vez tuvieron y ya no recuperarán jamás. Las madres se supone que son viejas, que sacrifican su belleza y su cuerpo por los hijos. Que son absorbidas y consumidas por ellos y que pierden su individualidad al punto de que nadie termina por saber dónde empieza el hijo y dónde acaba la madre. ¿En qué momento se habían invertido los papeles?

Notó que, por primera vez, reposaba una copa de vino en el puesto de la mesa que ella solía ocupar y pensó que eso le vendría bien porque andaba muy furiosa, pero no sabía contra quién proyectar su descontento. Por lo menos eso era lo que decía su padre cada vez que una situación lo desbordada: «Necesito un trago», y las botellas de aguardiente empezaban a mermarse hasta que la situación se solucionaba o hasta que se acababa el aguardiente: lo que ocurriera primero. Facundo agarró la botella y con la expresión de su cara le preguntó si quería. Candelaria asintió. El sonido del chorro amarilloso golpeando el cristal le hizo cosquillas en los oídos. Esperó a que él agarrara su copa para ella hacerlo de la misma manera. No quería parecer inexperta. Se alegró de que Facundo la viera tomar y aunque odió aquel primer trago, hizo grandes esfuerzos para que no se le notara.

Era extraño, pero nunca se había sentido tan incluida. Era como si de un momento a otro hubiera empezado a encajar, aunque no tenía del todo claro en dónde. Sintió que Facundo y su madre la miraban como esperando a que se pronunciara, pero no tenía ni idea de qué esperaban que dijera, así que prefirió quedarse callada. Se puso a pensar en Gabi, le hubiera gustado tenerla a su lado en ese momento. Con uno de sus comentarios inoportunamente oportunos habría sido ella la que dejara a su madre y a Facundo sin nada que decir.

—Bueno, señoritas, ¿se puede saber qué estamos celebrando? —preguntó Facundo con una ingenuidad tan falsa que se habría notado a kilómetros.

Candelaria tomó un trago de vino para no tener que decir nada. Se puso roja como un cardenal guajiro al notar que Facundo la estaba mirando de reojo, ansioso por ver su reacción.

—La vida, Facundo, la vida —dijo Teresa guiñándole el ojo.

—Yo sé dónde hay más guacamayas como Doña Perpetua.

Lo dijo así sin más. Como esas cosas que se dicen con el fin de sopesar el impacto que generan y, de esa forma, calcular el beneficio que podría obtenerse de ellas. Facundo estaba acostado tomando el sol al pie del estanque. Candelaria había notado que era un lugar que frecuentaba cuando quería estar solo, porque posiblemente ya se había dado cuenta de que nadie más en la casa se acercaba hasta allá ni por error. De hecho, era un lugar que incluso habían dejado de mencionar, como si al hacerlo pudieran borrar todo lo que había ocurrido en la quietud de sus aguas.

Facundo dormitaba sin camisa. El cuerpo entero le brillaba por el aceite que se untaba para broncearse. Lo vio abrir los ojos y buscar los de ella con una expresión entre interrogante y ansiosa. De pie se sintió inmensa, imponente debido al contraluz del sol que a esa hora estaba alto en el cielo. Acostado lo percibió a la sombra —a su sombra—, disminuido e indefenso, una hormiga que podía aplastar con la planta sucia de los pies.

—Yo sé dónde hay más guacamayas como Doña Perpetua —repitió.

Sin dejar de mirarla, Facundo le agarró el tobillo derecho en un intento por retenerla. Trató de incorporarse y entonces ella le asentó el pie izquierdo sobre el pecho. Estaba caliente y liso. Era duro como una piedra. No tardó en darse cuenta de que la estaba mirando por debajo de las bermudas, pero aun así no retiró el pie.

—¿Me llevarás? —preguntó Facundo.

—Voy a pensarlo —dijo ella poniendo más peso en el pie izquierdo. Al hacerlo se sintió poderosa, como si estuviera aplastando una hormiga indefensa.

Ambos sonrieron. Candelaria había puesto todas sus cartas sobre la mesa. Si se equivocaba, perdería la única oportunidad que tenía de salir de Parruca. Facundo le soltó el tobillo y ella quitó el pie de su pecho. Al sentirse libre empezó a caminar hacia la casa y volvió a sonreír, esta vez para sí misma, en especial cuando oyó el desespero con el que Facundo la llamaba: «No te vayas, mi cardenal», «Mi cardenal guajiro, ven para acá...». Y entonces apuró el paso. No tuvo que girarse para saber que se estaba arrancando unas hebras de pelo.

El resto del día Facundo la siguió como un perro faldero. Le llevó jugo de mandarina que él mismo se tomó el trabajo de exprimir. Le regaló un escarabajo de oro, un trébol de cuatro hojas, un péndulo y un nido abandonado de colibríes, perfecto y diminuto como una escultura. Las plumas de colores que él coleccionaba las puso dentro de una botella vacía de aguardiente que ubicó en la mesa de noche de Candelaria, junto a las cenizas de Tobías. Cuando oscureció salió a capturar cocuyos dentro de un frasco, y cuando tuvo suficientes, regresó al cuarto y los liberó frente a ella. Titilaban como lucecitas de Navidad y al volar hacían figuras en el aire que desaparecían en un parpadeo, tan rápido que uno podía atribuirles cualquier forma sin que el otro tuviera opción de comprobarlo o refutarlo. «¿Viste? Un tiburón», decía él. «Un oso», decía ella. «Un barco», decía él. «Una ballena», decía ella. Y así, hasta que se quedó dormida y soñó con el canto de las ballenas. Aunque al otro día se acordó de que nunca las había oído cantar, es más, ni siquiera sabía dónde diablos cantaban.

—Al lado del mar —le dijo Candelaria durante el desayuno.

—¿Qué pasa al lado del mar? —preguntó Facundo.

—Hay más *Aras ambiguus*.

—¿Dónde exactamente? El mar es muy grande, mi cardenal —dijo dibujando un mapa imaginario sobre la servilleta. Se esmeró en señalar la longitud de la línea de playa para que ella viera lo larga que era.

—Ni tanto —dijo ella recorriendo con los dedos un pequeño fragmento de esa playa imaginaria.

—Visto así parece una porción pequeña, pero es inmenso, inmenso. ¿Acaso no lo conoces?

—Claro que lo conozco —mintió.

—Pero es que..., no sé, necesito más certezas para ir hasta allá...

—¿Quiere que lo lleve o no? Porque lo que soy yo, ya me estoy arrepintiendo —dijo Candelaria poniéndose de pie. Estaba segura de que no demoraría en llamarla. No atendería al primer llamado ni al segundo ni al tercero. Él mismo había dicho que las cosas se vuelven más deseables justo cuando uno cree que está a punto de perderlas.

—Regresa, mi cardenal —llamó una vez—. ¡Que vengas! —llamó otra vez—. ¡Por favor! —gritó mientras comenzaba a arrancarse algunos pelos.

Ella se echó sobre la hamaca atada a dos palmeras y comenzó a balancearse suspendida en el aire. Facundo la alcanzó corriendo y le preguntó:

—¿Qué sigue ahora? Haré lo que me pidas.

—Por lo pronto quiero cosquillas en la planta de los pies.

Y los extendió sobre las rodillas de Facundo. Los tenía sucios y ásperos, pero esta vez ni ella estaba dispuesta a lavárselos, ni él en condiciones de exigirle que lo hiciera.

—¿Que van para dónde? —preguntó la madre cuando le contaron unos días después.

—Es una misión científica, mamá. No nos demoraremos.

—Sí, científica —confirmó Facundo.

—¿Estarás bien? —le preguntó Candelaria a la madre.

—¿Estarás bien? —le preguntó la madre a Candelaria.

Las dos se quedaron calladas mirándose a los ojos. Candelaria se percató de que hacía mucho tiempo no tenía con su madre una conversación tan profunda. Esas dos palabras, *Estarás bien*, contenían todo lo que tenían que decirse. No necesitaban más. Eran pregunta y respuesta al mismo tiempo. Eran un anuncio del cariño que cada vez expresaban con mayor torpeza, pero que ambas sabían que estaría allí por siempre. Eran lo que le deseaba la una a la otra: que «estuviera bien», porque quien le desea eso a alguien, se siente bien por el simple hecho de desearlo. Eran la confirmación de que ya estaban listas para que cada una se hiciera responsable de sus cosas y eran también la medida de cuánto habían cambiado. Eran lo mismo que decirse: «Confío en ti» y creérselo enteramente. Eran lo mismo que decirse: «Confío en mí» y hacer grandes esfuerzos por creérselo. Eran dos palabras, solo dos palabras, pero ambas las habían pronunciado casi al mismo tiempo, y eso tenía que significar algo.

Facundo insistió en que le faltaba grabar más sonidos de los que emitía Doña Perpetua. Decidieron no llevarla para no exponerla a un viaje tan incierto. Aunque tenía cientos de minutos de grabación, dijo que era necesario recopilar otros para atraer a un posible ejemplar cuando lo encontraran. No podía arruinarlo, era la razón de su existencia. Apenas despuntaba el sol ahí estaba él mirando arriba de la araucaria, dispuesto a grabar con su dispositivo los alaridos mañaneros. Cuando aparecieron los mirlos, la grabó defendiendo su territorio con el sonido seco que emitía en situación de pelea. La grabó sobrevolando el lecho de la quebrada. La grabó engolosinada partiendo corozos. La grabó en plena algarabía del baño con agua lluvia.

—Cualquiera pensaría que son gritos sin sentido —explicó Facundo—, pero hay que ver la escena completa para entender que los gritos también pueden ser melodiosos.

—¿Como una canción? —preguntó Candelaria.

—Como una canción —dijo Facundo.

Siguieron a Doña Perpetua en su recorrido por todos los árboles. A menudo frecuentaba los mismos, a la misma hora. Al final de la tarde despedía la jornada desde la parte más alta de la montaña, encaramada en la cima de un roble grande y viejo que debía de estar allí desde que el mundo fue mundo. Y gritaba, como si supiera que era la última de su especie.

Recordó cuando Tobías estuvo empeñado en buscarle un compañero a Doña Perpetua y se embarcaba en excursiones a las cuales ella lo acompañaba, más por disfrutar de la compañía de su hermano que por comulgar con el objetivo de las mismas. Pero es que antes ella era diferente y no entendía ese tipo de objetivos, ahora, en cambio, le pareció que sabía un poco más de los seres solitarios. De hecho, todos los que había conocido recientemente lo eran. Los repasó uno a uno: Gabi, Santoro, Borja, Facundo. Su madre, su padre, su hermano. Ella misma estaba sola.

Se quedó pensando en Tobías. En ese momento comprendió que él había sido la persona más solitaria del mundo. Un chico a la deriva sin puntos fijos a los cuales agarrarse. Un ave sin alas. Un puñado de polvo. Cuántas ranas de colores se quedarían sin ser descubiertas, cuántas orquídeas, cuántos poemas de Poe ya no tendrían cabida en su memoria. Ya no vivía para llevarla en sus brazos, para cruzar segmentos de arenas movedizas que solo figuraban en los libros; para pelear contra plantas carnívoras capaces de ingerir como mucho una sola mosca al día. Pero eso él jamás lo admitiría, y justo allí residía el encanto de recordarlo, no por lo que había sido, sino por lo que él mismo llegó a imaginar que era. Un proyecto de vida que se quedaría irresuelto. Un viaje psicodélico a ninguna parte. Un sueño dentro de un sueño. Eso era Tobías. Un puñado de cenizas inmóviles sobre la mesa de noche. Seis letras formando un nombre que nadie volvería a pronunciar: Tobías, Tobías. Tobías, lo dijo en voz alta tres veces antes de bajar corriendo montaña abajo. Entró en la casa y tomó la caja de madera con las cenizas. Regresó jadeando hasta la cima.

Facundo la miró de reojo sin decir nada. A lo mejor porque aún estaba recopilando sonidos y no quería interrumpir la grabación. A lo mejor porque intuyó la importancia de ese preciso momento. Doña Perpetua no paraba de gritar. Candelaria abrió la caja pensando en la manera más ceremoniosa de echar a volar las cenizas de su hermano, pero el viento se las arrebató de un soplido antes de que ella pudiera hacer algo para impedirlo. Se le metieron en los ojos, en el pelo, en la boca. Desaparecieron en la inmensidad del cielo en menos de un parpadeo. Candelaria prefirió pensar que las cenizas volaron por voluntad propia y no por el capricho del viento. Era lo mínimo que esperaba de un águila como su hermano.

—¿Estarás de vuelta para tu cumpleaños? —preguntó la madre justo antes de que partieran.

—Creo que sí —mintió, Candelaria, porque, según sus cálculos, su cumpleaños número trece iba a pasarlo al lado de su padre oyendo el canto de las ballenas.

Mintió porque ya se había dado cuenta de que era más fácil mentir.

Si hubiera puesto atención en clase de matemáticas, habría calculado mejor, no solo la distancia sino también las variables, la manera de despejar ecuaciones con incógnitas y los resultados. De esa manera habría sabido que en cálculo diferencial los resultados siempre son exactos, en cambio en la vida, rara vez lo son.

Por primera vez desde que la habían expulsado del colegio llevaba un par de zapatos puestos. No recordaba que fueran tan incómodos. Le apretaban como un mal presagio. Facundo le inspeccionó las suelas antes de permitir que se subiera al carro y, como no pasaron la prueba de limpieza, él mismo se tomó el trabajo de frotarlas con un cepillo hasta dejarlas tan blancas que parecieron nuevas. Al cabo de los minutos, Candelaria se puso a mirar por el espejo retrovisor el polvo levantándose a lo largo de la carretera; el polvo expandiéndose sin límites por el aire; el polvo compuesto por millones de partículas diminutas e insignificantes y, sin embargo, capaces de nublar hasta la visión más aguda.

El polvo era eso que dejaban atrás mientras ella estiraba y encogía los dedos de los pies. No lograba acomodarlos dentro de los zapatos o, tal vez, fueran los zapatos los que no se acomodaban a ellos. Sintió los dedos aprisionados como aves enjauladas. Luego se percató de que los dedos no eran los únicos que estaban aprisionados, toda ella se sentía de esa forma debido a la angustia de no saber lo que le esperaba ahora que estaba a punto de salir de su jaula. Presa del miedo de tener que seguir hacia delante durante tantos kilómetros hasta lle-

gar a un final incierto. A lo mejor no fueran tantos kilómetros, nunca fue buena para los números, lo que pasaba, por
un lado, era que ella aún no sabía exactamente para dónde
iban y, por otro, que Facundo no sabía que ella no sabía.

—¿Por qué vas tan callada, mi cardenal?

—Por los pájaros enjaulados.

—Yo también los he visto, hay un montón... ¿Estarías de
acuerdo si...?

—Sí. Estoy de acuerdo. Seré rápida, usted no apague el
carro, por si acaso.

Se detuvieron frente a la siguiente casa campesina que encontraron. Estaba pintada con esos colores estridentes que
usa la gente de las montañas para romper la monotonía del
verde. El rosado era tan rosado y el azul tan azul que parecía
una torta de cumpleaños. No se veía a nadie en los corredores. Un par de sinsontes revoloteaban en dos jaulas contiguas
que se mecían por los movimientos desesperados de las aves.
Candelaria descendió del carro, caminó sigilosa hasta las jaulas y miró para ambos lados. En el interior de la vivienda una
pareja discutía de forma acalorada y eso la obligó a actuar
rápido. Abrió las puertas de las jaulas para que salieran los
sinsontes y corrió hasta el carro. Facundo pisó el acelerador y
cuando ella giró la cabeza para verlos libres, ya los pájaros
habían desaparecido en la inmensidad del cielo. Los zapatos,
en cambio, le seguían aprisionando los pies.

Hicieron lo mismo en otra casa amarilla y naranja: libera-
ron cuatro turpiales antes de que un perro la persiguiera en
su huida hasta el automóvil. En una casa azul dejó libres cinco periquitos australianos, por suerte no había perro, sino un
gato obeso que prefirió seguir durmiendo en la comodidad

del escalón. En otra casa roja abrió la puerta de la jaula en la que se encontraba una lora que no quiso salir del encierro. O era terca o le habían cortado las alas y su instinto le indicaba que sin ellas no llegaría lejos. A lo mejor quienes llevan mucho tiempo enjaulados terminan por atemorizarse ante la posibilidad de estar libres. Como la lora empezó a silbar y a hablar, el dueño pensó que se la estaban robando y salió para agarrar el carro a pedradas.

Más adelante Facundo se detuvo, pero esta vez no para liberar a nadie, sino para contar las abolladuras. Eran cuatro y un vidrio rajado. Se arrancó varios cadejos de pelo mientras Candelaria seguía estirando y encogiendo los dedos de los pies en sus zapatos. Ambos tuvieron el buen gusto de no hacer comentarios. Era la primera regla del viaje y, aunque no la habían acordado de manera explícita, parecían respetarla.

Cuando pararon a poner gasolina y a comprar alimentos, Facundo aprovechó para quitar el polvo del carro con el trapo limpio que mantenía en la gaveta. A Candelaria le pareció que él puso un enorme esmero en buscar cosas que no generaran muchas harinas ni mucho olor a comida. Era importante también que no se derritieran ni empegotaran ni pudieran derramarse sobre la carrocería. Así que se abstuvo de pedir que le comprara yogur, chocolates y paletas. Le pareció sensato evitar discusiones, porque el viaje era largo y apenas estaba comenzando. Tuvo que conformarse con unas gomitas duras como piedras y unas manzanas desabridas, cuyas pepitas llenas de cianuro le recordaron a Edgar.

La adrenalina los tuvo despiertos y excitados hasta bien entrada la noche. Por un momento, Candelaria olvidó que le tallaban los zapatos y Facundo que andaba en un carro con cuatro abollonaduras, un vidrio rajado y una compañera de viaje que, a ratos, daba la sensación de no tener muy claro para dónde iba. Pero, de nuevo, ninguno dijo nada, porque al inicio de los viajes es mejor respetar las reglas.

La noche los agarró en el medio de la nada. Facundo tuvo que orillar el carro después de que las mariposas negras empezaran a estrellarse de manera consistente contra el vidrio delantero. Hurgó entre sus maletas, las cuales parecían contener en su interior al mundo entero y todas las cosas necesarias para sobrevivirlo. Con una sonrisa en la boca empezó a extraer seda dental, cepillo de dientes, enjuague bucal, piyama, antifaz para taparse los ojos y tapones para los oídos.

—¿Necesitas algo, mi cardenal?

—¿Algo como qué...?

—No sé..., crema de dientes, jabón... ¿Sabes?, a tu edad deberían empezar a importarte las caries, los cálculos, la limpieza facial, las vitaminas, las pecas... —dijo tragándose la pastilla que siempre se tomaba por la noche.

—Así estoy bien —dijo Candelaria mientras reflexionaba si, en realidad, debían importarle ese tipo de cosas—. ¿Para qué es la pastilla?

—Para borrar ciertos recuerdos.

—¿Como cuáles?

—Pues, la verdad, es que no me acuerdo.

—¡Entonces ha funcionado!

—Supongo que sí, mi cardenal. ¿Quieres una?

—No..., me parece que todavía no hay nada que quiera olvidar.

—Todavía... —dijo Facundo mientras terminaba de lavarse los dientes, se acomodaba el antifaz y se embutía los tapones dentro de las orejas.

Candelaria se quedó mirándole el antifaz y eso la hizo recordar a Tobías. No veía ninguna gracia en cubrirse, era mejor enfrentar la realidad con la cara despejada y los ojos bien abiertos, incluso si aquello que hay que enfrentar es algo tan simple como la luz. Pensó en todas esas veces que Gabi le dijo que había que abrir bien los ojos, pero apenas en ese momento, entendió que ella se refería a mucho más que un acto reflejo, más que a una necesidad fisiológica, más que a una expresión del asombro. Abrir los ojos era una manera de estar en el mundo. Se le ocurrió que había dos tipos de personas: las que los tenían bien abiertos y las que no. El que cierra los ojos o se los tapa, termina por quedarse dormido y corre el riesgo de creerse sus propios sueños en vez de salir tras ellos.

Trató de recordar cuánto dulce había comido en el día o si acaso tenía una deficiencia vitamínica de la que no estaba enterada. También se preguntó si lavarse la cara era algo exclusivo de esas mujeres que usan mucho maquillaje, o si era un deber de todo aquel que tuviera una cara. Luego se quedó rumiando acerca de los cálculos y llegó a la conclusión de que los únicos cálculos que conocía eran los que las monjas, sin éxito, habían intentado enseñarle en el colegio.

Más tarde se acordó de las gomitas duras y sopesó el contenido de azúcar. Eso la hizo desear lavarse los dientes, pero

Facundo ya estaba dormido y no quiso despertarlo. Comenzó a pasarse la lengua sobre ellos, lo cual le generó aún más ganas de lavárselos. Ese maldito vicio de querer las cosas cuando ya no se puede. No fue sino acordarse de los zapatos para que empezaran a tallarle, pero cumplió la promesa de dejárselos puestos. Aún pensaba que podría llegar a acostumbrarse a ellos. Como si no se hubiera dado cuenta de que hay ciertas cosas a las que uno nunca llega a acostumbrarse.

Se puso a mirar por la ventanilla y a jugar con el cristal empañado por su propio aliento. Con el dedo índice, dibujó lo que la gente poco creativa siempre dibuja en circunstancias parecidas: dos palitos verticales y una curva hacia abajo son una cara alegre, mientras que los mismos palitos y una curva hacia arriba son una cara triste. Lo que en realidad hubiera querido dibujar era una cara con miedo, pero no supo cómo, porque requería trazos más finos de los que le permitían los dedos engrosados por comerse las uñas. Quizá ni siquiera fuera culpa de los dedos, sino de la manía que le tenemos a expresar aquello que nos atemoriza. Nos da miedo nuestro propio miedo. Pensó en la guarida impenetrable de Santoro, con todas esas murallas, vidrios blindados y chochos trepadores venenosos y deseó estar resguardada y segura dentro de ella. Se preguntaba si algún día Santoro, por fin, encontraría un lugar en el que pudiera sentirse a salvo de sí mismo.

Cuando el vidrio volvió a empañarse, besó su propio reflejo. El vidrio estaba frío y frío siguió, incluso cuando le dio por imaginarse que los labios que besaba eran los de Facundo. Nunca había besado a nadie y tenía curiosidad por saber lo que se sentía. Entonces retuvo el aire y se fue acercando al durmiente, despacio, muy despacio para no despertarlo.

Cuando le rozó los labios, percibió un escalofrío atravesándole la espalda de arriba abajo. El pelo le olía a gomina y la piel lisa y templada de la cara, a crema de afeitar. Por la boca aún exhalaba la frescura de la crema de dientes y Candelaria la inhaló y, al hacerlo, sintió cosquillas en el estómago. Las mejillas se le tiñeron de rojo, menos mal que todo estaba oscuro. «Si nadie ve las cosas es como si no ocurrieran», pensó. Después de eso, se quedó despierta reflexionando si lo anterior contaba como un primer beso o no. Decidió que no. Nadie la había visto, y mientras guardara el secreto sería como si no hubiera pasado. Se recostó en la silla y se puso a mirarlo. Había algo en ese tipo de contemplación que le generó una calma enorme. Ver al otro tan plácido e indefenso la hizo sentir dueña de una superioridad con la que no estaba muy familiarizada. Antes todas las personas a su alrededor le cuidaban el sueño y estaban pendientes de ella. Ahora las cosas eran diferentes. Ahora era ella la que tenía los ojos abiertos. Ahora estaba despierta.

No supo qué hora era cuando entre la niebla del amanecer le pareció ver la silueta de un anciano. Llevaba una chaqueta elegante y un corbatín rojo que desentonaban a más no poder con las formas salvajes del entorno. Adelantó el carro con los pasitos lentos de quien ya no gasta afán y, al hacerlo, batió la mano arrugada y pecosa en señal de despedida. Aunque también era posible que estuviera espantando algún insecto. Candelaria lo siguió con la mirada, detallándose las hebras de pelo blanco curtido por el sol, por los años, por el polvo del camino.

Se acordó de Gabi porque el viejo también cojeaba al caminar, aunque su forma de hacerlo era diferente, más por cansancio de vivir que por una malformación física. Lo miró bien tratando de descifrar en qué estribaban esas diferencias y entendió que una cosa era cargar el peso de los años y otra muy distinta cargar un pie más largo que el otro. O, tal vez, también le tallaban los zapatos que llevaba puestos, a todas luces impropios para la ocasión: eran de oficinista de escritorio y ascensor y no de caminante de trochas polvorientas. Se quedó mirándolo hasta que se lo tragó la neblina baja y espesa de las primeras horas de la mañana y entonces el hombre no fue más que una silueta difusa perteneciente más al plano de los sueños que al de la realidad. En ese instante de duermevela Candelaria alcanzó a pensar en lo fácil que es aparecer y desaparecer. A veces basta un poco de neblina. A veces, incluso, solo hay que cerrar los ojos.

—Buenos días, mi cardenal —dijo Facundo cuando se despertó—. No has cantado esta mañana para anunciar el día.

—Fue por los tapones..., había como un millón de pájaros cantando allá arriba sobre el árbol, pero usted no pudo oírlos.

—Tuve un sueño hermoso, ¿sabes? Soñé con un beso de cardenal y la...

—Yo soñé con un viejo que iba para una fiesta —dijo Candelaria interrumpiéndolo.

Por supuesto, el solo comentario del beso le aceleró el corazón y le tiñó las mejillas de rojo. Y ya no estaba oscuro para que pasaran inadvertidas. Se quedó pensando si Facundo de verdad soñó con el beso o si trató de insinuarle que se había dado cuenta de sus intentos por besarlo.

—¿Y dónde era la fiesta? —preguntó Facundo.

—No sé. No alcancé a preguntarle. Desapareció muy rápido.

—¿El beso?

—No, el viejo.

—Todos desaparecemos muy rápido, mi cardenal. Al final solo quedan los que quedan. Y no para siempre.

Se pusieron en marcha mientras Facundo se quejaba por la rila de pájaro acumulada sobre la capota, porque lo del millón de pájaros que amanecieron cantando arriba en el árbol era verdad. Mientras detallaba sus planes de buscar un sitio para desayunar, asearse y lavar el carro, mencionó que ya estaban saliendo de la zona montañosa y que con un poco de suerte tomarían ese mismo día la carretera hacia el mar. A Candelaria se le revolvió el estómago, porque sabía que al final de esa carretera, tendría que saber exactamente hacia dónde se dirigían. Él, hasta el momento, había sido muy paciente y ella muy hábil en evadirlo. Llevaba muchos días comiéndose la cabeza y sus dos únicas opciones eran intentar averiguar en dónde cantaban las ballenas o esperar a que, cuando la verdad se cayera de su propio peso, estuvieran lo suficientemente cerca del mar para pensar siquiera en volverse sin guacamaya, sin ballenas y sin noticias de su padre.

—Mira, mi cardenal, parece que tus sueños son reales —dijo Facundo dándole codazos para despertarla, aunque, la verdad, ella no estaba dormida, tan solo tenía los ojos cerrados para evitar preguntas incómodas y poder pensar mejor. Los abrió casi a la par con el frenazo.

—Hey, abuelo, hace nada nos estábamos preguntando dónde es la fiesta.

—No voy a ninguna fiesta.

—Entonces, ¿por qué lleva semejante atuendo?

—¿Por qué no habría de llevarlo?

—¡Vaya si hay gente rara! —dijo Facundo rascándose la cabeza.

Candelaria se quedó pensando en lo impropio de ese comentario, porque entre un viejo vestido de gala en medio de la nada y un hombre que busca un guacamayo a punto de extinguirse no había tanta diferencia. Se preguntó si ella también era rara, si todo el mundo lo era a su manera y si la rareza es algo que vemos en los otros, pero no en nosotros mismos.

—Yo mejor voy a abonar las plantas —dijo Facundo. Orilló el carro y se perdió entre el follaje con una larga tira de papel higiénico en las manos.

—¿Usted sabe dónde cantan las ballenas? —le preguntó Candelaria al viejo.

—Pero qué disparates dices, niña. Debajo del agua no es posible cantar.

Enojada, quiso decirle que el del disparate era él, que era un ignorante en el arte de vestirse y que con esos ridículos zapatos no iba a llegar muy lejos. Y también quiso agregar que ella no era una niña y que, de hecho, al día siguiente cumpliría trece años. Sin embargo, hizo el ejercicio de imaginarse a sí misma dentro del agua y la verdad es que no se podía cantar allí. Dudó por un instante, pero luego pensó que si las ballenas comían dentro del agua, hacían amigos dentro del agua, tenían hijos dentro del agua y dormían dentro del agua, seguramente también podían cantar, entonces retomó los insultos mentales hacia un viejo tan falto de imaginación. No le dijo nada porque discutir con gente poco creativa era aburrido y porque se distrajo viéndole un pedazo de cilantro que tenía atrapado entre los dientes. En esas volvió Facundo y le dijo:

—Déjenos darle un aventón, abuelo, ¿hasta dónde va?

—Hasta el final —respondió el viejo mientras reanudaba el camino.

Candelaria se preguntó cómo sabe uno cuándo es el final, pero no halló ninguna respuesta que la dejara satisfecha.

Se quedaron sin saber cómo se partió en mil pedazos el vidrio panorámico. No había carros delante ni atrás. Tampoco había nadie en el camino ni sintieron el golpe de un pájaro o de una piedra. Candelaria se emocionó pensando que el impacto se debía a un meteorito caído del cielo, mientras que Facundo llegó a pensar que les habían disparado. Pero lo cierto es que ni la supuesta bala ni el supuesto meteorito aparecieron jamás entre todos esos pedacitos de vidrio que quedaron desperdigados por el carro. Se incrustaron en el tapete, se metieron entre cada rendija y entre cada hueco grande, mediano, pequeño y diminuto. Al cabo de los años seguirían apareciendo, porque hay cosas, como el polvo, el vidrio fragmentado, los deseos no cumplidos y los malos pensamientos, que son imposibles de eliminar.

—Esto será como andar en moto —dijo Facundo sacando de la maleta del carro dos pares de gafas y de cascos de esos que usan los motociclistas.

—¿Usted tiene moto? —preguntó Candelaria.

—No, no tengo.

—Y entonces ¿por qué tiene cascos?

—Para no arrancarme el pelo en momentos de crisis.

—¿Debo considerar que estamos en crisis? —preguntó Candelaria.

—Debes considerar que estamos sin vidrio —respondió Facundo.

Y sin vidrio continuaron, acumulando esta vez en su propia piel y en su propio pelo, el polvo de mil caminos destapados. Añadiéndole capas a las capas que luego fueron costras por el sudor y la humedad natural del ambiente. Al final del día, Facundo estaba desesperado por tomar una ducha en el primer lugar que se les atravesara. Llegaron a un hotel de mala muerte tan, pero tan sucios que parecían estatuas de barro. El único rasgo humano era la piel alrededor de los ojos debido a las gafas y la sonrisa de ambos que aún conservaba intacta la ilusión del viaje.

—Me siento como el señor Santoro después de meterse en los huecos que solía cavar —dijo Candelaria.

—¡Así que para eso eran los huecos en la tierra! —comentó Facundo con la misma emoción de quien hace un gran descubrimiento—. ¿Sabes por qué se enterraba?

—Porque era un miedoso.

—¿Y a qué le tenía miedo?

—A la gente, al veneno en la comida, a mezclar los alimentos y a los sitios sin suficiente protección. Pero en especial temía las nubes negras. Cada vez que las veía las agarraba a balazos. ¡Y por mi madre que funcionaba! Al final se dispersaban los nubarrones y se alejaban las tormentas eléctricas.

—Me parece, entonces, que Santoro es el tipo de hombre propenso a atraer rayos.

—¿Y eso qué significa? —preguntó Candelaria.

—Que debe enterrarse con regularidad para descargar la estática del cuerpo.

Candelaria se quedó pensando que su falta de creatividad era preocupante, pues tenía mil teorías en su cabeza acerca de por qué Santoro tenía la costumbre de meterse bajo tierra y ninguna se asemejaba en lo más mínimo a la explicación de Facundo. Pero si él lo decía, seguro era verdad, porque Facundo era un hombre que sabía muchas cosas, aunque la mayoría inútiles.

Estaban tan sucios y entierrados cuando se bajaron del carro que el dueño del hotel los obligó a ponerse contra uno de los paredones traseros para apuntarles con el chorro de una manguera. Los lavó, los hizo girar y volvió a lavarlos, una y otra vez, hasta que aclaró el agua turbia y se desvaneció en remolino, debido a la insaciable sed del desagüe. Facundo pidió cuartos separados y se quedó tomando aguardiente en la mesa coja de la terraza. A Candelaria le pareció fabuloso dormir en un cuarto de hotel para ella sola justo el día en que amanecería cumpliendo trece años, ya estaba en edad de tener un poco más de privacidad. El cansancio le cerraba los ojos y aún sentía la vibración del carro y el viento zumbándole en los oídos y, por eso, terminó desparramada sobre el colchón sin lavarse los dientes, de hecho, cayó en la cuenta de que ni siquiera tenía un cepillo para hacerlo. Se acostó con la angustia de no ser capaz de elegir el camino correcto, con miedo a la reacción de Facundo cuando se enterara de que ella lo había usado para cumplir sus deseos, haciéndole creer que le estaba ayudando a cumplir los de él. Fuera de eso se llevó a la cama la triste sensación de que ese sería el primer cumpleaños que no celebraría con su familia.

Varias razones la habían llevado a ilusionarse con poder pasar ese día junto a su padre. Una de ellas era su ignorancia en lo que a largas distancias se refería. Lo que pasaba era que nunca había hecho un viaje tan largo y todos sus cálculos fallaron, precisamente porque lo que tuviera que ver con números estaba lejos de su entendimiento. Eso sin contar que para cuando llegaran al punto en donde la carretera al mar se bifurca en decenas de caminos secundarios, ya tendría que haber averiguado cuál era el que tenía que tomar.

Soñó que una paloma mensajera la despertaba tocando la ventana para entregarle un mensaje. Ella desenrolló el papel con delicadeza, por puro temor a estropearlo, ansiosa por escribir una contestación. Las cartas sin respuesta eran propias de cobardes, y ella no lo era. Eso jamás. Respondería con su mejor letra para que el interlocutor pudiera entenderla, en eso era buena, siempre hizo todas las planas que la profesora de español le puso a hacer en el colegio. Sabía de sobra la ansiedad que genera el hecho de esperar una respuesta que nunca llega. Termina uno preguntándose si cada paloma que ve es la culpable de no haber entregado el mensaje que alguien le encomendó. Llega uno a odiar todas las palomas porque le han enseñado a desconfiar y, peor aún, a perder las esperanzas. Menos mal que en su sueño, la paloma que la miraba desde la cornisa parecía fiable, por lo menos no era blanca como el Espíritu Santo, y eso era ya un buen indicio. Para cuando terminó de desenrollar el papel, se dio cuenta de que no había nada escrito en él y justo ahí se despertó. Primero sintió una gran desilusión, era absurdo recibir una carta vacía, luego pensó que los lugares vacíos tienen algo bueno, y es que pueden llenarse con cualquier cosa. Olvidó de inmediato el asunto de la carta cuando se acordó de que estaba cumpliendo años, y ese pensamiento se impuso en su cabeza y fue ganando importancia de manera progresiva, dejando atrás la angustia de las palomas extraviadas y las cartas sin mensaje. Concluyó que la ausencia del mensaje era un mensaje en sí mismo.

Se paró de la cama sintiéndose más alta que nunca. Templó el estómago, estiró el cuello y se pasó los dedos por las hebras desordenadas de pelo con el fin de peinárselas. Rumbo a la ducha, se miró en el espejo y sopesó el tamaño de las canicas que tenía en el pecho, mintiéndose a sí misma acerca de lo mucho que habían crecido. Luego se giró para examinarse el trasero y vio todas las chucherías que se había comido el día anterior acumuladas en él. Una vez en la ducha tuvo que bañarse en puntillas para esquivar la colonia de hongos que crecía entre las baldosas. Decidió lavarse el pelo por puras ganas de ensayar el secador que pendía de una de las paredes del baño. Nunca se lo había cepillado, pero había visto a su madre hacerlo y creyó poder llevar a cabo esa actividad sin mayor contratiempo. Salvo un par de quemones en el cuero cabelludo, en las manos y algunos nudos que tuvo que deshacer a punta de tijera, logró domar esos cadejos rojizos hasta que estuvieron lisos, suaves y brillantes como una manta.

Se puso el vestido amarillo con flores azules que había comprado con Gabi. Desde que tenía memoria los días de cumpleaños significaban dos cosas: una, que se recibirían muchos regalos, y dos, que siempre había ropa para estrenar, y como en esta ocasión vio incierta la llegada de regalos, entonces no tuvo otra que echar mano del vestido nuevo para no perder la costumbre. Sin embargo, al mirarse en el espejo se sintió ridícula. A quién diablos se le ocurría ponerse un vestido amarillo que llamaba la atención sobre un pecho inacabado y un trasero que no paraba de crecer.

Ese amarillo era como un dedo índice apuntándole para que nadie la perdiera de vista; era un incendio de esos que se ven desde lejos cuando arden las montañas. Fuera del vestido odió también los zapatos rígidos que dependerían siempre de los pies de quien osara calzarlos. Antes de salir de casa, de verdad pensó que llegaría a acostumbrarse a ellos, pero pasaban los días y los kilómetros y cada vez los sentía más apretados. Sin embargo, esta vez tampoco se atrevió a quitárselos, porque una cosa era incumplir promesas a los demás y otra muy distinta a sí misma.

Fue hasta el cuarto de Facundo a pedirle un cepillo de dientes de sobra, pues consideró que ya era justo y necesario lavárselos. Entró sin tocar, la puerta estaba ajustada y lo vio en el baño, semidesnudo y paralizado por la colonia de hongos que invadían la ducha. «Que se considere suertudo si no agarró un hongo entre las uñas», pensó, pero no dijo nada porque le pareció que ya estaba lo suficientemente contrariado.

Untó los cepillos con crema y ambos se lavaron los dientes mirándose al espejo, de reojo el uno al otro, pensando en quién sabe qué cosas que no se atrevieron a expresar. Se cepillaron como si fuera lo único que tuvieran que hacer en la vida, como si un cepillo pudiera remover todas aquellas cosas que les estorbaban, como si pudiera limpiar algo más que los dientes.

A la salida pidió un vaso de agua y le embutió a Facundo la pastilla para olvidar no-sé-qué. Cuando pagó el desayuno, se percató de que el dueño del hotel recibió el dinero con la misma mano con la que servía los alimentos y se rascaba el trasero. Y como si eso fuera poco, la miró de arriba abajo y tuvo el descaro de sonreír morbosamente, pero Candelaria no demoró en darse cuenta de que la sonrisa se debía a que no tenía menuda y necesitaba convencerla de que le recibiera unos paquetes de chucherías a manera de vuelta. Ella, por supuesto, los recibió, aunque alcanzó a pensar en el trasero, pero de igual manera, se acordó de que la merienda que le esperaba eran unas manzanas desabridas y unas gomitas duras. Al final, no solo recibió las chucherías, sino que hasta terminó convenciéndolo de que le diera una paleta a manera de ñapa. La eligió de maracuyá porque la hizo acordarse de Tobías.

Ya en un territorio conocido y seguro como el automóvil, Facundo fue recuperando su encanto original, tal vez por efecto de la pastilla o por haber dejado atrás los hongos amenazantes de baño. Candelaria, en cambio, iba furiosa, porque la felicitación de cumpleaños fue tibia e insípida como el café con leche que recién había desayunado. Además, Facundo nunca le dijo nada sobre el pelo cepillado ni el vestido nuevo, y eso la hizo volver a preguntarse si el amarillo era un color inadecuado o si acaso se veía gorda, fea y malformada, pues así, exactamente, era como se estaba sintiendo. Ignoraba que la reacción opuesta por parte de Facundo la habría hecho sentir igual de miserable, porque a los trece años las mujeres se sienten perdedoras sin importar de qué lado caiga la moneda o qué cartas les hayan repartido. Cualquier alabo la habría hecho pensar que estaba siendo sarcástico o que era un falso, un mentiroso o un adulador de esos que endulzan el oído de la contraparte con el fin de obtener algo a cambio.

Además de furiosa, también estaba preocupada porque ya andaban cerca del mar y aún no sabía dónde cantaban las ballenas. Y, como si lo anterior no fuera suficiente, tenía sensibilidad en los oídos, seguro por el exceso del viento y porque Facundo no paraba de parlotear, parecía una lora bajo la lluvia. Admiraba todas las flores, todos los pájaros y todos los árboles con los que se cruzaba y no paraba de dar datos inútiles sobre cada uno de ellos. También volvió a sonreír y a tratar de explicar el mundo a punta de digresiones animales:

—¿Sabías, mi cardenal, que el colibrí zumbador es capaz batir sus alas doscientas veces por segundo? Y eso que pesa tan solo dos gramos. ¿Te imaginas? ¡Dos gramos!

—¿Eso significa que es el ave más pequeña del mundo? —preguntó Candelaria.

—Eso significa que no hay que subestimar a nadie.

Faltaba poco para llegar a la bifurcación de la carretera cuando Facundo cayó en la cuenta de que no tenía una jaula adecuada para atrapar a los supuestos parejos que capturaría para reproducir a Doña Perpetua. Desde hacía varios kilómetros no paraba de hablar de ellos: cómo iban a ubicarlos, sexarlos y reproducirlos en ese lugar imaginario bajo condiciones controladas al que pensaba llevarlos. Tenía todo resuelto en su mente: iba a construir cajones con tablas de madera, iba a cercar con mallas para que no se escaparan. Ubicaría termómetros para que siempre estuvieran a veinticuatro grados de temperatura y les mantendría semillas, frutas y granos para que tuvieran una dieta balanceada. Pondría una cámara dentro del nido para monitorear la evolución de los huevos y luego de los pichones. Las imágenes darían la vuelta al mundo, impulsarían su carrera e imprimirían su nombre en el *Science Journal* y demás revistas de divulgación científica.

—¿Es muy difícil publicar en esas revistas?

—Es casi imposible, mi cardenal. Pero yo solo necesito encontrar un guacamayo ambiguo, ¿ves? Estoy a un pelo de lograrlo. O a una pluma, para ser más exactos.

Ella se quedó callada pensando en Tobías y en sus descubrimientos de ranas de colores y de orquídeas. En ese instante entendió por qué nunca tuvo en sus manos un ejemplar del *Science Journal*.

Facundo, por su parte, seguía hablando sin parar y cuando no hablaba se ponía a reproducir los sonidos de Doña Perpetua en la grabadora y se quedaba oyéndolos y tratando de imitarlos con una sonrisa estúpida en los labios. A ella le provocaba darle un manotazo que lo borrara del mapa, pretender que era un desconocido con quien no tenía ningún tipo de compromiso. Había amanecido con la mente confusa y una pizca de culpa por haber emprendido un viaje que claramente no iba hacia ninguna parte. Intentó poner en práctica aquel consejo de Gabi según el cual la culpa existe si uno lo permite, tal vez era hora de lanzar sus culpas al viento para que una corriente de aire se las llevara bien, pero bien lejos.

Mientras él hacía planes, ella los derrumbaba mentalmente, sabedora, como era, de que no habría ninguna posibilidad de que él pudiera llevarlos a cabo. Entretanto, estiró y comprimió los dedos atrapados en sus zapatos, cruzó las manos sobre el estómago, tamborileó con un dedo índice sobre el otro. Se movía de forma constante intentando encontrar una posición cómoda, sin saber que eso es algo imposible cuando la incomodidad va por dentro.

En ese punto del viaje, el casco empezó a apretarle la cabeza y las gafas a empañarle la vista. El roce del polvo le fastidió al contacto con la piel y, por primera vez, temió que arruinara su pelo recién cepillado. También le costaba respirar y le dolía la garganta al intentar tragarse su propia saliva. Estaba harta del viento, harta de encontrarse fragmentos de vidrio donde fuera que se apoyara, harta de Facundo. Recordó que hacía tan solo un día imaginó que lo besaba y ahora la misma idea le pareció repugnante. No es que Facundo hubiera cambiado de manera tan drástica de un día para otro, sino que ella había empezado a mirarlo de otra manera.

Devoraban kilómetros sentados uno al lado del otro, con dos estados de ánimo completamente opuestos. A Candelaria le parecía que andaba con un completo desconocido y se preguntaba si acaso él pensaba lo mismo respecto a ella. Recordó lo que le había dicho Gabi, que uno nunca conoce a la gente del todo y que, tal vez, un día la miraría a ella y no la reconocería. Y resultó ser verdad, ahora que pensaba en ella le pareció que no la conocía en absoluto, que nunca la conoció y que ya no la conocería jamás. Pero no le importó. Después de todo, Gabi no siempre tenía razón, pero casi siempre; y lo de los nuevos comienzos parecía ser una verdad que valía la pena aprenderse de memoria. «Todo final es un nuevo comienzo», «Todo final es un nuevo comienzo», «Todo final es un nuevo comienzo», repitió mentalmente tres veces como siempre hacía cuando quería aprenderse algo de memoria.

Avanzaban sin afanes y sin certezas, revolviendo el polvo, agitando las hojas de los árboles, quebrando las ramas que osaban atravesarse en el camino. Candelaria lo observaba de reojo para no tener que sostenerle la mirada. Parecía que cuanto más avanzaban, menos lo conocía y cuanto menos lo conocía, más pequeño y sofocante era el espacio que estaban obligados a compartir. Eran dos seres discordantes avanzando hacia «algún lugar» que ni siquiera sabían cuál era. No supo si reír o llorar ante lo absurdo de la situación.

Con razón su padre insistía en afirmar que todos terminamos juntándonos con gente que se nos parece: «No hay
nada más incómodo en este mundo que estar fuera de lugar.
Y a los seres humanos nos gusta la comodidad», eso era lo que
decía. A juzgar por lo incómoda que estaba, podía asegurar
que su padre le había revelado una gran verdad. Si le hubiera
puesto más atención entonces, no andaría en un carro sin vidrio panorámico, con un chalado que se arrancaba el pelo
como si fuera un guacamayo deprimido de los que terminan
arrancándose sus propias plumas con el pico.

Pero aun así no tenía otra opción que seguir avanzando,
porque era mucho más que polvo lo que había dejado atrás.
Iba hacia delante porque la inercia y las flechas de la carretera así lo indicaba. Hasta el final, así no tuviera ni la más mínima idea de cuál era. Se acordó del viejo cojo que la había
tildado de niña, aquel de corbatín discordante y zapatos de
oficinista que pensaba que debajo del agua no era posible
cantar. Y ese recuerdo la obligó a preguntarse nuevamente
cómo diablos sabe uno cuál es el final. Pero no encontraba la
respuesta.

Este mundo vive lleno de jaulas, pero en cuanto Facundo mencionó la urgencia de comprar una, desaparecieron todas las tiendas del camino. Pararon en media docena de lugares y en todos estaban agotadas, o si las tenían, resulta que eran muy pequeñas o los barrotes no eran los suficientemente fuertes para soportar la fuerza del pico de un ave especialista en destrozar lo indestructible. Mientras Facundo se arrancaba los pelos, Candelaria se comió las uñas tratando de preguntar con disimulo a los vendedores si sabían en dónde cantaban las ballenas.

El primero se rio de la pregunta y ni siquiera sabía que las ballenas cantaran. La segunda era muda y vendía los artículos de su tienda señalándolos con el dedo y apuntando el precio en un tablerito que le pendía del pecho. El tercero estaba borracho y a duras penas era capaz de sostenerse detrás del mostrador, a la par que lanzaba un sartal de incoherencias más dignas de risa que de lástima. El cuarto cayó en el lugar común de decir que obviamente las ballenas cantaban en el mar, pero no especificó dónde con exactitud. La quinta confundió ballenas con sirenas y dijo que estaban extintas. O que, a lo mejor, nunca habían existido.

A la sexta tienda entraron, no porque tuviera pinta de vender jaulas, sino porque se vararon por gasolina. La vendedora le indicó a Facundo la existencia de una estación de servicio a dos kilómetros y él, resignado, empezó a caminar bajo la inclemencia del sol de mediodía. Era tanto el calor que la carretera daba la sensación de estarse derritiendo. Atrás habían dejado el polvo de los caminos destapados y lo que quedaba de allí en adelante era el triunfo del pavimento.

Candelaria lo obligó a ponerse el casco porque, de lo contrario, intuyó que regresaría sin pelo. Estaban tan cerca del mar que ya no se veían montañas y el sol atacaba sin compasión por nadie. No se había alejado mucho cuando reparó en que la silueta de Facundo cada vez era más difusa, como la de un espectro. No tenía sombra, el sol estaba alto en el cielo. Candelaria lo siguió con la mirada hasta que sus formas parecieron desvanecerse sobre el pavimento y en secreto deseó que así fuera. Que se derritiera, que no volviera nunca con su estúpida sonrisa preguntando la ruta a seguir. Mientras lo esperaba, se puso a recorrer aquella tienda a la que el azar la había llevado.

Del techo pendían móviles elaborados por manos artesanas con caracoles y conchas de colores. Había toda suerte de muebles y enseres que antes fueron troncos desechados por los aserradores o árboles que no sobrevivieron las borrascas de los ríos. Luego viajaron caudal abajo hasta llegar al mar, en donde fueron curados por la combinación de salitre, sol y el constante batir del oleaje. Ahora eran sillas, repisas, mesas, lámparas porque alguien los había recogido de las orillas y luego pulido hasta convertirlos en enseres de gran belleza, pero de dudosa comodidad. Algunos ni siquiera habían sido pulidos y solo bastaba imaginar sus formas para ponerlos en uso. Aquel con forma de silla se vendía como silla, o si alguien lo imaginaba como nochero entonces terminaba siendo tal. Candelaria pensó que la razón por la cual eran realmente especiales era por la imposibilidad de fabricar dos exactamente iguales.

Merodeó también entre pinturas con paisajes marinos, animales embalsamados, esculturas de corales, caparazones de tortugas carey y pieles de iguanas y serpientes de colores que la hicieron acordarse de Anastasia Godoy-Pinto. Encontró fragmentos de barcos, anclas, timones y canoas que parecían tan viejas como el mar mismo. Cuando la vendedora se acercó a indagar si buscaba algo en especial, aprovechó para preguntarle si sabía dónde cantaban las ballenas. Tenía un buen presentimiento. Una mujer al mando de una tienda como esa tenía que saberlo, por eso se quedó de piedra cuando la respuesta fue negativa. Nunca un *no* la había aporreado tanto. La atravesó como una espada, la aturdió con la misma fuerza que aturden las campanas gigantes de una iglesia. El dejo de un eco quedó rebotando en su interior: no, no, no.

Se le vino el mundo encima, sintió su ser disolverse de la misma manera como lo había hecho la silueta de Facundo sobre el pavimento caliente. Pensó en salir corriendo, en deshacer los pasos que la habían llevado hasta allá. Salió al parqueadero y sacó su mochila del carro varado. Al sacudirla, se vio envuelta en una nube de polvo que le arrancó varios estornudos. Luego apuró el paso hasta la autopista con el único plan de echar dedo y montarse en el primer carro que la llevara de vuelta a Parruca. Lo único que deseaba en ese momento era la tranquilidad de su casa y el abrazo seguro de su madre. La imaginó en el balcón poniéndole música a las plantas, hablando con las piedras redondas y danzando con los tentáculos vegetales. La imaginó abrazada a los troncos de los árboles y, por un instante, le pareció que empezaba a entenderla. Abrazarse a lo conocido es necesario cuando reina la incertidumbre. Habría hecho lo que fuera con tal de estar junto a ella en vez de encarar a Facundo. Desde echar dedo, hasta poner a prueba la resistencia de sus piernas con el fin de desandar lo andando. Si se apuraba, cuando Facundo regresara, ella podría estar deshaciendo el camino mientras él se quedaba arrancándose hasta el último mechón de pelo. Seguro miraría su carro y no podría reconocerlo y entonces saldría corriendo a encerrarse en el primer baño que encontrara, pero tampoco podría reconocer su propia imagen en el espejo. Negarse al caos y a los cambios era un inconveniente que solo sabía enfrentar con pastillas. Necesitaba olvidar el pasado para insertarse en las novedades del presente, ignorando que este muy pronto sería pasado. Y ese era el problema de Facundo, que era un hombre sin puntos de referencia fijos.

Varios camiones pasaron de largo lanzándole a la cara un vaho caliente con olor a combustible. Allí parada al lado de la autopista se sintió tan insignificante como un insecto, incapaz siquiera de sostenerse en los propios pies que seguían apretados dentro de los zapatos. Se fue al suelo por la inercia de un camión que pasó veloz, aunque el peso de su carga sugiriera que debía andar despacio. Tocó la bocina nada más verla, más por exaltar la superioridad de la máquina que por alertarla de un posible arrollamiento. La mujer detrás del mostrador, quien andaba observándola a través de la vitrina, salió a auxiliarla. Tenía las rodillas raspadas y los ojos llenos de lágrimas. Ni siquiera tuvo tiempo de empezar a contar. La vendedora debió asumir que era por los raspones y eso era algo bueno porque le evitaría explicaciones que no estaba en condiciones de dar.

Solo ella supo que sus lágrimas se debían a la propia incapacidad de encontrar el camino que andaba buscando. Al fin había emprendido algo grande, había tomado su primera decisión importante y, claramente, no estaba funcionando. Se tragó la saliva espesa que tenía en la boca y le supo a fracaso. Jamás olvidaría ese sabor porque la vida se encargaría de recordárselo a cada instante.

—Esos camioneros manejan como locos, no hay que fiarse de ninguno —dijo la vendedora tras llevarla de vuelta a la tienda y extenderle un vaso de agua—. No se mueva de aquí, tengo algo que seguro le va a gustar.

Candelaria la sintió hurgando dentro la bodega. Abría y cerraba cajas, buscaba aquí y allá. Maldecía y callaba solo para continuar removiendo la mercancía que, al parecer, almacenaba en ese lugar. Al cabo de un rato la vio salir con cara de paisaje. Entre sus brazos flacuchentos llevaba algo que Candelaria no pudo identificar, pero supuso que era importante por la forma como lo abrazaba. O tal vez no era importante, sino que pesaba más de la cuenta y no encontró otra manera de transportarlo sin que se le cayera al suelo. Conforme la vendedora se fue acercando, con esos pasitos lentos y cuidadosos, el objeto tomó una forma redondeada que le pareció familiar. Se secó las lágrimas que aún le empañaban la vista y abrió bien los ojos con el fin de analizar por qué ese objeto redondo y pesado la había puesto tan alerta. Lo siguiente que percibió fue la textura y el color original del granito. Luego vio una cola de ballena y un cuerpo de ballena como aquellos que tanto conocía.

—Ya que parecen interesarle las ballenas, supuse que esta escultura podría gustarle. Siento mucho no saber dónde cantan, pero es que no soy de por acá sino del...

—¿De dónde la sacó? —la interrumpió Candelaria con la voz temblorosa y el corazón a mil.

—Las hace uno de los artistas de la colonia. Suelen dejarme sus obras para que se las venda.

—¿Dónde queda esa colonia? —preguntó mientras acariciaba el granito. Al hacerlo cerró los ojos y por la memoria táctil almacenada en las yemas de sus dedos tuvo la certeza de que era una escultura de su padre.

—Pues la verdad es que no sé. Ellos siempre vienen a traer sus obras. Esos artistas son de lo más raros, no les gusta que uno se asome por allá.

Candelaria se puso de pie y comenzó a revolotear por toda la tienda. Descolgó los caparazones de carey y algunos móviles de caracuchas para examinarlos con detalle. Miró detrás de las pieles disecadas de las iguanas y las serpientes. Movió los muebles de madera y notó que algunos estaban firmados por detrás con el nombre del artista, otros con iniciales o fechas. Levantó las esculturas de coral y las partes de algunos barcos, pero tampoco vio nada significativo. Los óleos de paisajes marinos tenían todos en la esquina inferior derecha el mismo mamarracho ininteligible.

Había averiguado mucho, pero a la vez no había averiguado nada. Se sentía cerca y lejos de lo que estaba buscando. No sabía si reír o llorar; si irse o quedarse. Le dio un golpe a la pared y uno de los óleos se fue al suelo y allí, en la parte de atrás, la misma mano que había firmado el cuadro con esa letra imposible de descifrar, había escrito algo que Candelaria intentó leer en voz alta:

—¿Puerto qué? ¿Aquí dice Puerto-no-sé-qué? ¿Le suena algo similar?

—No, no me suena —dijo la vendedora que, para variar, no tenía idea de nada.

—¿Será Puerto Futuro? Debe de haber un lugar que se llamé así —dijo Candelaria.

—¿No será Puerto Arturo? —preguntó la vendedora.

—¿Hay un sitio que se llame Puerto Arturo? —preguntó Candelaria.

—Sí, claro, lo he oído mencionar, pero no sé dónde queda.

Facundo apareció de la misma forma como había desaparecido. Los bordes de su silueta, antes difusos, volvieron a delimitarse en contornos conocidos. Había dejado de ser un espectro disuelto por el calor del pavimento para convertirse, de nuevo, en un hombre. Traía un bidón lleno de gasolina en una mano y en la otra una jaula tan grande que desde lejos daba la sensación de ser él quien la habitara. De hecho, parecía él mismo un guacamayo, todo cabezón, por el casco que aún protegía su cabeza.

—La bifurcación no está muy lejos, mi cardenal —dijo—, creo que merezco saber adónde nos dirigimos exactamente.

—Vamos a Puerto Arturo —dijo Candelaria con una voz firme y segura. Hasta a ella le sonaron extrañas esas palabras cuando fueron pronunciadas por sus propios labios.

De una de las maletas, Facundo extrajo un mapa y comenzó a desdoblarlo. Era tan grande que tuvo que extenderlo en el parqueadero de la tienda para poder buscar dónde quedaba el destino que lo estaba esperando. Candelaria vio cómo deslizaba los dedos por la línea costera mientras intentaba leer los nombres de las poblaciones. Vio varias tachadas con una equis y supo que esos eran los lugares en los que ya había buscado guacamayos ambiguos. Unas gotas de sudor cayeron en medio del mar Pacífico. Ninguno se apresuró a limpiarlas. No lograba Facundo encontrar Puerto Arturo y Candelaria, temerosa de que no existiera, se hizo un uñero del que manó una gota de sangre que fue a dar al mismo mar. Se calmó a sí misma, diciéndose mentalmente que no podía perder la compostura, ya sabía que las cosas que parecen estar más ocultas, la mayoría de las veces se encuentran justo frente a los ojos. Como el manuscrito sobre el nochero o la serpiente en el travesaño del techo. También se acordó de la mancha de Gabi en forma de mapa que va a «algún lugar» y deseó con todas sus fuerzas que Puerto Arturo fuera un sitio más real que ese.

—¡Puerto Arturo no existe! —dijo Facundo a punto de ponerse a berrear.

Y Candelaria se preguntó si el mar Pacífico podría albergar lágrimas, además del sudor y la sangre que ya se había esparcido sobre sus aguas.

—Una cosa es que no exista y otra que no aparezca en el mapa —dijo ella.

—No —insistió él—. Lo que no está en los mapas no existe.

—El problema está en que no sabemos mirar. Avancemos hasta el peaje y lo averiguamos.

—¿Me estás diciendo que no sé leer un mapa?

—A lo mejor el mapa es el que no sabe leerlo a usted.

—Ni que yo fuera un libro —dijo Facundo, indignado—. Mejor preguntémosle a gente que sepa de verdad.

En efecto, en el peaje de la bifurcación les indicaron cuál rama exactamente debían tomar hacia Puerto Arturo. No figuraba en el mapa porque, técnicamente, no era una población, sino el nombre que le puso un puñado de raros al sitio en el que habían decidido juntarse a «crear», les explicó el funcionario mientras recibía el dinero. Candelaria notó una risita burlona cuando el hombre mencionó la palabra *crear*, pero no dijo nada porque estaba suspirando de alivio por el hecho de que Puerto Arturo sí existiera.

La explicación relajó los ánimos y volvió a llenar el carro de entusiasmo. Cada uno creía tener justo lo que necesitaba. Aunque los objetivos eran distintos, al menos, el destino era real y, de momento, eso era lo único que importaba. Cuando menos pensaron, andaban cantando a dúo y buscando restos de chucherías y manzanas para comer. Acordaron no detenerse para no perder ni un segundo. De pronto, dejó de fastidiar el viento en los oídos y los fragmentos de vidrio enterrados en la piel. Tampoco las abollonaduras ni las rilas de pájaro ni los restos de comida incrustados en la carrocería. Sorpresivamente, Facundo no mencionó la necesidad de quitarse de encima todo el sudor y el polvo acumulado, de la misma manera como Candelaria ni se acordó de lo mucho que le tallaban los zapatos.

Agarraron la ruta que el funcionario del peaje les indicó con el mismo fervor que si estuvieran tomando la vía al paraíso. Se dirigían hacia el mismo lugar, con expectativas completamente diferentes acerca de lo que iban a encontrar en él. Pero había expectativas y eso era lo único que importaba para seguir avanzando. Candelaria reflexionó sobre lo mucho que puede variar la idea de paraíso de una persona a otra. Puede ser incluso que el paraíso de uno sea el infierno del otro y se preguntó si ese sería su caso, aunque no supo adivinar quién tendría las de perder. Supuso que Facundo pues, a fin de cuentas, se quedaría sin guacamayo, sin reconocimiento y sin ver su nombre publicado en las revistas científicas.

La bifurcación que llevaba a Puerto Arturo resultó ser un camino secundario y, pronto, el polvo fue otra vez pasajero en ese viaje incierto en el que estaban embarcados. A medida que avanzaban, el camino fue estrechándose hasta convertirse en una trocha de piedras sueltas que le añadían cada vez más complejidad al recorrido. El carro a menudo se golpeaba por debajo con las piedras y las llantas trastabillaban en el cascajo, haciendo coro a Facundo, que gruñía como si fuera él mismo y no el carro el que recibiera el impacto de los golpes.

Varias veces se encallaron y tuvieron que pedir ayuda a los nativos que pasaban en burro para que les pegara un empujón. La última encallada requirió la fuerza de seis negros con brazos de acero de tanto echar azadón en sus cultivos y cargar bidones de agua para palear las constantes sequías. Uno de los negros les dijo que el camino tendía a empeorar y que en ese carro no llegarían a ninguna parte. Les ofreció dejarlo en su rancho, al lado del corral. Dijo que por allá los caminos estaban hechos para recorrerlos con pasos lentos y que era imposible calcular cuánto se demoraban en ir de un lado a otro. Sugirió que el concepto de tiempo solo existía en la cabeza de quienes portaban un reloj y que consultarlo era una costumbre que nadie tenía por allá.

—Tiempo, lo que se dice tiempo, tenemos —dijo Candelaria. Facundo la miró con los ojos abiertos en señal de desacuerdo, clavando la mirada en el reloj de marca que tenía puesto en la muñeca izquierda.

—No esté tan segura, señito —dijo el negro—. No se puede tener algo que no existe.

Les ofreció alquilarles un par de burros viejos. Les aseguró que los llevarían hasta donde ellos quisieran: «Lo bueno de los años es que se conocen mejor los caminos», dijo cuando notó el desencanto de ambos ante los burros viejos y maltratados. Cambiar de medio de transporte no estaba dentro de los planes, pero vistos los últimos tramos del camino parecía ser lo más sensato. Cuando menos pensaron, el carro quedó parqueado al pie del corral y ellos dentro de un rancho con techo de paja y piso de tierra apelmazada por el que deambulaban gallinas que les picoteaban los pies. No habían asimilado aún la presencia de las gallinas cuando un cerdo enorme atravesó lo que podría considerarse la sala de la casa. En una esquina dormitaba un gato más negro que el dueño del lugar. Ni la curiosidad de un par de caras desconocidas le hizo abrir los ojos. Arriba, sobre los travesaños del techo, farfullaban un par de pericos amarillos.

—¿No se van nunca? —preguntó Candelaria.

—A veces —dijo el negro—, pero siempre vuelven.

—¿Por qué vuelven?

—La libertad es muy incierta y muy riesgosa. Aquí, por lo menos, tienen la seguridad de un banano.

Dijo llamarse Sigifredo, al igual que su padre, su abuelo, su bisabuelo y todos los hombres de la familia de ahí para atrás. Le faltaba el diente izquierdo de delante, pero había compensado su ausencia forrándose el derecho en oro. Estaba tan flaco que las manos se le veían inmensas y las extremidades se asemejaban a las ramas de los árboles. Casi no parpadeaba y eso daba la sensación de atravesarlo a uno con la mirada. Cuando supo que se dirigían a Puerto Arturo, aseguró que lo más sensato era ir en burro hasta la playa y allí contratar una lancha. Ambos asintieron con la mirada porque Sigifredo era el tipo de hombre con quien no se podía estar en desacuerdo. Y menos en un territorio indómito y desconocido como en el que se encontraban.

—No entiendo por qué hay que ir en lancha —preguntó Candelaria—. ¿Puerto Arturo es una isla?

—Es un lugar sin vías de acceso, igual que sus habitantes. Podríamos llegar en burro, pero nos demoraríamos el doble.

—Entonces vamos en lancha —dijo Facundo.

—Entonces vamos en burro —dijo Candelaria casi al unísono, aterrada por la posibilidad de que un naufragio que la obligara a entrar en contacto con el agua.

Discutieron hasta que Facundo empezó a arrancarse el pelo y Candelaria las uñas. Cuando las gallinas se apropiaron del capacete del carro y el gato se durmió en la carrocería, aún seguían discutiendo. Sigifredo se tumbó en la hamaca para no meterse en ese tipo de discusiones y se bebió tres vasos de ron puro en un santiamén. Los pericos del travesaño alcanzaron a cantar el himno nacional y dos vallenatos.

Candelaria se encaramó a un árbol cuando se le agotaron los argumentos por los cuales no estaba dispuesta a montarse en una lancha, y Facundo, por su parte, no tuvo otra opción que tomarse una pastilla para olvidar rápido las razones de la discusión. Debió tomarse dos porque una sola no le hizo ni cosquillas. Candelaria lo notó tan alterado y le vio tantos mechones de pelo entre los dedos que decidió bajar del árbol y acceder a encaminarse hacia la playa para contratar la lancha que habría de llevarlos a Puerto Arturo.

Primero oyó el murmullo incansable. Después lo respiró. Más tarde se pasó la lengua por los labios y pudo saborearlo. Al final vio el mar y entendió por qué Facundo había dicho alguna vez que la belleza no necesita explicaciones. Por primera vez estaba ante algo extraordinario y deseaba ocupar todos los sentidos en su contemplación, en vez de comerse la cabeza tratando de entenderlo. El mar era eso que su padre intentó describirle tantas veces, como si alguien pudiera cometer semejante empresa y no quedarse corto en el intento. Ahora lo veía con sus propios ojos: infinito, incansable, inmenso. Bastaba perderse un segundo en la recurrencia de su vaivén para recordar lo efímero de nuestros pasos. No era posible observarlo sin llegar a sentirse insignificante. El mar abarcaba hasta aquellos lugares fuera del alcance de los ojos. Ella, en cambio, era tan diminuta como un grano de arena igual a cualquiera de los que estaba pisando con esos zapatos que, aunque apretados, la habían llevado hasta allá.

Al verlo se lanzó del burro y corrió hasta la orilla. Los zapatos se le llenaron de arena, pero estaba demasiado excitada para percatarse de ello. Se detuvo en el punto exacto en donde se acumulan las olas, una encima de otra, antes de morir del todo. Vio restos de espuma y algas. Vio conchas y caracoles rasgando la arena. Se agachó con el fin de tocar el agua con los dedos, estaba tibia y, al probarla, le pareció más salada de lo que había imaginado. Quiso ahogar sus miedos, adentrarse en sus profundidades, permitir que la calidez del agua invadiera todos los rincones de su cuerpo. Entregarse al vaivén de las olas y mecerse en ellas para reposar el cansancio. Quiso muchas cosas, pero sus piernas parecían columnas de acero, firmes y afincadas entre la arena.

Facundo la sobrepasó y se perdió en una ola. Desapareció bajo el agua por un instante y cuando al fin asomó la cabeza, Candelaria notó un gesto infantil en su rostro. Sus carcajadas eran tales que se oían por encima del barullo de oleaje. Se quedó mirándolo retozar en el agua y pensó que la felicidad tenía que ser algo parecido a eso. Deseó ser capaz de sumergirse ella también, pero no le obedecieron las piernas y no pudo avanzar ni un solo paso. Pensó en Tobías y en su cuerpo sin vida flotando sobre el agua turbia del estanque.

Por andar distraída no vio la ola que mojó sus pies y la mandó al suelo antes de que pudiera retroceder. Quedó extendida sobre la arena y una sucesión de olas chocó contra su cara. Se le metieron en los ojos, en la boca y todo fue ardor y desagrado. Que una cosa es meterse en el mar y otra muy diferente que el mar se meta en uno sin consentimiento. Cuando Sigifredo intentó ayudarla a ponerse de pie, advirtió que su mano era tan callosa y oscura que parecía el tronco de un árbol. Fue esa mano inmensa asiendo la suya la que la llevó a pensar en que hacía mucho tiempo que nadie le tendía la mano.

—Cuidado, que el mar es traicionero —dijo Sigifredo.

—¿Quién no? —dijo Candelaria sin soltarlo. La cara le estaba ardiendo y le costaba respirar. Tenía otra vez la saliva espesa.

—Está temblando, señito.

—No quiero montarme en ninguna lancha.

—Pero, Candelaria, ¡por Dios! —dijo Facundo alzando la voz.

Esa fue la primera vez que Facundo la llamó por su nombre. Y esas cuatro sílabas que había oído tantas veces, le sonaron extrañas, como si fuera la primera vez que las oyera. Can-de-la-ria. Sintió todas las miradas sobre ella y se le tiñeron las mejillas de rojo. Pudo sentir la velocidad con la que la sangre le circuló por todo el cuerpo. Tragó saliva con dificultad. Temió que el vestido mojado le transparentara la ropa interior y que esos cuatro ojos dirigidos a ella lo notaran. Pensó en su trasero. Intentó separarse las partes del vestido que tenía adheridas a la piel. Habría corrido gustosa a esconderse en algún lado, pero la playa, de repente, no era más que una franja de arena clara. Era un espacio vacío. A lo lejos se veían unas palmeras delgadas, altas y estilizadas; sintió envidia porque eran justo todo lo que ella no era. Al frente estaba el mar, impidiendo la huida, aterrorizándola con sus rugidos. Ese mismo día en que vio el mar por primera vez, comenzó a odiarlo. Y se odiaba a sí misma por sentirse así. Estaba segura de que en otras circunstancias hubiera sido diferente.

—No pasa nada, señito —dijo Sigifredo acariciándole el pelo húmedo—. A Puerto Arturo también llegan burros y el paisaje es lo más de bonito. Si nos apuramos, apuesto a que llegamos antes de que se oculte el sol.

Facundo tomó aire para decir algo, pero se arrepintió en el último momento. Se rozó el cráneo con los dedos y después comenzó a rascarse tan fuerte que todos alcanzaron a oírlo. Unas hebras de pelo se le incrustaron en las uñas, a lo mejor porque llevaba muchos días sin poder limárselas. Luego se tapó la cara con las manos y se quedó así unos segundos que parecieron eternos. Parecía a punto de explotar, todos notaron la forma como le temblaba el cuerpo y no precisamente de frío. A Candelaria le pareció entender mejor las razones por las cuales, a veces, era necesario ponerse máscaras. Por lo menos era más práctico que andar cubriéndose la cara con las manos.

El camino por el que echaron a andar lo habían formado los nativos a fuerza de recorrerlo a pie limpio. Los árboles, a ambos lados, formaban una especie de túnel y escondidos en su follaje acechaban camuflados toda suerte de animales que desaparecían con solo mirarlos. La única evidencia de su huida era el ondear de las ramas o el rechinar del tapete de hojas secas bajo sus patas invisibles. De la cima de las bongas se descolgaban los osos perezosos, que, arracimados, masticaban flores con una lentitud desesperante.

Todos iban callados. Facundo llevaba a cuestas la jaula y una maleta más grande de lo que hubiera deseado; aun así, cada tanto alzaba la vista para identificar los pájaros que se atravesaban en el camino. Ya ni siquiera les silbaba. Candelaria estaba nerviosa y los zapatos le tallaban más que nunca. El mismo vacío que había visto en la playa lo llevaba ahora por dentro. Sintió un hueco tan grande en el estómago que se le ocurrió pensar que jamás podría llenarlo. Pensó en su padre y la sola idea de tenerlo cerca le aceleró el pulso. ¿Iba a decirle algo o tan solo iba a lanzarse en sus brazos? No pudo encontrar una respuesta y decidió que lo mejor era permitir que el azar decidiera. Tal vez hiciera primero lo uno y luego lo otro.

A lo mejor ambas cosas al mismo tiempo. Estaba segura de que con solo verlo sabría qué hacer. Por el momento le preocupaba llevar el vestido arrugado y húmedo. Y el pelo, ese mismo que su padre solía adorar, lo tenía lleno de arena, áspero como un estropajo. Por lo menos se había aguantado las ganas de quitarse los zapatos y no supo si eso era un triunfo de su voluntad o un fracaso de sus pies. Forcejeó con los dedos dentro de ellos y sintió las partículas de arena arañándole la piel.

Por momentos la vegetación se apretaba tanto que formaba túneles en los cuales la oscuridad se imponía como dueña del camino. Candelaria pensó que parecían estar recorriendo una ruta sagrada y eso la hizo recordar que su padre tenía razón cuando decía que lo único digno de adorar eran las plantas. Se habría puesto, gustosa, allí mismo de rodillas para elevarles una plegaria. Eran tan hermosas dentro de su abrumadora diversidad que no necesitaban explicaciones. Igual que el mar. La belleza, a simple vista, parecía ser un capital suficiente, y eso la puso triste porque ella no se sentía de esa manera. No cometería el error de volverle a preguntar a nadie si ella era bonita porque recordó las palabras de Gabi: «Si uno permite que lo definan, después no puede sacar una conclusión propia». Tal vez debería conformarse con poder apreciar las cosas hermosas, a lo mejor, quien ostenta una gran belleza no es capaz de encontrarla fuera de sí mismo por andar embelesado con su propia imagen; quizá la gracia está en la apreciación y no en la posesión, pensó. Por lo menos ella había aprendido a valorarla y eso era algo. Intuyó que en unos años cambiaría su forma de ver las cosas y quizá encontrara belleza dentro de sí misma. Ya sabía que las cosas cambian, pero que cambia más la manera como las miramos. Todo era cuestión de paciencia y de tiempo. Todo era cuestión de afinar la mirada para poder ver lo realmente importante.

Otras veces, el túnel vegetal desaparecía y quedaban a campo abierto. La sensación de inmensidad era tal que llegaba a abrumarlos. Los burros andaban en fila sin quejarse; para ellos la vida no era más que andar por los mismos caminos. Pasara lo que pasara, siempre había una rienda que les indicaba por dónde moverse. Sus cascos daban golpes secos en las partes pedregosas y crujían sobre la hojarasca infinitamente acumulada desde que el mundo fue mundo. Una familia de micos jugueteó sobre sus cabezas una parte del trayecto y una pareja de tucanes asomó su pico inmenso y amarilloso entre las ramas de un roble. Fueron ellos los únicos que le arrancaron una exclamación a Facundo:

—¡No puedo creer que por aquí haya tucanes!

—No quedan muchos —dijo Sigifredo—, a la gente le encanta atraparlos y matarlos de aburrimiento en jaulas. Arrasamos con todo lo que consideramos hermoso y, al hacerlo, estamos arrasando con nosotros mismos. Como si la belleza pudiera poseerse...

Justo en ese momento Candelaria entendió que la belleza también tenía desventajas.

—Mi jaula no es para lo que usted cree —dijo Facundo avergonzado cuando vio los ojos de Sigifredo fijos sobre ella—. ¿Ha visto guacamayas por acá?

Candelaria carraspeó la garganta. La sangre comenzó a circularle tan rápido por las venas que podía sentirla. Intuyó que las mejillas ya se le habían puesto rojas. Contuvo la respiración y esperó la respuesta, cruzando los dedos para que Facundo reaccionara de una forma adecuada.

—Muchas.

—¿De cuál especie? —preguntó Facundo, ansioso.

—Yo de esas cosas no sé na. A mí esos pajarracos me parecen todos iguales.

Aliviada, dejó salir el aire que tenía atrancado en la boca y se detalló la sonrisa de Facundo. Era el hombre más feliz del mundo. Sintió pena, porque sabía que esa felicidad no iba a durarle mucho. Ya sabía que un instante es lo único que separa la felicidad de la tristeza. En un instante se cierra una puerta para siempre, se da el paso que habrá de llevarnos a un viaje sin retorno, se abre una carta sin mensaje. En un instante se escapa la sangre del cuerpo, se deja de respirar, se inclina una casa. Y tanto las personas como los sapos y las mariposas azules, también requieren de solo un instante para desaparecer entre el follaje. En un instante se da uno cuenta de que lo que está buscando no existe, no es lo que esperaba o no se encuentra en aquel lugar al que fue a buscarlo.

El sonido del mar les indicó que el viaje iba llegando a su final. O, por lo menos, eso era lo que creían, como si uno pudiera saber con certeza cuál es el final. Como si se pudiera señalar, por ejemplo, el punto exacto donde acaban las olas o comprender dónde muere la esperanza cuando muere o dónde el vuelo de las aves cuando cesa. Como si fuera posible trazar una línea en el lugar preciso en donde los finales empatan con los nuevos comienzos.

«Puerto Arturo es allá», dijo Sigifredo y señaló hacia el frente con su dedo largo como una flecha. «Allá», dijo otra vez, señalando lo que, para él, era el comienzo de una población diferente a la suya. Sin embargo, para Facundo y Candelaria, Puerto Arturo no era un comienzo sino un final: el final del viaje, el final de la búsqueda, el final de muchas otras cosas que solo llegarían a entender con la distancia de los años y es posible que hasta nunca. El final es un lugar al cual, a veces, se llega de improviso.

«Allá», repitió el negro al verlos inmóviles y asustados, como las ballenas que encallan en la playa y se cansan de luchar por regresar al agua. O como las especies en cautiverio cuando recién son liberadas y se toman el tiempo necesario para entender dónde acaban las rejas y dónde empieza la recién adquirida libertad.

La playa estaba despoblada. Parecía un pedazo de naturaleza invencido, o un mundo anterior a los hombres. Daba la sensación de que llevaba millones de años luciendo de la misma manera. Y de que pasarían otros tantos así de inmodificada, así de ajena a los asuntos de los humanos. El sol descendía lento por la ruta de siempre, dejando arreboles rosados como constancia de su desplazamiento. Los pelícanos volaban en V en el cielo antes de posarse en los riscos donde pasarían la noche. Candelaria dio el primer paso: tembloroso, inseguro, seguido de otro y otro más. Deseaba avanzar y, al mismo tiempo, deseaba no llegar a lo que ella creía que era el final. Facundo la siguió con la jaula aún en las manos y la cabeza llena de incertidumbres. «Yo mejor los dejo, la gente de allá es muy rara», dijo Sigifredo y al decir «allá» volvió a señalar ese punto donde, para él, empezaba lo desconocido.

Una ráfaga de viento hizo sonar los móviles de conchas y caracuchas que pendían de las palmeras y los árboles de almendros. Candelaria recordó haberlos visto en la tienda de la carretera. Tal vez eran la canción de bienvenida a Puerto Arturo, así como alguna vez en Parruca lo fue el tintineo de los cascabeles de los conejos. Siguió avanzando un poco más atenta y empezó a ver casas construidas de tal manera que se camuflaban entre el follaje. Casas cuyas columnas eran troncos de madera más grandes y fuertes que el acero. Casas altas y abiertas con techos de palma y muros de piedras coralinas. Casas que albergaban en su interior todo tipo de plantas y animales. Había que mirarlas dos veces para saber dónde terminaba la naturaleza y dónde empezaba la vivienda. Y, en ocasiones, ni así era posible determinar la endeble línea que separaba lo uno de lo otro.

Con un poco más de atención, pudo ver en los corredores de esas casas caballetes con óleos a medio pintar y esculturas en proceso de moldeado. Vio pieles de iguana secándose al sol sobre las barandas y tapetes trenzados con fibras vegetales. Había caracoles gigantes que algún día serían obras de arte y telares con hilos de colores suspendidos en el aire. Vio troncos a punto de convertirse en muebles y muebles que alguna vez fueron troncos.

—¡Vaya casualidad, mi cardenal! —dijo Facundo—. En el jardín de esa casa también hay ballenas como las de Parruca.

A Candelaria la delató la expresión de su cara: esa cara sobrecogida, esa cara ansiosa, esa cara que aún no se decidía a explotar en llanto o en dicha. Con solo verla Facundo debió de adivinar que allí no había ninguna casualidad y que si algo había impulsado el viaje eran las ballenas y no las guacamayas.

—¿Hay algo que deba saber, mi cardenal?

Silencio. Silencio puro de ese que no necesita respuestas. Silencio del que grita a todo pulmón y se queda sosteniendo el grito como si nunca fuera a cansarse.

—¿Hay algo que deba saber, mi cardenal? —volvió a preguntar haciendo un gran énfasis en cada palabra, en cada sílaba, como cuando se les habla a los niños, a los extranjeros o a los lentos de entendimiento.

Candelaria tendría que haber respondido a una pregunta formulada con tal claridad, pero no lo hizo. Por evadirla caminó en silencio y saltó la línea de maderas desiguales que cercaban el jardín de las ballenas para protegerlas de extraños, de intrusos, de cualquier persona que no fuera ella. El jardín de su padre siempre sería el suyo propio y las esculturas que él creara con sus manos siempre serían las de ella. Pasó la mano por una de las ballenas, estaba llena de musgo verdoso, ese mismo que intentó combatir por años lanzándole baldes de agua salada. «Hipoclorito», pensó, porque hay que ver las cosas que se piensan en momentos como esos.

Deambuló entre ballenas de todos los tamaños, las más grandes la observaban desde arriba impasibles, altaneras, como quien cree poder aplastar a alguien con el más leve movimiento. Se preguntaba si no cantaban o si ella no podía oírlas. Se preguntaba muchas cosas porque estaba ansiosa, y la mejor manera de combatir ese estado es ocupar la mente con cualquier asunto y las piernas con cualquier actividad. Dio varias vueltas alrededor buscando señales de vida. Quizá lo que deseaba era evadir la pregunta de Facundo o, al menos, ganar tiempo para pensar en la mejor manera de decirle la verdad. Él saltó la cerca y se paró frente a ella desafiándola con la mirada. Podía haberse acabado el mundo solo para crearse nuevamente y ella hubiera seguido allí, inmóvil como las ballenas del jardín de su padre, con la pose quieta y la mirada de piedra, esperando el reproche que él tenía en la punta de la lengua.

—¿Hay algo que deba saber, mi cardenal? —Ante el silencio, su estrategia fue cambiar la pregunta—: ¿Cierto que aquí no hay *Aras ambiguus*? —dijo con un mechón de pelo recién arrancado entre las manos.

Candelaria tragó saliva espesa y con un hilito de voz casi imperceptible dijo:

—Facundo, creo que ya es hora de que abra los ojos.

—¿Qué? —dijo Facundo, tal vez porque no oyó la respuesta, no la entendió o, simplemente, porque se negó a aceptarla y esperaba oír algo más conveniente para sus intereses.

Candelaria pensó que si él hubiera conocido a Gabi sabría el significado de «abrir los ojos».

—Que abra los ojos, la verdad salta a la vista.

Y ahí, con los ojos muy abiertos y no precisamente para ver, lo oyó. Ambos lo oyeron. En ese minúsculo instante transcurrido entre la pregunta de Facundo y la respuesta de Candelaria oyeron un alarido igual a los de Doña Perpetua. Miraron hacia el cielo y un guacamayo ambiguo sobrevolaba sus cabezas dando esos gritos característicos con los que suelen despedir el día. Nervioso, abrió su maleta y buscó el dispositivo en el que había grabado a Doña Perpetua para llamar la atención de ese nuevo ejemplar, no fuera a ser que lo perdiera de vista. Trató de accionarlo, pero por la premura o por lo nervios no consiguió que funcionara. Tal vez por esa manía de los aparatos eléctricos de no funcionar cuando más se necesitan. Lo lanzó furioso sobre la arena y salió corriendo por la orilla detrás del pajarraco, imitando él mismo los alaridos que se sabía de memoria de tanto ensayarlos. Candelaria sonrió, porque le pareció que Facundo gritaba incluso mejor que las guacamayas verdaderas. Luego se puso a pensar que la suerte es otra de las cosas que cambian en un instante. Tal vez la aparición inesperada del ave era un buen presagio; un anuncio de que aquello que uno se esmera en buscar, termina por aparecer cuando uno ya lo da por perdido. A lo mejor Rumi tenía razón y lo que ella estaba buscando la estaba buscando a ella.

Los siguió con la mirada hasta que fueron haciéndose más y más pequeños. Los vio hasta que llegaron a ser un par de puntos insignificantes cada vez más difíciles de ubicar en la inmensidad de la playa. Ya ni alcanzaba a oír los alaridos que emitían cuando sintió una renovada algarabía acercándose. Cada vez más fuerte, cada vez más cerca. Giró la cabeza, asustada, porque no entendía lo que estaba pasando. La estridencia la obligó a taparse los oídos con los dedos. Cuando menos pensó, una sombra la cubrió por completo. Una sombra que sobrevolaba la misma ruta que había tomado Facundo detrás del pajarraco. Una sombra verdosa compuesta por decenas, tal vez cientos de guacamayos ambiguos que volaban tras el líder de la manada. Aterrada, se quedó mirándolos con una sonrisa en los labios hasta que desaparecieron en el horizonte y todo volvió a quedar en silencio. Intentó taparse la boca con una mano, pero la sonrisa era tan amplia que tuvo que emplear ambas para conseguirlo.

Después de todo, las *Aras ambiguus* estaban lejos de extinguirse. Le quedó claro que no había que fiarse de los hechos que los demás dan por ciertos, que era menester hacer verificaciones, que la gente, a menudo, repite noticias como loras, porque es más fácil repetirlas que confirmarlas. Concluyó que en los mapas no estaba el mundo entero, que aún quedaban sitios inexplorados que quienes confían ciegamente en los mapas no llegarían a conocer jamás. Por andar distraída se tropezó con la jaula y pensó que a fin de cuentas iba a quedarse vacía, pero por razones completamente distintas a las que estuvo pensando en un principio.

Tras la euforia del momento reparó en el hecho de que se había quedado sola, pero ahora sabía que todos lo estamos, aunque la mayoría de la gente ni se entere. Era una enseñanza de Gabi, era algo ya había tenido que enfrentar antes, podría hacerlo nuevamente, una y otra vez. Un torbellino de pensamientos le dio vueltas en la cabeza. ¿Y si Facundo no regresaba? ¿Y si su padre no andaba por allá? Tragó saliva cuando se percató de que pronto sería de noche y no tenía donde dormir. Se mordió las uñas hasta que asomó la primera gota de sangre.

Oyó a lo lejos los acordes de una guitarra, pero no pudo ver quién la tocaba. En la punta del espolón vio a un hombre pescando, paciente e inmóvil como las rocas sobre las cuales asentaba los pies. Alguien había estado recogiendo trozos de madera de los que el mar trae hasta la orilla y los dispuso para encender una hoguera que ahora estaba a una chispa de arder. Un perro hambriento apareció de la nada y le lamió la sangre que manaba de sus cutículas. Su madre la habría obligado a lavarse con bicarbonato para que no se le infectara el dedo, y entonces se preguntó si el mar, con toda su salinidad, sería un buen sustituto para limpiarse la herida. El perro la siguió cuando se puso de pie para meter los dedos en el agua salada, pero a medida que se iba acercando a la orilla, el pánico se apoderó de ella y la hizo cambiar de idea. Y eso que el agua estaba en calma, a pesar de que pronto sería una de esas noches sin luna, en las que el mar exhibe su furia.

Estaba a una distancia prudente de la orilla cuando vio un punto negro a lo lejos, lo cual era poco menos que nada, pues un punto distante en la playa podría significar cualquier cosa. Podría, incluso, haber sido Facundo deshaciendo sus pasos, sin ningún guacamayo en la mano y no precisamente por la escasez de ejemplares. Pero desechó esa idea porque algo le decía que no iba a volver a verlo, al menos hasta que procesara cómo los últimos acontecimientos afectarían a sus aspiraciones científicas. Avanzó más y el punto ya no fue un simple punto suspendido a lo lejos, ahora tenía movimiento. Andaba despacio y es posible que hasta distraído. Pronto tuvo brazos y piernas que avanzaban de manera sincrónica, revelando una silueta humana.

El perro, que merodeaba a su lado, también debió de ver el punto porque dejó de moverse, abrió las fosas nasales y levantó las orejas en señal de alerta. Candelaria se puso a observarlo y no supo si atribuirle un dueño. Tenía el pelaje descuidado y estaba tan flaco que podía señalarse con el dedo el lugar exacto en donde reposaba cada una de sus costillas. Intentó acariciarlo, pero él se alejó nerviosamente, con la cola entre las patas, hacia ese punto distante que, por alguna razón, había llamado la atención de ambos.

Siguió al perro con la mirada y, al hacerlo, volvió a toparse con el punto que era ya una silueta masculina. Lo supo por la cadencia de los pasos: bruscos y despreocupados al mismo tiempo. Cuando la silueta estuvo más cerca, notó algo familiar en la manera como caminaba, pero aún no conseguía verle la cara con detalle. Así que era un hombre quien venía hacia ella, quizá fuera al revés: ella, Candelaria, acudiendo al encuentro con un hombre sin rostro. Tal vez fuera una de esas raras ocasiones en que dos personas coinciden, por la sencilla razón de que están buscándose el uno al otro. Si hubiera tenido reloj marcaría la hora imprecisa en la cual se apaga la claridad para que se encienda la penumbra. Había luz y había oscuridad, pero no lo suficiente de lo uno ni de lo otro.

De pronto, el hombre silbó y el perro aceleró el paso sacudiendo con violencia la cola. Volvió a silbar y esta vez el silbido estremeció a Candelaria y le dejó la piel con la textura de los erizos. Silbaba como su padre cuando llamaba a Doña Perpetua, aunque esta nunca hiciera caso a su llamado. Silbaba como su padre cuando tocaba el tamboril y los demás lo acompañaban con las palmas de las manos. Silbaba como su padre, porque ese hombre con el que pronto iba a toparse era su padre.

Candelaria disminuyó el paso para darle tiempo a sus nervios de que se calmaran. Toda su vida, de pronto, estuvo concentrada en ese instante. Desaparecieron el mar y las palmeras. El perro, el pescador y el sonido lejano de la guitarra también desaparecieron. Y los granos de arena bajo los pies y el viento y el olor a salitre. El fuego que pronto habría de arder en los trozos de madera amontonados desapareció sin siquiera haber empezado.

Desapareció el mundo entero. Estaban ellos dos solos y pronto iban a encontrarse. Frente a frente se verían la cara y se rozarían el pelo con los dedos y también las facciones para descubrir las marcas de la espera. Pensó en todo lo que iba a decirle. O tal vez no le dijera nada, ya habría tiempo para ponerse al tanto de los últimos sucesos. No sabía si pronunciar su nombre o llamarlo «papá»; si estirar los brazos o esperar a que él los estirara. Se pasó las manos por la falda con el fin de eliminar posibles arrugas. Se quitó el pelo de la frente y lo contuvo detrás de las orejas. Ensayó una sonrisa porque sabía que su padre solía derretirse cada vez que la veía sonriendo.

Pronto estuvieron a tan pocos pasos el uno del otro que al fin pudo ver con detalle el rostro de su padre. Tenía el pelo desordenado y más largo de la cuenta. La cara llevaba días sin sentir el roce de una cuchilla de afeitar. Como no llevaba camisa pudo reparar en la forma de su cuerpo. Estaba flaco y la piel ostentaba un tono más oscuro que contrastaba con el brillo de los ojos. Esos ojos cafés, dulces y fieros a la vez. Andaba descalzo y asentaba los pasos con tal fuerza que sus huellas se imprimían hondas sobre la arena. Percibió esa actitud despreocupada que ella tanto conocía: el cuerpo en la tierra, a fuerza de no poder andar de otra manera, pero la mente en ese mundo propio e impenetrable en el que vivía su padre. Se arrepintió de llevar puestos unos zapatos tan estrechos, tan ridículos y, al pensar en ello, sintió cómo le latieron los dedos en señal de protesta. También percibió ardor en las plantas de los pies porque llevaban mucho tiempo aprisionadas.

A un paso de él tomó aire y lo retuvo en el pecho, como si al contener la respiración pudiera concentrarse mejor. Dio ese último paso con la lentitud de quien está convencido de que lo siguiente es detenerse. Cuando vio los ojos de su padre, no se atrevió a parpadear para no perderse ni un instante. Pronto los ojos de él se encallaron en los de ella. Y esa mirada felina y confusa intentó enfocarla sin esconder la extrañeza que le causaba ver a su hija, a esa raíz que él había dejado bien plantada en las montañas y que ahora, por alguna razón, se encontraba frente a él.

Esa mirada fue la que se le metió a Candelaria entre la piel, como una chispa, que luego fue un incendio. Sintió que ardía por dentro, que estaba roja de verdad, como el carbón cuando se cansa de alimentar la hoguera. Se afincó en ese paso, en el que ella creía que sería el último. Aún retenía el aire a la altura del pecho. Intercambiaron miradas durante un instante. Lo recordaría eterno, lo recordaría infinito, pero al final fue tan solo un instante. El instante en que miró a su padre y su padre la miró a ella. Necesitaba respirar y dar descanso a los ojos a través de un parpadeo. Fue solo uno, nada más que uno: espontáneo, preciso, necesario. Tal vez lo alargó un poco, es verdad, pero no mucho, solo lo que sus ojos reclamaban, el descanso necesario para poder seguir mirando. Un solo parpadeo: cerrar los ojos, abrirlos. Tan solo eso. Nada más.

Los abrió a la par con la bocanada de aire que aspiró. Los abrió grandes, inmensos, anhelantes. No vio a nadie. Los abrió y los volvió a cerrar, otra vez, muchas veces, se frotó los párpados con los dedos. Nadie. Su padre había estado allí hacía tan solo un parpadeo y ahora no estaba. Dirigió la mirada hacia la franja de arena para comprobar la existencia de las huellas. Allí estaban dejando constancia de los pasos de su padre. No supo cuánto tiempo estuvo allí de pie, inmóvil, con la mirada quieta como las esculturas de granito. Cuánto tiempo mirando con obsesión esas huellas que ahora no representaban más que ausencia.

Giró la cabeza con la lentitud de quien no está seguro de querer mirar. Al hacerlo, vio la espalda de su padre y las hebras de pelo largas y curtidas por el sol ondeando con el viento. El perro andaba junto a él y seguía meneando animadamente la cola. Candelaria bajó la mirada y reparó en la manera como los pasos firmes de su padre dejaban nuevas huellas que seguirían impresas en la arena hasta que el mar se las llevara. También vio las huellas del perro y, aunque le parecieron insignificantes, sintió envidia de ellas. Deseó que su padre se girara y retrocediera hacia ella. De verdad lo deseó con la fuerza que se desea lo que está a punto de esfumarse. Abrió la boca para llamarlo, pero la cerró antes, mucho antes de poder emitir algún sonido. La selló con fuerza, un labio contra el otro. Quiso pronunciar su nombre, pero no lo hizo. Quiso gritar, pero no gritó. Quiso decir muchas cosas, pero las palabras se le quedaron atrancadas en algún lugar de la garganta.

Miró al mar. Estaba tan quieto y silencioso que pudo ver sobre la superficie el reflejo de las estrellas titilando, remotas, desde un lugar inalcanzable. La intermitencia de su luz le recordó los cocuyos. Y pensando en los cocuyos o quizá en las estrellas lejanas, supo que su padre no iba a girar la cabeza. Cuando volvió a mirarlo ya era un punto negro y lejano. Un punto negro que pronto no sería ni eso. Sus huellas seguían sobre la arena. Volvió la vista al mar, decidida a no girar nuevamente la cabeza. Esta vez no. Ya no más.

Se quitó un zapato y luego el otro, sin siquiera desatarse los cordones. Se los quitó con ganas, casi con furia. Y con esa misma furia los lanzó al mar. Flotaron un rato, meciéndose suavemente hasta que terminaron por hundirse. Luego se llevó las manos a la espalda y se bajó despacio el cierre del vestido hasta que estuvo lo suficientemente suelto para que la tela se desmadejara sobre la arena. Después se quitó la ropa interior y la lanzó por encima del hombro sin mirar siquiera adónde fue a parar. Se quedó un rato desnuda, frente al mar inmenso, sintiendo cómo el viento le refrescaba la piel. Empezó a caminar con pasos titubeantes como cuando no se desea llegar a ninguna parte. Lentos son los pasos que anteceden al abismo.

Tenía ganas de llorar, así que comenzó a contar mentalmente mientras estiraba los dedos de los pies: uno, dos, tres, cuatro... Retrocedió un paso cuando la impactó la primera ola y otro más a la siguiente. Diez, once, doce, trece... Pequeñas gotas de agua alcanzaron a salpicarla y le erizaron la piel. Asustada, se concedió un instante para calmar su respiración. Diecisiete, dieciocho, diecinueve... Sintió el aire cálido saliendo y entrando por las fosas nasales. Cerró los ojos y al hacerlo no cayó ni una sola lágrima. Veintitrés, veinticuatro, veinticinco... El corazón aún le latía furiosamente, pero ya no era el tipo de latido que paraliza. Cuando llegó a treinta, aspiró todo el aire que le cupo en los pulmones y corrió al encuentro con el mar. Todavía tenía los ojos cerrados y ninguna lágrima.

Corrió hasta que el agua le cubrió los tobillos y luego los muslos y trepó más arriba del ombligo. Corrió hasta que la mayor parte de su cuerpo estuvo sumergida y no tuvo más opción que zambullirse hasta el fondo. Braceó contra la corriente, contra los miedos, contra todas aquellas cosas que le molestaban. Y al hacerlo iba dejando atrás una mezcla de espuma y burbujas. Se le enredaron en el pelo y en las pestañas. Le hicieron cosquillas en los párpados y entonces, por primera vez en la vida, se atrevió a abrir los ojos bajo el agua. Le ardieron mucho, luego un poco menos y tan solo unos segundos después el ardor había desaparecido. Ya nunca volvería a cerrarlos.

El cielo estaba plagado de estrellas. Profundo, en algún punto impreciso del mar, cantaban las ballenas.

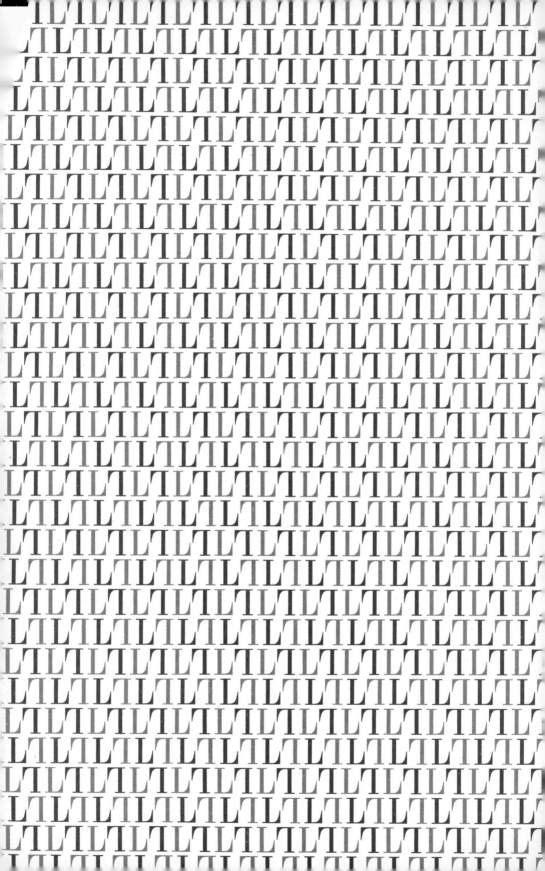